Dias
infinitos

Rebecca Maizel

Dias infinitos

Tradução de
ANDRÉ GORDIRRO

1ª edição

— **Galera** —
RIO DE JANEIRO
2015

CIP-BRASIL. CATALOGAÇÃO NA FONTE
SINDICATO NACIONAL DOS EDITORES DE LIVROS, RJ

M193d Maizel, Rebecca
Dias infinitos / Rebecca Maizel; tradução André Gordirro. - 1ª ed. - Rio de Janeiro: Galera Record, 2015.

Tradução de: Infinite days
ISBN 978-85-01-09547-3

1. Romance americano. I. Gordirro, André. II. Título.

13-06815

CDD: 813
CDU: 821.111(73)-3

Título original em inglês:
Infinite Days

Copyright © 2010 by Lovers Bay, Inc

Texto revisado segundo o novo Acordo Ortográfico da Língua Portuguesa.

Todos os direitos reservados.
Proibida a reprodução, no todo ou em parte, através de quaisquer meios.

Design de capa: Igor Campos

Direitos exclusivos de publicação em língua portuguesa somente para o Brasil
adquiridos pela EDITORA RECORD LTDA.
Rua Argentina 171 - Rio de Janeiro, RJ - 20921-380 - Tel.: 2585-2000,
que se reserva a propriedade literária desta tradução.

Impresso no Brasil

ISBN 978-85-01-09547-3

Seja um leitor preferencial Record.
Cadastre-se e receba informações sobre
nossos lançamentos e nossas promoções.

EDITORA AFILIADA

Atendimento e venda direta ao leitor
mdireto@record.com.br ou (21) 2585-2002

Para mamãe e papai: todas as palavras.
Cada uma delas pertence *a vocês*.
Que sempre iluminaram o caminho.

E para minha irmã, Jennie,
que sempre tem as palavras certas.

Parte I

*Aqui está rosmaninho, para lembrança
Não te esqueças de mim, querido.*
— OFÉLIA, *HAMLET*, ATO 4, CENA 5

Capítulo 1

Eu te liberto...
Eu te liberto, Lenah Beaudonte.
Acredite... e seja livre.

Estas são as últimas palavras de que consigo me lembrar. Mas elas são vagas, foram ditas por alguém cuja voz não reconheci. Pode ter sido há séculos.

Quando acordei, senti imediatamente uma superfície fria no lado esquerdo do rosto. Um arrepio gelado desceu por minha espinha. Mesmo com os olhos fechados, sabia que estava nua, de bruços, em um piso de tábuas corridas.

Arfei, embora minha garganta estivesse tão seca que saiu um som animal assustador. Respirei três vezes com dificuldade e então um tum-tum, tum-tum — um batimento cardíaco. Era meu? Podiam ser dez mil asas batendo. Tentei abrir os olhos, mas a cada piscadela surgia o brilho de uma luz ofuscante. Outra vez. E mais outra.

— Rhode! — gritei. Ele tinha que estar ali. Não haveria mundo sem Rhode.

Contorci-me no chão, cobrindo o corpo com as mãos. Saiba que não sou o tipo de pessoa que costuma se encontrar nua e sozinha, especialmente com o sol brilhando sobre o corpo. Entretanto, lá estava eu, banhada por uma luz amarela, certa de que estava a poucos minutos de uma morte dolorosa e incandescente — não havia como duvidar. Em breve surgiriam chamas de dentro da minha alma que me transformariam em pó.

Só que nada aconteceu. Nada de chamas ou morte iminente. Havia apenas o cheiro de carvalho do piso. Engoli em seco e os músculos da garganta se contraíram. Minha boca estava molhada de... saliva! Meu peito estava apoiado no chão. Fiz força com as mãos e virei o pescoço para ver a fonte do meu sofrimento. A luz do sol reluzente entrava no quarto através de uma grande janela. O céu, sem nuvens, tinha o tom azul de uma safira.

— Rhode! — Minha voz parecia rodopiar no ar, vibrando fora de minha boca. Eu estava com muita sede. — Onde está você? — gritei.

Uma porta se abriu e fechou em algum lugar perto de mim. Ouvi um passo hesitante, um arrastar de pés, e depois as botas negras com fivelas de Rhode entraram no meu campo de visão. Virei o corpo e olhei para o teto. Arfando. Meu Deus — eu estava respirando?

Rhode se aproximou de mim, mas eu vi apenas um borrão. Ele se abaixou e as feições turvas ficaram a centímetros do meu rosto. Então ali estava ele, como se houvesse saído de um nevoeiro, como se nunca tivesse me visto antes. A pele das maçãs do rosto de Rhode estava tão esticada que parecia que os ossos iriam rompê-la. O queixo geralmente imponente e empinado estava agora pontiagudo. Mas o azul dos olhos era o mesmo. Mesmo naquele momento confuso, penetravam-me até a alma.

— Que surpresa encontrar você aqui! — disse Rhode. Apesar das olheiras, havia um brilho de alegria lá no fundo.

— Feliz aniversário de 16 anos — acrescentou e estendeu a mão.

Rhode pegou um copo d'água. Sentei-me, tirei o copo dele e bebi tudo em três grandes goles. A água gelada desceu pela garganta, fluiu pelo esôfago para dentro do estômago. Sangue, uma substância a que eu estava acostumada, escorria, mas o corpo de um vampiro o absorve como uma esponja absorve água. Fazia tanto tempo que eu não bebia água...

Na outra mão de Rhode havia um pedaço de pano negro. Quando tirei dele, o pano se desdobrou e revelou ser um vestido. Era de algodão leve. Apoiei no chão e me levantei. Os joelhos dobraram, mas me equilibrei abrindo os braços. Fiquei ali um instante até que estivesse firme. Quando tentei andar, uma pequena vibração me sacudiu com tanta força que meus joelhos se tocaram.

— Vista isso e depois venha para o outro quarto — disse Rhode e saiu arrastando os pés. Eu devia ter notado que ele precisou se segurar no batente da porta quando andou, mas meus joelhos e coxas tremeram e tive que tentar me equilibrar novamente. Deixei as mãos caírem ao lado do corpo. Meu cabelo castanho se soltou e mechas grudaram no corpo nu como algas marinhas. As mais compridas alcançaram os seios. Eu teria dado qualquer coisa por um espelho. Tomei fôlego e meus joelhos tremeram de novo. Procurei por um espartilho, mas não havia nada. Que coisa curiosa! Eu deveria circular por este lugar sem nada para me apertar? Passei o vestido pela cabeça e ele ficou logo acima dos joelhos.

Eu não parecia ter mais de 16 anos, porém, se alguém fizesse as contas, naquele dia específico, fazia oficialmente 592 anos.

Tudo estava nítido e brilhante — brilhante demais. Raios de luz criavam minúsculos arco-íris diante meus pés. Vasculhei o quarto. Apesar de ter acordado no chão, havia um colchão sobre um estrado de ferro coberto por um edredom preto. Do outro lado do quarto, uma janela dava para folhas verdes e galhos balançando. Embaixo dela havia um assento coberto por almofadas azuis de veludo.

Passei os dedos pela madeira nas paredes e não consegui acreditar que eu realmente podia *sentir* a textura. A madeira estava disposta em camadas e senti os relevos e irregularidades sob os dedos macios. Minha existência como vampira implicava que todas as minhas terminações nervosas estavam mortas. A mente vampírica só identifica algo macio ou duro através das lembranças das sensações dos tempos de humano. Os únicos sentidos que um vampiro mantinha eram aqueles que aumentavam a capacidade de matar: o olfato estava ligado à carne e ao sangue; a visão era supervisão, detalhada até as minúcias, com a única intenção de achar uma presa rapidamente.

Meus dedos passaram pela parede de novo — outra onda de arrepios subiu por meus braços.

— Você vai ter tempo para isso — falou Rhode do outro aposento.

O batimento do meu coração ecoava nos ouvidos. Eu sentia o ar. Ao andar, os músculos das coxas e panturrilhas pareciam arder, se contrair e depois relaxar. Para parar de tremer, apoiei o corpo no batente da porta e cruzei as mãos sobre o peito.

— Que século é esse? — perguntei, fechando os olhos e tomando fôlego.

— Século XXI — disse Rhode. Seu cabelo preto, que chegava à metade das costas da última vez que o vi, tinha sido cortado curto e agora estava arrepiado. Havia uma faixa branca em volta de seu pulso direito.

— Sente-se — sussurrou.

Sentei-me em um sofá azul-claro voltado para o divã.

— Você está horrível — sussurrei.

— Obrigado — disse ele com um sorrisinho.

As bochechas de Rhode estavam tão afundadas que as feições outrora másculas e esculpidas agora grudavam nos ossos. A pele normalmente dourada havia amarelado. Seus braços tremeram enquanto se sentava na cadeira, segurando firme quase até conseguir.

— Conte-me tudo — mandei.

— Um momento — disse ele.

— Onde estamos?

— Na sua nova casa. — Rhode fechou os olhos. Recostou a cabeça para trás. Agarrou os braços do divã e notei que haviam sumido os anéis que costumavam decorar seus dedos. A cobra negra enroscada com olhos de esmeralda e o anel de veneno para emergências (o que significava que estava sempre cheio de sangue) tinham desaparecido. Apenas um anel permanecia no mindinho. Meu anel. O anel que eu tinha usado por quinhentos anos. Só então notei que minhas mãos estavam nuas. Era um pequenino anel de prata com uma pedra escura, negra — ônix. "Jamais use ônix a não ser que deseje a morte ou saiba o que ela é", Rhode me disse certa vez. Acreditei nele. Além disso, até aquele momento, eu tinha certeza de que nenhum vampiro gostava mais de provocar mortes do que eu.

Tentei evitar o olhar dele. Jamais tinha visto Rhode tão frágil.

— Você é humana, Lenah — disse ele.

Concordei com a cabeça uma vez, embora estivesse olhando para o piso de tábuas corridas. Não podia responder. Não ainda. Eu queria muito. A última conversa que tive com Rhode, antes de acordar naquele quarto, tinha sido sobre meu desejo de ser humana. Tivemos uma discussão que achei que duraria séculos. De certa forma, durou: ocorrera um século antes daquele momento.

— Finalmente conseguiu o que queria — sussurrou ele.

Tive que virar o rosto. Não podia aguentar o azul frio do olhar de Rhode me avaliando. Sua aparência estava alterada, como se estivesse definhando. Quando tinha plena saúde, seu queixo quadrado e olhos azuis o tornavam um dos homens mais bonitos que eu já tinha visto. Digo homem, mas não tenho certeza da idade de Rhode. Ele podia ter sido apenas um rapaz quando foi transformado em vampiro, mas ao longo dos anos Rhode viu e fez muitas coisas que o envelheceram. A aparência dos vampiros se torna tão etérea com a maturidade da existência que é praticamente impossível adivinhar a idade deles.

Fazendo questão de não encarar os olhos de Rhode, examinei a sala de estar. Parecia que tinha acabado de se mudar, embora o aposento tivesse a cara dele. Tirando algumas caixas empilhadas perto da porta, tudo parecia estar no devido lugar. Muitas coisas que eu possuía como vampira decoravam o apartamento. Especialmente os itens do meu quarto. Na parede havia uma espada antiga presa por ganchos dourados em uma placa de metal. Era uma das peças favoritas dele, uma espada de sua época na Ordem da Jarreteira, um conclave de cavaleiros a serviço do rei Eduardo III. Era uma espada especial, forjada por magia, fora da irmandade. Tinha um punho de couro negro e uma base larga que se estreitava até uma ponta aguçada e mortal. No pomo, o contrapeso redondo no topo da espada, havia uma frase gravada em formato circular: *Ita fert corde voluntas*, o coração manda.

Na parede, de cada lado da espada, candeeiros de ferro que pareciam rosas unidas por vinhas e espinhos, continham velas brancas apagadas. Elas deviam ser acesas para afastar maus espíritos ou energia ruim. Todo vampiro tem velas brancas como proteção contra magia negra. Sim, existem coisas piores que vampiros no universo.

— Esqueci sua beleza humana.

Olhei para Rhode. Ele não estava sorrindo, mas os olhos brilharam de uma maneira que eu sabia que era verdadeira. Era uma realização pessoal me ver na forma humana. Ele fez o que tinha se proposto a fazer centenas de anos antes.

Capítulo 2

Hathersage, Inglaterra — The Peaks
31 de outubro de 1910 — Noite

Minha casa era um castelo de pedra. Havia salões com piso de mármore e tetos pintados. Eu morava em Hathersage, uma cidade do interior famosa pelos morros e desfiladeiros. O castelo ficava afastado da estrada e dava para infinitos campos. Aquela noite era a *Nuit Rouge*, a Noite Vermelha. Uma vez por ano, vampiros vinham de todo o planeta e ocupavam meu lar por um mês. Pelos 31 dias de outubro, a *Nuit Rouge* atraía vampiros de todas as raças para minha casa. Trinta e um dias de opulência. Trinta e um de puro terror. Esta era a última noite antes que todos voltassem para seus respectivos domínios.

Tinha acabado de anoitecer. Acima de mim as estrelas brilhavam no crepúsculo — as taças de vidro cintilavam com sua luz dourada. Passei por convidados bebericando sangue e dançando ao som de um quarteto de cordas. Rhode me seguiu pelos fundos do castelo até o terraço de pedra. Homens e mulheres usando cartolas, espartilhos e as melhores sedas da China riam e se apinhavam no caminho de Rhode. Nos fundos da casa, um conjunto de degraus de pedra descia para os jardins. Duas velas brancas permaneciam imponentes nas duas extremidades da escada, com a cera pingando e formando pequenos arquipélagos na pedra. O pátio abria para os lados e depois descia em direção ao vasto campo. Eu usava um vestido de seda verde com debrum dourado e um espartilho combinando por baixo.

— Lenah! — gritou Rhode, mas eu já disparava pela multidão. Corria tão depressa que por um instante pensei que fosse sair do espartilho.

— Lenah! Pare! — gritou Rhode novamente.

Tinha acabado de anoitecer. Corri pelo jardim inteiro, descendo o morro até o início dos campos.

Atraí Rhode para o morro, fora do alcance de visão dos vampiros no castelo. Parei ao pé dos campos que se espalhavam por incontáveis quilômetros. Naquela época, eu era diferente. Minha pele era pálida, não tinha rugas e não havia sombras debaixo dos meus olhos. Apenas pele branca e lisa, como se os poros tivessem sido arrancados.

No topo do morro, Rhode olhou para mim. Ele estava vestindo um traje formal, com cartola e lapela de seda preta. Segurava uma bengala na mão direita. Quando desceu pela lateral do morro íngreme, a grama rala que se espalhava por centenas de quilômetros se dobrou debaixo de seus pés. Eu me virei para olhar os campos.

— Você não me dirigiu uma palavra a noite inteira — disse Rhode. — Ficou completamente calada. E agora corre para cá? Pode me dizer que diabos está acontecendo?

— Você não entende? Se dissesse uma palavra, não seria capaz de esconder minhas intenções. Vicken tem um talento fora do normal. Conseguiria ler meus lábios a cinco quilômetros de distância.

Vicken era minha última criação; quer dizer, o último homem que transformei em vampiro. Com 50 anos, era também o vampiro mais jovem do meu coven, embora não parecesse ter mais de 19 anos.

— Ouso pensar que esse seria um momento de lucidez? — perguntou Rhode. — Que talvez você tenha percebido que Vicken e seu bando de ingratos são mais perigosos do que você esperava?

Eu não disse nada. Em vez disso, observei o vento fazer desenhos na grama.

— Sabe por que eu te abandonei? Meu medo — disparou Rhode — era que você tivesse realmente enlouquecido. Que estivesse sendo consumida pela perspectiva do tempo infinito. Você estava sendo irresponsável.

Eu virei e nossos olhos se encontraram imediatamente.

— Não vou deixar você me culpar por ter criado um coven com os vampiros mais fortes e talentosos do mundo. Você disse para eu me proteger e fiz o que era preciso.

— Você não percebe o que fez — disse Rhode. Ele cerrou o forte maxilar.

— O que *eu* fiz? — Cheguei perto dele. — Sinto o peso desta existência nos ossos. Como se mil parasitas estivessem devorando minha sanidade. Você me disse certa vez que eu era o motivo para você se manter são. Que ficava livre da maldição da dor emocional quando estava ao meu lado. O que acha que aconteceu comigo nos 170 anos em que esteve longe?

Rhode deixou os ombros caírem. Seus olhos tinham o azul mais intenso que eu jamais tinha visto — mesmo em quinhentos anos. A beleza de seu nariz fino e cabelo escuro sempre me impressionava. A essência vampírica aumentava a beleza de uma pessoa, mas, no caso de Rhode, vinha de dentro e acendia a alma — isso fazia meu coração arder.

— A magia que une seu coven é mais perigosa do que jamais imaginei que fosse possível. Como espera que eu me sinta?

— Você não sente. Lembra? Somos vampiros — respondi.

Ele agarrou meu braço com tanta força que tive certeza de que quebraria um osso. Teria ficado assustada se não o amasse mais do que conseguia dizer. Rhode e eu éramos almas gêmeas. Unidos por um amor feito de paixão, de desejo por sangue e da compreensão inabalável da eternidade. Éramos amantes? Às vezes. Em alguns séculos mais do que em outros. Éramos melhores amigos? Sempre. Éramos próximos.

— Você me deixou por 170 anos — falei entredentes. Rhode havia retornado do "tempo" que deu na nossa relação somente na semana anterior. Ficamos inseparáveis desde seu retorno. — Sabe por que eu te trouxe até aqui? Não posso contar a verdade para mais ninguém.

Rhode abaixou o braço, e eu me virei para encará-lo diretamente.

— Não tenho mais nada. Nenhuma compaixão sobrando — sussurrei, embora houvesse um tom de histeria na voz. Vi meu reflexo nos olhos de Rhode. As pupilas dilatadas dominaram o azul, mas encarei a escuridão. Minha voz tremeu. — Agora que sei que você possui o ritual... Rhode, não consigo pensar em mais nada. Que minha humanidade... que seja uma possibilidade.

— Você não tem ideia de como é perigoso.

— Não me importo! Quero sentir a areia sob os dedos do pé. Quero acordar com a luz do sol entrando pela janela.

Quero sentir o cheiro do ar. Qualquer coisa. Quero sentir qualquer coisa. Meu Deus, Rhode. Preciso sorrir... e que seja um sorriso sincero.

— Todos nós queremos essas coisas — respondeu ele com calma.

— Você quer? Não acho que queira.

— Claro. Quero acordar para ver a água azul e sentir a luz do sol no rosto.

— A dor é grande demais — falei.

— Você pode tentar novamente. Concentre-se em mim... em me amar — disse Rhode com carinho.

— Você... que foi embora.

— Isso não é justo — retrucou Rhode, agora querendo pegar minhas mãos.

— Até mesmo amar você é uma maldição. Não posso realmente sentir ou tocá-lo. Olho para os humanos que pegamos e até mesmo eles conseguem sentir. Mesmo nos últimos minutos de vida, eles têm ar nos pulmões e sentem gosto na boca.

Rhode segurou a palma da minha mão e o calor, a sensação da paixão dele por mim, subiu pelo meu corpo. Fechei os olhos, saboreando o alívio momentâneo das inúmeras tragédias dentro de mim. Abri os olhos e dei um passo para longe dele.

— Estou ficando louca e não sei quanto tempo mais vou aguentar. — Fiz uma pausa, medindo as palavras. — Desde que você descobriu o ritual, só consigo pensar nisso. Minha saída. — Meu olhar estava transtornado, eu tinha certeza. — Eu preciso disso. Preciso disso. Que Deus me ajude, Rhode, porque se você não me ajudar vou andar ao sol até ele me queimar.

Rhode quase perdeu a cartola com uma lufada de vento. Arrancou a mão da minha. Naquela época, ainda tinha o cabelo comprido, que caiu atrás dos ombros, em cima do sobretudo.

— Você ousa me ameaçar com suicídio? Não seja banal, Lenah. Ninguém sobreviveu ao ritual. Milhares de vampiros tentaram. Todos, cada um deles, morreram no processo. Acha que vou aguentar te perder? Que poderia me afastar de você?

— Você já fez isso — sussurrei com grosseria.

Rhode me puxou para perto, tão rápido que não estava preparada para a força de sua boca contra a minha. Ele soltou um rugido grave e meu lábio inferior se abriu. Rhode me mordeu. Senti um puxão ritmado enquanto ele chupava o sangue da minha boca. Um instante depois, Rhode se afastou e limpou o lábio sangrento na manga do casaco.

— Sim, eu deixei você. Mas tinha que encontrar a magia e ciência de que precisava. Se algum dia formos tentar esse ritual... eu precisava ter certeza. Não esperava que você fosse se apaixonar quando fui embora.

Houve um silêncio. Nós dois sabíamos muito bem que eu acreditava que ele jamais iria voltar.

— Não amo Vicken como te amo. — Falei cada palavra para que isso ficasse bem claro e definido. Depois de um momento, acrescentei: — Quero sair dessa.

— Você não sabe o que vai acontecer se escolher a vida humana.

— O ar? Respiração de verdade? Felicidade?

— Morte, doença, coisas da natureza humana?

— Não entendo. — Dei outro passo para trás. — Você mesmo disse que a humanidade é o que todos os vampiros desejam. A liberdade de sentir mais do que dor constante e sofrimento. Você não se sente assim?

— Isso me consome — disse Rhode. Ele tirou a cartola e olhou para os campos. — Há cervos lá. — Apontou. Estava certo. A cerca de 15 quilômetros, uma manada de cervos pastava em silêncio. Podíamos ter nos alimentado deles, embora eu gostasse do meu vestido, e sangue não combinasse com a seda verde. Além disso, odiava o gosto de sangue animal e só me alimentava de bichos se estivesse em apuros. Com a criação do coven, havia garantido que isso jamais acontecesse.

Rhode passou as mãos pela minha cintura e me puxou para ainda mais perto.

— Sua beleza será uma força poderosa no mundo dos humanos. Seu rosto humano pode revelar até mesmo suas melhores intenções.

— Não me importo — falei, sem entender bem nem me preocupar muito, de qualquer maneira.

Rhode esticou a mão e desceu o indicador por meu fino nariz. Depois esfregou delicadamente o polegar nos meus lábios. Seu cenho franzido e olhar penetrante. Eu não teria conseguido desviar os olhos mesmo se tentasse.

— Quando tirei você dos pomares do seu pai no século XV, vi seu futuro revelado diante de mim — confessou Rhode. — Uma vampira aventureira ao meu lado por toda a eternidade. — Fez uma pausa. Em algum ponto atrás de nós, a música da festa ecoava até os campos. — Vi meus próprios sonhos.

— Então me dê o que quero.

Rhode contraiu a boca. Franziu as sobrancelhas e olhou para os cervos. Os animais galoparam mais longe pelos morros cobertos de grama. Dava para notar pela boca contraída e expressão sombria que ele estava formulando um plano.

— Cem anos — sussurrou ele, mas continuou olhando para os cervos.

Meus olhos se arregalaram.

— Começando pela noite de hoje, você vai hibernar por cem anos. — Rhode voltou a olhar para mim e apontou para o morro. Eu sabia que estava indicando um cemitério. Ficava à direita do terraço e era protegido por uma cerca de ferro fundido com pontas aguçadas.

A hibernação só ocorre quando um vampiro descansa debaixo da terra. Ele dorme e se priva de sangue — existe uma série de feitiços para que o vampiro permaneça em um estado meditativo, quase a ponto de morrer. Em um dia predeterminado, ele é despertado por um colega vampiro. Mas isso só é possível com magia. Apenas vampiros muito corajosos (e alguns diriam muito estúpidos) fizeram isso.

— Na noite anterior ao seu despertar — continuou Rhode —, vou te tirar da cova e levar para um lugar seguro, onde não poderá ser encontrada. Onde vai poder ser humana e viver o resto dos seus dias.

— E o coven?

— Você o deixa para trás.

Meu coração latejou, uma dor familiar que não consegui deixar de reconhecer. A ligação mágica entre mim e o coven iria forçá-los a me procurar. Assim como eu sabia que amaria Rhode até o fim do mundo, sabia que o coven procuraria por mim. Concordei com a cabeça uma vez, mas não disse nada. Observei os cervos mordiscarem a grama e lamberem os pelos.

— Você não tem medo de morrer? — perguntou ele.

Balancei a cabeça. Rhode se virou para olhar a casa. Eu o impedi de subir o morro pegando delicadamente em seus dedos. Ele se voltou para mim.

— Você vai estar lá? — perguntei. — Se eu morrer e falharmos, você estará lá?

Os dedos de Rhode roçaram de leve o topo da minha mão. Ele a virou, tocou a palma e sussurrou:

— Sempre.

— Como você conseguiu? — Eu estava fascinada. Voltei ao apartamento escuro, apoiando as costas nas almofadas. Meus dedos roçaram a maciez do sofá, o que provocou uma onda de arrepios nas pernas. Antes, eu saberia que o sofá era macio, mas isso se aplicaria apenas ao material. Não significaria conforto ou segurança. Apenas maciez.

— Aquela noite. A última noite da *Nuit Rouge*. Você foi dormir... — começou Rhode.

— Depois de matar uma das criadas — admiti, lembrando da jovem loura que peguei de surpresa no sótão.

Rhode prosseguiu com um leve sorriso:

— Eu falei para Vicken que você tinha decidido hibernar. Que dormiria por cem anos e eu iria acordá-la na *Nuit Rouge* daquele ano.

— Por que você decidiu que seriam cem anos? Nunca perguntei.

— Francamente? Tempo. Vicken estaria distraído o suficiente para que eu conseguisse tirar você da cova em que estava hibernando no cemitério. Tudo o que eu precisava fazer era esperar por uma noite em que ele não estivesse vigiando sua lápide. Quando aquela noite chegou, há pouco tempo, retirei você.

— Então se passaram cem anos? — perguntei, ansiosa para me situar no tempo e no espaço. — Desde a última vez que estive sobre a terra?

— Quase isso. É setembro. Eu te poupei um mês mais ou menos.

— E você realizou o ritual há dois dias?

— Dois dias — confirmou Rhode.

— E quanto ao coven? Eles fazem ideia de que acordei?

— Acho que não. Vicken ainda acredita que está enterrada. Lembre-se, eu disse para ele que você queria ser enterrada, para tornar oficial. Ele achou que era uma ideia maravilhosa. Queria uma chance para mandar no seu coven.

— Eu não teria sido contra isso — falei.

— Foi exatamente por esse motivo que ele acreditou em mim com tanta boa vontade. Era uma mentira, Lenah. No momento em que você olhou nos meus olhos no campo e implorou por uma vida humana, eu soube que minha missão, minha vida como vampiro, o que tinha feito com você, estava chegando ao fim.

— Eu não devia ter implorado. Manipulado você daquela maneira.

Rhode riu, mas pouco.

— É o seu jeito.

Olhei para o curativo ao redor do pulso e as olheiras de Rhode. Naquele instante, uma onda de culpa passou por mim. Em meu estado humano, não conseguia imaginar subornar Rhode ou ameaçá-lo com suicídio. Tinha sido tão fácil para mim antes. Fácil porque a dor emocional que afligia a vida de vampira impedia o pensamento racional.

— Por favor, conte sobre o ritual — pedi novamente.

Rhode tirou o curativo branco, faixa por faixa, até o pulso ficar exposto. Ali, na parte de dentro, estavam marcas de dentes, marcas dos meus dentes — duas pequenas incisões no pulso de Rhode. A da esquerda era um pouco mais alta do que a da direita; eu sempre odiei minha mordida irregular. Reconheceria as marcas dos meus dentes em qualquer lugar.

— A coisa mais importante é a intenção. O sucesso do sacrifício, e *é* um sacrifício, depende unicamente do vampiro que realiza o ritual. Como disse, leva dois dias.

Rhode ficou de pé. Ele sempre andava de um lado para o outro quando me contava alguma coisa difícil. Em alguma ocasião no século XVI, eu perguntei o motivo. Ele disse que assim não tinha que me encarar.

— É na intenção que a maioria dos vampiros falha — prosseguiu Rhode. — A pessoa tem que querer que o outro vampiro viva. E, por sua vez, tem que querer morrer. É o ato mais altruísta que alguém jamais cometeu. E, como sabe, tamanha abnegação é praticamente impossível para a natureza de um vampiro.

— Quem te falou isso?

— Quando deixei você por todos aqueles anos, fui para a França. Procurei...

— Suleen — falei, embora subitamente tivesse muita dificuldade em respirar. *Rhode encontrou Suleen... ao vivo*.

— Sim. Ele estava saindo de uma hibernação de cinquenta anos. Quando descrevi você e contei meu plano, ele me apoiou com um elogio. Disse que eu talvez fosse o único vampiro com alma suficiente para conseguir.

Ergui as sobrancelhas, surpresa. Deve ter sido um momento bastante especial na vida de Rhode. Queria ter estado lá para ver a reação dele quando Suleen disse algo tão significante.

Imaginei Suleen. Ele era da Índia Oriental, ou tinha sido há algum tempo — eu não fazia ideia de quando. Era o mais velho vampiro vivo. Nada no grande esquema da vida jamais abalaria a alma dele. A morte não atrapalhava Suleen, e ele não queria retornar à vida humana. Tudo o que queria é viver o bastante para ver o fim do mundo.

— Existem mais algumas regras — explicou Rhode. — O vampiro que realiza o ritual deve ter quinhentos anos. Suleen falou algo sobre a química de um vampiro dessa idade. É um ingrediente crucial. Porém, acima de tudo, ele não parava de dizer: "A intenção, Rhode. É a intenção." A vontade e o desejo de abrir mão da vida para que outro possa viver. Vampiros são egoístas, Lenah. De maneira intrínseca. Eu tinha que encontrar essa vontade dentro de mim.

— Você se sacrificou? — sussurrei. Eu não conseguia tirar os olhos do chão. Rhode permaneceu calado. Estava esperando que eu olhasse para ele. Eu o odiei por conta disso. Finalmente, nossos olhares se encontraram.

— O ritual exigia que eu te desse todo o meu sangue. Depois de dois dias, você acordou, mais ou menos, e me mordeu. Eu tinha que permitir que bebesse tudo... bem, quase tudo. Mas o importante era a intenção, a química do meu sangue e meu amor por você.

— Eu jamais teria concordado com essas condições.

Para minha surpresa, a expressão séria de Rhode virou um sorriso. Um sorriso feliz, cheio de dentes.

— Foi exatamente por isso que dei o sangue quando você estava fraca e hibernando.

Fiquei de pé. Agora era a minha vez de andar de um lado para o outro.

— Então onde está Vicken? — perguntei, tentando pensar como uma vampira. Tentando encaixar todas as peças. Estive dormindo por cem anos.

— Ele continua em sua casa em Hathersage com o resto do coven. Acredito que esteja esperando seu retorno

— Você o viu desde minha hibernação?

— Vicken é jovem demais para que eu converse com ele o tanto quanto ele gostaria. Sua energia me cansa. Sim, quando fiquei com eles, Vicken foi respeitoso. Ele é um guerreiro. Ótimo espadachim. Compreendo por que o amou.

Minhas bochechas arderam, o que me surpreendeu. Então percebi que estava com vergonha. Dei uma olha nos dedos de Rhode segurando o divã. Estavam secos, enrugados, como se todo o líquido dentro deles tivesse sido sugado.

— Não te culpo por amar outro — disse Rhode.

— Você acredita que Vicken me ama? Como eu te amo?

Rhode balançou a cabeça.

— Vicken ama sua aparência e seu desejo por sangue espesso e coagulado. Eu amo sua alma. Como uma companheira em minha longa jornada nesta terra. Você é, era, a vampira mais cruel que conheci. Eu te amo por isso.

Eu não conseguia responder. Pensei em Hathersage, nos campos, em Rhode de cartola e nos cervos pastando ao longe.

— Vicken vai me procurar — falei. — Como você sabe, ele é ligado a mim. E, quando me encontrar, o coven vai me destruir. Eu o criei para fazer justamente isso. Para procurar, capturar e eliminar.

— Esse é exatamente o motivo por que escolhi este lugar.
— Sim. Onde estamos? — Olhei o apartamento.
— Esta é *sua* nova escola.
— Você quer que eu vá à escola? — Inclinei a cabeça na direção dele.
— É importante que entenda. — Mesmo debilitado, Rhode ficou de pé e me intimidou com sua altura. Olhou fixo, com uma expressão ameaçadora, tão intensa que eu deveria ter ficado com medo. — Vicken vai te desenterrar daquele cemitério. Prometi que você voltaria na última noite da *Nuit Rouge*. A festa termina no dia 31 de outubro.
— Então no dia 31 ele vai encontrar um caixão vazio. Fim da história.
— Não é tão simples assim. Outubro já é o próximo mês. Você era uma vampira, Lenah. A mais velha de nossa espécie.
— Eu sei o que era.
— Então não finja que precisa de explicação sobre a gravidade da situação! — disparou Rhode e continuou a andar devagar, de um lado para o outro. Fiquei calada. Ele recuperou um pouco da compostura e voltou a falar baixo.
— Quando Vicken abrir a cova e descobrir um caixão vazio, procurará você pelo planeta. Como você disse, a magia que une o coven garantiu isso. Você garantiu isso. Ele vai se exaurir, assim como todos do coven, até te encontrar e levar para casa.
— Não me imaginei essa situação.
— Sim, bem, felizmente por enquanto a magia que protege você permite algumas vantagens: sua visão e percepção extrassensorial vampíricas.
— Então eu as mantive, afinal de contas — falei e fiquei de pé. Vasculhei o aposento novamente. Sim, como

Rhode disse, eu conseguia ver todos os detalhes da sala de estar, até os nós das tábuas do piso e a perfeição da tinta nas paredes.

— Quanto mais você assimilar a existência humana, mais essas vantagens vão sumir.

Como iria encarar não ser mais uma vampira, mas ainda manter algumas características vampíricas? Poderia ficar ao sol? Comeria novamente? Esses pensamentos davam um nó na minha cabeça e bati o pé de frustração. Rhode colocou as mãos no meu rosto e eu levei um susto por estarem tão frias. Fez com que eu parasse com o escândalo.

— Você tem que desaparecer dentro de uma vida humana, Lenah. Tem que ir à escola e voltar a ser uma menina de 16 anos.

Naquele momento, eu não conseguia chorar, por mais que quisesse — estava chocada demais. Vampiros não choram. Não existe nada de natural em um vampiro. Não há lágrimas nem água — somente sangue e magia negra. Em vez disso, nos vampiros, as lágrimas, que em uma pessoa normal escorreriam pelo rosto, são uma dor ácida e intensa que queima os dutos lacrimais.

Eu queria correr ou virar do avesso, qualquer coisa para aplacar a sensação que queimava meu estômago. Cerrei os punhos e procurei controlar a ansiedade tentando respirar, mas perdi o fôlego. Meu olhar notou uma foto em cima da escrivaninha. Parecia surrada e velha, embora na última vez que a vi eu estivesse posando para ela — 1910, a última noite da *Nuit Rouge*. Na foto, Rhode e eu estávamos abraçados pela cintura, no terraço dos fundos da minha casa. Rhode usava roupa preta e cartola; eu estava com um vestido e meu cabelo comprido e castanho, preso em uma longa trança, caía sobre o seio esquerdo. Éramos mais do que humanos. Éramos assustadoramente lindos.

— Como posso fazer isso? — Afastei o olhar da foto em direção a Rhode. — Ficar escondida?

— Ah, acho que vai descobrir que é mais fácil do que pensa. Você jamais teve 16 anos antes. Eu te raptei antes que tivesse.

Ele se aproximou novamente e beijou minha testa.

— Por que fez isso por mim?

Rhode se afastou e deslocou o ar quando o espaço se abriu entre nós.

— É claro que você sabe — disse, inclinando a cabeça.

Balancei a cabeça para dizer que não sabia nem jamais poderia entender o que ele tinha feito por mim.

— Porque — continuou Rhode —, no decorrer de todas as minhas histórias, não encontrei alguém que eu amasse mais do que você. Ninguém.

— Mas estou te perdendo — falei com a voz falhando.

Rhode me pegou de um jeito que colou meu rosto contra o peito dele. Fiquei ali um instante e deixei meus batimentos cardíacos ecoarem entre nossos corpos.

— E você acha que Vicken não será capaz de me encontrar? — perguntei.

— Não creio que em seu sonho mais louco ele vá entender o que fiz. O coven inteiro precisaria se empenhar somente para nos seguir até aqui, e acho que fiz o possível para esconder nossa localização. Além disso, por que ele sequer desconfiaria que você é humana?

Eu me afastei e olhei novamente para o nosso retrato.

— Quando você vai morrer? — perguntei, afastando o olhar da foto, e me sentei novamente no sofá. Recolhi os joelhos para o peito e passei os braços pelas canelas.

— Pela manhã.

Ficamos sentados juntos e eu encarei os olhos de Rhode pelo tempo que foi possível. Ele me contou sobre as mudanças na sociedade. Carros, televisão, ciências, guerras que nenhum de nós, mesmo com nossas mentes de vampiro, podíamos entender. Disse que conveniências eram de suma importância para os humanos. Que agora eu seria capaz de ficar doente. Rhode tinha me matriculado no melhor internato da Nova Inglaterra. Um médico, ele informou, estava a apenas alguns prédios de distância. Ele me implorou que terminasse o colégio e crescesse, como havia me impedido de fazer.

Falamos sem parar e dormi sem perceber. A última coisa que lembro são os olhos dele encarando os meus. Acho que beijou meus lábios, mas aquilo também pareceu um sonho.

Quando acordei, as cortinas estavam fechadas e toda a sala de estar se encontrava tomada pelas trevas. Diante de mim, números vermelhos iluminavam a escuridão. Um relógio digital informava que eram oito horas da manhã. Eu estava no sofá e Rhode não se encontrava no divã vermelho diante de mim. Fiquei de pé imediatamente. Meus músculos estavam frios, então perdi o equilíbrio e me segurei no braço do sofá.

— Rhode? — chamei.

Mas eu já sabia.

— Não... — sussurrei. Girei o corpo. Havia apenas quatro aposentos: um quarto, um banheiro, uma sala de estar e uma cozinha. A sala dava para uma varanda. As cortinas estavam fechadas, mas o jeito como o vento entrava fazia com que balançassem. A porta estava aberta atrás delas. Afastei as cortinas e saí para o pátio de madeira. Coloquei a mão sobre os olhos como uma viseira. Eles se ajustaram imediatamente enquanto vasculhei a varanda, esperançosa por apenas um instante.

Rhode foi embora. Da minha vida. Da minha existência.

Vi o anel de ônix sobre um ladrilho. Quando cheguei perto, notei que estava no meio de uma pequena pilha de pó cintilante. Parecia areia misturada com mica ou pequenos diamantes. Meu Rhode, meu companheiro por quase seiscentos anos, enfraquecido pela transformação e sacrifício pessoal, tinha evaporado ao sol. Enfiei o polegar e o indicador em seus restos mortais. Estavam frios e granulados. Tirei o anel e deslizei o metal liso pela minha nova pele sensível.

Eu estava sozinha.

Capítulo 3

Tristeza não é uma emoção completamente estranha aos vampiros, porém ela se parece mais com uma alteração ou uma mudança na direção do vento. É uma agitação silenciosa, um lembrete parasita das muitas camadas de sofrimento que definem o mundo dos vampiros.

Isto era algo completamente diferente.

Na manhã da morte de Rhode, recolhi o pó cintilante dentro de um jarro e coloquei em cima da escrivaninha. Ele havia trazido minha caixa de joias de Hathersage, então foi fácil encontrar um antigo frasquinho de sangue e enchê-lo com um punhado de seus restos mortais. Pendurei o vidrinho em volta do pescoço com uma corrente.

Saí da escrivaninha e encontrei uma carta na mesa de centro. Usei um abridor de cartas de prata para rasgar o envelope e comecei a ler. Era quase meio-dia quando tirei os olhos das folhas de papel. A carta continha instruções sobre minha nova vida, o comportamento social do século XXI e o que eu precisava fazer antes que as aulas começassem. O início do texto alertava que eu deveria começar com comida simples, pois meu corpo não estava acostumado a comer e digerir. Pousei a carta no colo e a peguei novamente. O último parágrafo de Rhode não parava de me fazer ler e reler.

Tudo valeu a pena? Não tivemos bons momentos? Você não está mais condenada ao sofrimento involuntário. Encontre paz na minha morte. Derrame lágrimas. Só existe liberdade agora. Se Vicken e seu coven voltarem, você saberá o que fazer. Jamais esqueça, Lenah.
Maldito seja aquele que pensa o mal.

Tenha coragem,
Rhode.

Meu estômago doía. Bem no fundo, onde eu não podia preenchê-lo. Tentei me distrair olhando o campus do Internato Wickham. Do parapeito do pátio era possível ver um prédio de pedra com as palavras "centro acadêmico" na frente. À direita, logo atrás, havia um prédio com uma torre alta de pedra. A distração não estava funcionando. Voltei a olhar para a papelada que Rhode deixou para mim.

Uma coisa era certa: suas economias eram mais do que alguém precisava para sobreviver na sociedade de hoje. O problema? Eu não podia mexer nelas. Meu próprio dinheiro permanecia sob o controle de Vicken e do coven. Eu não poderia acessar nenhum dos dois fundos porque eles conseguiriam rastrear minha localização exata. Não entendi o funcionamento dos bancos e "remessas" como Rhode explicou na carta, mas eu deveria usar exclusivamente dinheiro vivo, a não ser em uma emergência. Ele tinha me deixado um baú cheio de dinheiro.

As instruções de Rhode eram claras. Eu deveria trabalhar e evitar gastar as economias dele. "Você pode precisar delas algum dia" foram as palavras exatas que usou. A carta também dizia "a imersão é a chave para a sobrevivência". A ideia do que Vicken poderia fazer ou faria ao me ver, sua antiga amante, sua antiga rainha, neste estado vulnerável provocou arrepios na minha espinha. Vicken, como todos os vampiros, tem um apetite para a tragédia, um desejo por lágrimas, sangue e morte. A maioria dos vampiros quer interagir, infligir nos outros a dor que os atormenta constantemente. Apesar da hesitação, eu podia imaginar a cena. O que Vicken poderia fazer comigo, como uma humana... Sacudi a cabeça rapidamente para afastar a ideia.

Eu estava prestes a pegar o manual de um laptop quando uma batida na porta me assustou. Havia um suéter preto e simplório que fora de Rhode pendurado no braço do divã. Coloquei sobre a blusa que estava usando e voltei para o interior do apartamento.

— Revele-se — ordenei para a porta fechada.

— Hã... — respondeu uma tímida voz masculina.

— Ah, quero dizer, quem é? — perguntei com um pouco mais de gentileza. Afinal de contas, não comandava mais um coven de vampiros.

— Entrega de carro para Lenah Beaudonte.

Escancarei a porta.

— Um carro?

O rapaz atrás da porta era alto, magricela e vestia uma camiseta com os dizeres: GRAND CAR SERVICE. O corredor atrás dele era mal iluminado e o papel de parede tinha uma espécie de temática náutica com veleiros e âncoras.

— Só estou aqui para entregar — disse o rapaz magricela com o mesmo entusiasmo de uma pessoa que comunica a morte repentina de um parente.

Depois de pegar um par de óculos de sol bem escuros da mesa de centro (só podia imaginar que Rhode os deixara para mim) e um chapelão preto, acompanhei o rapaz para fora do apartamento do dormitório e desci as escadas até o lobby. Assim que cheguei à porta, titubeei. Do lado de fora, pássaros cantavam e as vozes dos estudantes vinham de todos os cantos. O sol escaldante golpeava a trilha de cimento que saía do dormitório Seeker para um gramado. Talvez a sensibilidade à luz do sol fosse como a visão vampírica. Isso ainda me afetaria?

A luz do sol desfaz a magia que forma o vampiro, embora o perigo diminua com o passar dos anos. À medida que a vida de um vampiro avança, a magia para suportar a luz do sol fica mais forte. No entanto, já ouvi falar que a morte pela luz do sol é uma experiência quase insuportável. Dizem que é a pior dor, como ser dilacerado e queimado até virar pó mantendo a consciência o tempo todo. Independente da minha idade, nunca fiquei sob o sol sem proteção.

Estiquei o dedão para fora da porta e deixei o pé e a perna ficarem ao sol. Puxei correndo para dentro e parei. Virei a perna para ver o músculo da panturrilha. Também verifiquei a canela. Nenhuma marca vermelha. Sem queimaduras.

— Cê vai sair? — perguntou uma voz à direita. A segurança, uma mulher atarracada com óculos de aros grossos, me observava. A forma como ela falava era estranha. "Cê vai..." A palavra era *interessante*. "Cê"... o que isso queria dizer? Esperei que a mulher dissesse outra coisa, mas ela apenas ficou olhando para mim. Por trás dos óculos escuros, desviei o olhar para o entregador de carros. Da porta ensolarada, ele levantou uma sobrancelha para mim. Eu estava com um par de sandálias baixas, o imenso suéter preto de Rhode e um short. Estava pronta. Tomei fôlego e saí.

O calor do verão foi a primeira coisa que senti. Que glorioso! A luz do sol parecia um banho diante de uma lareira ardente, como se o calor e a felicidade me lavassem da cabeça aos pés. Soltei o ar alegremente.

O campus de Wickham era enorme. Embora parecesse pastoril a princípio, os prédios eram de tijolos com fachadas de metal e vidro reluzentes. Havia gramados verdes e trilhas sinuosas que cortavam o campus. Ao longe, atrás de galhos balançando cheios de folhas, o branco de uma capela em estilo colonial reluzia sob o sol da manhã.

O Seeker era o dormitório mais próximo do portão de entrada do internato. Também era o que tinha o maior jardim. Logo na frente da porta de entrada havia um grupo de moças deitadas em toalhas ao sol. Elas pareciam vestir apenas roupas de baixo, mas, depois de observá-las por um instante, percebi que as vestimentas eram apropriadas para este tipo de atividade. Vi passarem uma loção branca na pele, ajeitarem as toalhas e se deitarem.

— Então, aí está — disse o rapaz magricela. Ele apontou para o estacionamento ao lado do jardim. Na fileira mais próxima à grama havia um carro azul-bebê. Meu carro. Na época eu não sabia dizer o nome ou o fabricante, mas somente a noção de que possuía um automóvel era incrível.

— Você tem pais legais — falou o rapaz.

Comecei a andar em direção ao carro quando um grupo de estudantes mais velhos do que eu (relativamente falando) passou correndo, apontando ao longe, depois do Seeker. À esquerda do meu dormitório havia uma trilha ladeada por árvores que dava no campus de Wickham. Depois descobri que havia muitos caminhos como esse serpenteando pelo campus inteiro. Uma das moças gritou para outro grupo de alunos que vinha atrás dela.

— É 1h54! Vamos! Eles vão começar em seis minutos.

— Por que a comoção? — perguntei ao rapaz entregador de carros.

— Os irmãos Enos. São tipo uma equipe de desafios radicais. Eles disputam corridas de lanchas no porto, bem em frente à praia particular de Wickham, todo fim de semana do Dia do Trabalho. Fazem isso há dois anos. Os mais novos tiveram que fazer 14 anos para que pudessem correr junto.

Assinei, peguei as chaves do carro e decidi me preocupar em dirigir depois. Queria ver os irmãos Enos correrem de lancha.

Deixei os estudantes irem à frente. Não estava exatamente preparada para me misturar ao grupo. As trilhas de Wickham eram ladeadas por altos carvalhos. Mesmo com o chapéu de abas largas e os óculos escuros, tentei andar na sombra. De cada lado da trilha havia prédios seguindo o mesmo modelo do meu dormitório, o Seeker. A maioria era feita de pedra cinza, com grandes janelas e portas de vidro. Alguns tinham sinais vermelhos nos jardins que indicavam nomes e funções específicas. Tudo era muito pomposo, na verdade. A maioria dos alunos na trilha estava se dirigindo para o fim do caminho, depois de uma estufa (isso atraiu meu interesse), descendo por uma série de degraus de pedra que terminava em uma praia.

Lá estava ele: o oceano durante o dia. Passei muitas noites observando a lua desenhar uma linha leitosa sobre a superfície da água. Muitas vezes desejei que fosse o sol. Eventualmente fiquei com idade suficiente para aguentar o sol, embora a praia nunca tenha sido um lugar a que arriscava ir. Não que os vampiros se oponham diretamente aos elementos naturais do mundo. Mas o oceano, a luz do sol e toda a felicidade que acompanha a praia durante o dia eram apenas outro lugar em que eu não poderia estar. Outra fonte de sofrimento.

A praia tinha cheiro de sal, terra e ar puro. A maneira como o sol reluzia na água me fez desejar que pudesse tocar a luz, empunhá-la nas mãos. Ela parecia como eu me sentia — feliz. A praia de Wickham tinha pedras de vários formatos espalhadas pela areia bege. As ondas não passavam de meio metro e rolavam preguiçosamente à beira-mar. Devia haver cinquenta pessoas pela orla. Como Rhode disse, minha visão vampírica estava tão aguçada quanto antes, então fiz uma varredura rápida pela praia e descobri que havia exatamente 73 pessoas paradas esperando.

Não apenas isso, mas a areia era feita de milhares de cores — coral, amarelo, marrom e centenas de tons de cinza. Guarda-sóis azul-escuros haviam sido empilhados e postos contra o muro que separava a praia do campus. Notei a fibra de vidro nos cabos dos guarda-sóis e cada fio de tecido nas coberturas. Um píer de madeira se projetava por cerca de vinte metros da praia.

Havia uma ilha no meio da baía, com uma paisagem bem esparsa, apenas alguns carvalhos altos e uma orla arenosa.

Desviei o olhar da água e me aproximei do muro de pedra. Não era muito alto, tinha cerca de 1,80 metro. Enfiei o pé em um dos buracos entre as pedras e subi facilmente. Sentei no muro com as pernas cruzadas. Continuava de óculos escuros e me senti um pouco mais protegida quando um galho de um grande carvalho fez sombra onde eu estava. Reclinei para trás, apoiada nas mãos, e olhei o oceano.

Enquanto olhava a ilha e observava os galhos das árvores balançando ao vento, tive uma súbita sensação... Sabia que alguém estava me observando. Pensei imediatamente em Vicken, embora fosse praticamente impossível. Neste século, ele teria feito 160 anos. Com essa idade, a maioria dos vampiros não consegue ficar em um aposento à sombra durante o dia, mas Vicken era diferente. Conseguia ficar ao sol desde muito cedo. Mas ele imaginava que eu estava hibernando. Não haveria razão para me procurar em Wickham. Embora Vicken tivesse sido criado por mim, ele era e sempre foi o vampiro mais avançado que conheci.

Admito que foi um alívio quando olhei para a direita e vi apenas um grupo de moças a poucos metros da água olhando para mim. Elas me fitaram de cima a baixo, o que era curioso. Eu tinha amigas vampiras, mas nunca me examinaram como se houvesse algo de errado com minha aparência. Uma das garotas era bem bonita. Era mais baixa do que eu e tinha um longo cabelo louro. Era a que estava me encarando mais intensamente.

— Posso me sentar com você?

Havia um rapaz oriental parado na areia. Suas calças jeans tinham um rasgo vertical que mostrava completamente a coxa direita. Ele usava sandálias de cores diferentes — uma vermelha, outra amarela — e uma camisa azul desabotoada. Seus traços faciais revelaram que era japonês. Comecei a falar com ele em sua língua nativa.

— Por que você quer se sentar comigo?

Ele franziu a boca e torceu as sobrancelhas. Passou a mão pelo cabelo preto arrepiado.

— Não falo japonês — disse em inglês. — Mas meus pais falam.

— Estranho. Um rapaz japonês que só fala inglês? — Tirei os óculos para que nossos olhos se encontrassem.

— Como você sabe japonês? — Ele apoiou a mão direita no muro e continuou me encarando.

— Sei um monte de línguas. — Olhei no fundo do tom castanho da íris dele, criando um laço. Os vampiros usam o olhar como forma de notar as intenções de uma pessoa. Se ela retribuir o olhar, é possível confiar ela. Algumas vezes isso não dava certo e mentiam para mim mesmo assim. Assim que eu descobria a traição, não tinha problema em dilacerar a garganta dos mentirosos com os dentes. Mas este rapaz tinha uma aura branca e uma alma inocente.

— Quantas línguas você fala? — perguntou ele.

— Vinte e cinco — respondi honestamente.

Ele riu, parecendo não acreditar. Quando não reagi, apenas fitei seus olhos castanhos com uma expressão muito séria, o queixo dele caiu.

— Você devia trabalhar na CIA. — Ele esticou a mão. — Sou Tony. — Apertei a mão dele. Dei uma olhadela na parte de dentro do pulso. As veias eram bem saltadas, ele teria sido uma presa fácil.

— Lenah Beaudonte.

— Beaudonte — falou o rapaz, abrindo o último "e" como se fosse um "é". — Chique. Então, posso? — Ele apontou para um espaço vago ao meu lado no muro.

— Por quê? — Não perguntei em tom acusador ou por maldade. Estava genuinamente interessada em saber por que esse rapaz aparentemente normal queria sentar ao lado de uma pessoa como eu.

— Porque aqui ninguém é gente boa? — Ele indicou com a cabeça as meninas bonitas que continuavam olhando na minha direção. Agora elas estavam ainda mais próximas umas das outras, espiando de vez em quando. Dei um sorriso forçado em resposta. Gostei da honestidade dele.

A comunicação neste século era fascinante. Tão casual e sem a formalidade que eu estava acostumada a ouvir no início do século XX. Agora, como tantas outras vezes, eu teria que me adaptar. Por centenas de anos ouvi bocas se abrindo e línguas ondulando. Fiquei de longe estudando, traduzindo, às vezes em vários dialetos, a fim de descobrir a melhor maneira de me adaptar e me encaixar. Compreender o jeito com que as pessoas falavam umas com as outras garantia que eu conseguisse interagir e me misturar à sociedade sem ser notada — tornava mais fácil matar.

Deixei esses pensamentos de lado enquanto Tony erguia o corpo, deixando as pernas penduradas pela beirada do muro. Jogou os calcanhares para a frente e ficou batendo com eles na pedra. Permanecemos ali sentados um instante e eu gostei do silêncio; na verdade, aproveitei a oportunidade para examinar Tony. Ele era mais alto do que eu e corpulento como um lutador. Sentado assim tão perto, consegui ver as linhas finas de seu pescoço. Mas não foi isso que prendeu minha atenção. Ele usava pelo menos dez brincos em cada orelha! Alguns eram tão largos que haviam esticado o lóbulo, e era possível ver através dele.

— Então, por que *você* está sentada sozinha? — perguntou Tony.

Eu me afastei rapidamente e coloquei os óculos escuros. Pensei por um instante; sobre a maneira como iria falar, quero dizer. Lembrei do jeito como o entregador de carros falou e a entonação casual por trás das palavras de Tony; os dois eram bem fáceis de compreender. As palavras neste século eram preguiçosas e a maneira como eram formuladas gerava pouca expectativa social. Todo mundo parecia falar dessa forma, com pouquíssima preocupação com formalidades. *Eu consigo*, pensei. Teria que incorporar referências culturais contemporâneas, mas *isso não demoraria nada*. Soltei o ar enquanto dava um sorriso.

— Porque a maioria das pessoas aqui não parece ser gente boa — falei.

Tony devolveu o sorriso.

— Quantos anos você tem?

— Dezesseis, desde ontem. — (Eu estava mentindo?)

— Legal! Feliz aniversário. — O sorriso de Tony cresceu e seus olhos brilharam. — Eu também tenho 16. Então você está no segundo ano, certo?

Eu me lembrei de uma papelada que tinha visto de manhã. Havia uma carta oficial dizendo que eu estava matriculada no segundo ano. Concordei com a cabeça. Ficamos sentados um tempo, ouvindo os acontecimentos ao redor. Algumas pessoas conversavam sobre o início do ano, e eu me concentrei na maneira como falavam nesta época.

Não quero vê-lo nem pintado de ouro esse ano.

Justin Enos é o cara mais gostoso do campus, você está maluca?

Por que diabos aquela garota está usando óculos escuros e um chapéu? Tá se escondendo? Se liga!

Então o burburinho mudou radicalmente. Algumas pessoas apontaram para o porto. Dei outra espiada para a loura alta que me olhava feio. Ela desviou o olhar e começou a dar pulinhos. Prestei atenção à água. Afinal de contas, era por isso que eu estava aqui: para ver a corrida de lanchas. Não para conhecer uma loura que teria sido um lanchinho em circunstâncias normais.

— Olhe! — Tony apontou. — Lá vêm eles!

Vi duas lanchas vindo de direções opostas no porto. Eram embarcações estranhas, feitas de metal branco e com a proa formando uma ponta aguçada. Uma das lanchas tinha uma pintura de chamas vermelhas percorrendo as laterais; a outra tinha chamas azuis. Durante minha existência, todas as embarcações eram feitas de madeira. Isso era algo novo. Embora Rhode tivesse explicado brevemente sobre carros e motores, não estava preparada para o rugido intenso que vinha daquelas máquinas. Mesmo na praia o barulho ecoava, vibrando dentro dos ouvidos.

— O que eles estão fazendo? — perguntei. As lanchas continuavam rugindo nas pontas opostas do porto. Elas se moviam rapidamente, uma na direção da outra, e a água saía em enormes esguichos da parte traseira das lanchas, formando um arco no ar.

— Eles dão a volta na ilha duas vezes. Quem voltar primeiro à doca ganha. Os Enos colidiram com ela há dois anos — disse Tony.

— O que eles ganham se vencerem?

— Respeito — respondeu ele.

As lanchas se moviam tão depressa que não consegui dizer quem estava atrás do timão. *Isso só pode ser uma piada de mau gosto*, pensei. Elas estavam se aproximando cada vez mais, as proas pontudas diretamente apontadas uma para a outra. Uma garota na praia gritou. Então, em questão de instantes, talvez com apenas centímetros entre elas, ambas as lanchas mudaram de direção. Esguichos d'água voaram no ar. Eu consegui ver a parte de baixo do casco da lancha com as chamas azuis. Elas correram para longe da praia, cada uma escolhendo um lado e disparando ao redor da ilha.

Todo mundo na praia guinchou, berrou e vibrou tão alto que o som cresceu nos ouvidos. Todos ficaram de pé, pulando e acenando, menos Tony e eu. Alguns estavam gritando o nome Justin sem parar; outros, o nome Curtis.

As lanchas deram a volta outra vez e passaram em frente à ilha. Prendi a respiração porque elas se cruzaram a centímetros de uma colisão. As proas quase se roçaram. Houve um suspiro coletivo vindo da praia quando desapareceram atrás da ilha novamente.

— Isso é divertido? — perguntei. Meu coração disparou com tanta adrenalina martelando no peito.

— Isso é o mínimo que eles fazem — falou Tony. — A família inteira é louca. Caçadores de emoção.

— Eles são irmãos, certo? — perguntei. Uma memória do meu coven veio à mente. — Devem ser unidos. Confiar um no outro.

Tony respondeu ao que falei, mas mal consegui ouvir. Em minha mente, Heath, Gavin, Song e Vicken se encontravam sentados à lareira. Estávamos em minha casa em Hathersage, em alguma ocasião dos anos 1890. Rhode continuava ausente, furioso comigo em algum lugar na Europa, e eu estava sentada no meio da minha irmandade. Eles formavam um círculo ao redor de mim, sentados em cadeiras negras de madeira. As cadeiras foram entalhadas para combinar com cada personalidade. A de Gavin era marcada com vários tipos de espadas, porque ele era um espadachim brilhante. A de Vicken era coberta por globos e símbolos antigos. Ele era o estrategista. Minha favorita era a de Heath, enfeitada com palavras em latim. O destaque da cadeira de Song era ter apenas letras chinesas como ornamentos. A minha era feita de uma madeira lisa e maravilhosa, com apenas um enfeite — o lema do nosso coven, o sentimento lírico que deturpei em forma de malícia e sofrimento: MALDITO SEJA AQUELE QUE PENSA O MAL.

Eu usava um vestido cor de beringela. Ríamos histericamente de alguma coisa que não recordo agora. Mas lembro que, atrás de nós, desmaiado e acorrentado à parede, havia um camponês que eu pretendia jantar.

— Lá vêm eles — disse Tony. Pestanejei, voltando ao presente. — Uau, estão bem perto. — Ele inclinou o pescoço para ver melhor.

Os motores estavam a pleno vapor. Poderosos propulsores impulsionavam as lanchas em direção à doca tão rápido que tive a reação instintiva de ficar de pé e me afastar. Mas Tony não arredou pé, então fiquei sentada, parada. As lanchas azul e vermelha estavam cabeça com cabeça. As proas pontudas iam em direção à doca de madeira.

— Eles vão bater! — disse.

— Talvez — retrucou Tony, casualmente.

— Eles vão morrer! — falei, meio horrorizada, meio empolgada.

Estavam tão próximos agora que, mesmo sem visão vampírica, eu podia ver que havia um rapaz alto e louro pilotando a lancha com chamas azuis e, no timão da lancha vermelha, estava um louro e gorducho. Eu me concentrei e a lancha de chamas vermelhas se aproximou. O gorducho usava um colar com um pingente prateado. Tinha brincos prateados nas orelhas. Uma cicatriz acima do lábio esquerdo. Então, no último segundo, a lancha com o rapaz alto chegou à doca primeiro. Ele virou a embarcação na direção do porto tão depressa que um enorme arco d'água subiu e depois desceu, quase tocando as pessoas à beira-mar.

Houve um grito coletivo de alegria e quase todo mundo correu para a doca. O gorducho e uma versão bem menor dele atracaram a lancha perdedora à doca. Ao longe no porto, pilotando devagar, estava o vencedor, o rapaz alto. Os motores da lancha ficaram em silêncio e, a seguir, uma batida na água. Ele estava nadando em direção à praia.

Tony se aproximou e apontou para o menor dos irmãos.

— Aquele é Roy Enos. É do primeiro ano. — Ele indicou o gorducho. — Aquele lá é Curtis Enos. Está no último. O palhaço da turma. — Curtis era bem mais gordo que os demais. A barriga fugia da sunga.

Finalmente, o lindo rapaz louro com 1,90 metro surgiu do oceano. Ele chutou a água rasa. Era mais alto do que Rhode. Eu não conhecia ninguém, até aquele momento, que fosse mais alto do que ele.

— E aquele é Justin Enos — resmungou Tony. — Ele é da nossa turma.

Justin tinha o rosto comprido com maçãs do rosto delineadas e olhos verdes. Tinha um peitoral largo e torso esculpido. Foram os ombros que prenderam minha atenção — ombros largos e quadrados que pareciam capazes de qualquer coisa: erguer um prédio, nadar no canal da Mancha, me levantar com as próprias mãos. Todo rapaz na praia tinha inveja dele. Toda moça na praia salivou ao vê-lo.

— Então você o odeia? — perguntei, desviando o olhar para aproveitar a sensação de inveja, só um pouquinho.

Tony sorriu de volta.

— Todo cara em Wickham odeia.

Sem dizer outra palavra, pulei do muro e fui em direção aos degraus que levavam de volta ao campus. A corrida tinha acabado e eu queria reler a carta de Rhode.

— Você simplesmente vai embora, assim desse jeito? — Tony me chamou. Eu me virei. Ele continuava sentado no muro de pedra.

— Vou para casa.

— Geralmente se diz tchau quando se vai embora.

Voltei na direção de Tony e ele pulou do muro para me encontrar.

— Confesso que preciso aprimorar o trato social — falei.

Tony prendeu o riso e então perguntou:

— De onde você é?

Uma voz masculina vindo da beira-mar interrompeu antes que eu pudesse responder. — Eu queria chegar a 130 quilômetros por hora, mas não precisei! Só acelerei a 100 quilômetros por hora.

Tony e eu estávamos lado a lado perto da escada. Nenhum de nós conseguiu tirar os olhos de Justin. Ele pegou uma sacola de outro rapaz da mesma idade que a gente, andou na nossa direção e depois parou no grupo de garotas que me olharam torto. Justin pendurou a sacola no ombro (os bíceps eram enormes) e então passou a mão pela cintura da loura chamativa. Ela deu um sorriso radiante, se dependurou no braço dele e sacolejou os quadris ao andar.

Justin foi em direção à escada. Quando nos viu, parou. Olhou diretamente para mim, não de uma maneira abismada, mas sim como se tivesse encontrado algo no chão e quisesse investigar, colocar em um microscópio e fazer uma inspeção completa. Olhei para Tony e depois novamente para Justin. Ele continuava olhando fixamente, mas agora estava sorrindo. Os lábios eram carnudos, quase como se estivesse fazendo biquinho. Eu não sabia o que dizer.

Felizmente, Tony falou:

— E aí, Enos?

Talvez Justin estivesse esperando que eu me juntasse ao grupo de moças, mas fiquei ali parada. A loura alta me encarou, arreganhando as narinas delicadas e com as maçãs do rosto salientes ficando coradas. Era assim a aparência de ciúme em uma adolescente mortal? Que maravilha! Foi inevitável o sentimento de triunfo diante da raiva e do sofrimento dela. Foi uma reação espontânea. Como vampira, eu adorava o sofrimento dos outros porque diminuía o meu. Mas agora, como humana, assim que reconheci o sofrimento dela, a sensação passou. A vontade instantânea de interagir, de infligir dor, foi embora. Em vez disso, eu me concentrei nos olhos verdes de Justin olhando fixamente para meu chapéu, meus óculos, para mim. Eu sabia que a aura vampírica era capaz de enfeitiçar os humanos, de arrebatá-los de forma que pensassem estar apaixonados ou ter encontrado paz. Será que Justin Enos me amava mesmo sem querer? Essa seria uma das "vantagens" que permaneceram comigo no decorrer da transformação? Olhei para Justin, aguardando ansiosamente o que diria para mim. Finalmente, ele falou:

— Da próxima vez que sair do quarto, pense em vestir calças — disse Justin, piscando e se dirigindo para as escadas em direção ao campus.

Olhei para baixo. O enorme suéter de Rhode dava a impressão de que eu não estava usando nada por baixo. As garotas gargalharam quando passaram, especialmente a loura. Ela virou os olhos castanhos para mim. Senti o peito arder. Eu sabia o que era a raiva. Aquela emoção me atormentou a vida inteira, mas isso era, imaginava eu, vergonha. Ninguém havia ousado me envergonhar antes.

Andei rápido pela trilha na direção do Seeker. Queria apenas ficar no meu quarto, fechar a porta e dormir. Queria Vicken. Queria Heath. Queria a familiaridade de um quarto escuro.

— Ei, espere!

Continuei andando.

— Lenah!

Parei. Era a primeira vez em centenas de anos que alguém que não era um vampiro dizia meu nome. Tony veio correndo pela trilha da praia.

— Lembra aquele lance de dizer tchau? — perguntou ele, assim que ficou à minha frente.

— Odeio aquelas garotas. — Cruzei os braços. Meu rosto ardia.

— Todo mundo odeia. Vamos embora fazer alguma coisa.

Capítulo 4

Fazer alguma coisa? O que isso queria dizer, exatamente?
— São tipo umas 3 horas, não é? O grêmio está aberto. Você já pegou seus livros? — perguntou Tony. — Vou passar lá, se você quiser vir.

Tantas perguntas! Já peguei meus livros?
— Não, não tenho nenhum livro.

Tony me acompanhou de volta ao dormitório Seeker para que eu pudesse pegar o que Rhode deixou na minha carteira. Também precisava de alguns documentos oficiais para saber que livros comprar para as aulas. Os alunos de Wickham tinham dois dias antes que as aulas começassem. Rhode deixou para mim algumas roupas modernas, que eram em sua maioria horrendas (e reveladoras). Coloquei uma calça jeans com a promessa de que iria às compras assim que descobrisse como dirigir.

Notei o carro azul assim que voltei a sair do Seeker. Tony estava sentado em um dos bancos de madeira que ficavam dos dois lados da entrada do dormitório, com as mãos atrás da cabeça e as pernas esticadas.

— Aquele é meu — falei. Parei ao lado do banco e apontei para o carro.

— Uau — disse Tony. Notei que ele estava admirando o brilho do capô. — Sortuda. Você pode sair do campus. Ir a restaurantes, ao shopping, a Boston.

— Talvez você possa me mostrar como se dirige — provoquei.

— Você não sabe? — Tony parou de andar. Balancei a cabeça. Ele sorriu. — Seus pais compraram um carro chique para você, mas não te ensinaram a dirigir? Eu pensei que meus pais fossem esquisitos. Em breve, Lenah. O mais breve possível.

— Excelente!

Ao passar pelo Seeker, olhei para trás e vi minha varanda, a porta ainda aberta, e imaginei por um breve momento se os restos mortais de Rhode estavam formando um redemoinho no ladrilho do pátio.

— Está com fome? — perguntou Tony.

Pensei com tristeza nos saquinhos de chá em casa e no mingau que deveria me acostumar a comer. Também pensei na promessa a Rhode. Não queria ver nenhum médico tão cedo na minha existência humana.

— Um pouco — falei, notando que meu estômago estava fazendo aquela coisa de se remexer e latejar que significava que eu precisava comer.

O grêmio Wickham foi construído como o resto dos prédios do campus: pedra, portas duplas de vidro e puxadores prateados na frente. O formato era diferente dos demais prédios; era um enorme círculo. Do saguão principal saíam cinco ou seis corredores, todos levando para salas retangulares. Tony abriu a porta e me deparei com os cheiros mais fantásticos que senti desde a comida que minha mãe fazia no século XV.

A parte circular do prédio era uma cantina. Havia cinco balões onde os alunos podiam pegar o que queriam comer. Cada um era diferente. No meio do saguão, debaixo de uma claraboia circular, havia mesas de fórmica de cantina.

— A gente pode comer qualquer coisa que quiser? — perguntei. Havia balcões com comida italiana, hambúrguer, pizza, opções vegetarianas, salada e sanduíche. Atrás de cada balcão havia um aluno ou funcionário do Grêmio em um avental branco esperando em seus postos. Arregalei os olhos, espantada.

— Vamos comer e depois veremos seus livros — disse Tony. Assim que a porta se fechou atrás de nós, ele acrescentou: — Você age como se nunca tivesse comido antes.

Hambúrguer. Batata frita. Quiabo. Limonada. Chocolate. Pizza com abacaxi. Filé malpassado. O que uma pessoa escolheria? Acabei optando por uma simples canja.

— Você acha que temos algumas aulas em comum? — perguntou Tony. Foi inevitável observá-lo mastigar a carne em pedacinhos. O sangue do filé malpassado que ele estava comendo se misturou à saliva sobre os dentes. — Você está me encarando — falou, engolindo.

— Tem sangue saindo do filé. Está na sua boca.

Tony concordou com a cabeça.

— Quanto mais sangue, melhor. Adoro filé malpassado.

Como vampira, nunca desejei sangue animal, então o sangue na boca de Tony não me atraiu. Porém, era estranho não sentir seu cheiro. Funguei algumas vezes, tentando captar o sabor ferruginoso de que gostava tanto. Funguei novamente, mas muitos cheiros diferentes subiram pelo meu nariz: perfumes, canja e refrigerante. O olfato de um vampiro era limitado a sangue, carne e calor corporal. Às vezes eu sentia o cheiro de ervas ou flores, mas isso se tornou mais raro conforme o tempo passava. Se algo estava queimado, como uma rosa ou um corpo, a fragrância duraria por um momento passageiro e depois se dissiparia na fumaça. Eu podia sentir o cheiro de sangue animal a quilômetros de distância, embora odiasse o gosto. A verdade é que odiava a impureza. Não combinava com meu status de vampira mais pura e poderosa da história recente.

Depois de nosso jantar fora de hora, Tony me convenceu a tomar sorvete. A comida era muito diferente, muito empacotada, e aparentava ser fácil de fazer. Trabalhei bastante no pomar da minha família na primeira vez em que fui mortal. Mesmo no século XV obter comida era mais fácil do que sangue. Durante os anos em que fui vampira, era preciso coação para atrair alguém para minha casa ou para um beco, a fim de chupar o sangue da pessoa e deixá-la para morrer.

— Quero três bolas de chocolate com marshmallow no copinho com granulado colorido — pediu Tony.

Ver Tony tomar sorvete me fez querer contar que eu era uma vampira. Ele meteu a colher na massa cremosa com vontade e saboreou delicadamente cada colherada. Fechou os olhos e sorriu cada vez — mesmo que fosse apenas por uma fração de segundo. Fui tomada por uma afeição imediata por ele. Eu, por outro lado, terminei minha bola de sorvete de morango com quatro colheradas desagradáveis.

Meu passado como vampira era um segredo alojado no coração. Queria contar para Tony com a intenção de que alguém realmente me compreendesse, visse o fundo da minha alma. Vampiros são atormentados pelo sofrimento, desejo e raiva. Toda tristeza imaginável é jogada sobre os ombros deles. São vítimas do tormento e não conseguem escapar.

O amor, estranhamente, é o único alívio desta anarquia de sofrimento. No entanto, há um problema: assim que um vampiro se apaixona, ele está preso àquele amor. Vai sempre amar aquela pessoa, não importa o que aconteça. Ele pode se apaixonar várias vezes, mas sempre dará um pedaço de sua alma. Eu me apaixonei duas vezes. Uma por Rhode e outra por Vicken. As duas paixões foram diferentes. Com Vicken, não foi tão completa quanto tinha sido com Rhode. De qualquer forma, eu estava presa. O amor vampírico é uma dor, uma vontade, e não importava o quanto qualquer um dos dois me amasse — nunca era o suficiente. Não importava o que era dito ou feito, é da natureza vampírica ficar completamente insatisfeito. Esse era o tipo de tormento que eu vivenciava todo dia.

Pousei o pote de sorvete quando ouvi o barulho de bandejas sobre a mesa de fórmica ao lado. Um dos irmãos Enos e alguns de seus amigos se sentaram. O caçula, Roy, se sentou com estudantes que pareciam um pouco mais novos que Tony. Ficou olhando para mim e depois cochichou com eles.

— Você está arrasando — disse Tony, lambendo a colher.

— Arrasando? — perguntei. Nós nos levantamos da mesa, jogamos os potes fora e depois andamos em direção à livraria, onde Tony explicou:

— Todos os rapazes estão olhando para você.

— Isso é bom?

— Acho que sim, se você estiver a fim de caras que queiram sair com você ou algo assim.

Não consegui responder porque jamais saí com alguém antes. Não no contexto humano, pelo menos.

— Quer ver a torre de artes antes de ir para casa? — perguntou Tony. — Passo o tempo todo lá. É o prédio Hopper. Por causa do pintor, sabe? No térreo ficam o ginásio, lounges, salas de estudo e de TV. Todo mundo vai lá. É provável que você precise fazer alguma coisa e alguém te diga para ir ao Hopper.

Não parei de olhar dentro da sacola de compras da livraria até sairmos do Grêmio. Tony e eu voltamos à trilha e ele apontou para um prédio atrás e à esquerda do Grêmio. Era o grande prédio de pedra. Uma torre em estilo medieval ficava próxima à entrada, diretamente à direita do prédio, subindo ao céu. Era voltada para o norte, na direção da entrada principal, mas eu sabia que, se estivesse na torre, teria uma visão completa do campus.

Cruzamos um enorme gramado. Quando nos aproximamos, olhei para outro dormitório à esquerda. A maioria dos prédios que tinha visto até então não tinham mais do que quatro ou cinco andares. Era hora do jantar, então muitos estudantes estavam fazendo piquenique do lado de fora.

Assim que chegamos à porta de vidro do Hopper, Tony a abriu para mim. Na portaria, era possível entrar no prédio ou subir a torre. Havia uma escada em espiral logo à direita da porta principal. Começamos a subir os quatro lances em direção aos andares superiores da torre.

— Wickham é tão diferente do que estou acostumada — falei, segurando o corrimão com a mão direita e a sacola da livraria com a esquerda. — Tem gente por todos os cantos.

Tony olhou para trás e sorriu. Ele estava à frente, guiando o caminho pela escada circular.

— Gosto do seu sotaque britânico — disse. Não respondi, mas senti um arrepio no peito e percebi que gostei do elogio.

No último andar, chegamos ao estúdio de arte.

— Como falei, é aqui que você pode me encontrar a maior parte do tempo. — Tony colocou a própria sacola da livraria no chão.

Uma fileira de janelas retangulares e pequenas, típicas de um castelo, seguia pelas paredes circulares de pedra. Havia cavaletes espalhados, embora estivessem vazios porque o ano letivo ainda não tinha começado. Havia máscaras de papel machê penduradas por arames finos no teto. Algumas pareciam com touros chifrudos, outras com rostos humanos. Havia caixas de metal e de plástico com pincéis, tocos de carvão e dez mesas de madeira ao redor da sala, cada uma com uma mancha especialmente singular de tinta. O lugar tinha uma vibração de potencial e criatividade. Eu podia dizer, não, sentir, que momentos fantásticos foram vividos ali. Como vampira, isso teria me enfurecido.

Que estranho, pensei.

— Não sou mais uma espectadora da felicidade — falei ao passar a mão por cima de um cavalete.

— O que você disse? — perguntou Tony.

— Ah, nada. — Dei meia-volta para encará-lo.

— Você gosta de Wickham? — Tony fez uma pausa. — Tenho uma bolsa de artes.

— O que isso quer dizer? — Examinei o quadro de um vaso de flores à direita de uma janela.

— Quer dizer que sou pobre demais para pagar por este lugar, então eles me deixam estudar de graça. Desde que produza arte de qualidade. E você?

— Não tenho bolsa — falei, observando Tony com atenção para ver se isso seria importante para ele.

Ele deu de ombros.

— Beleza. Só diga que não é uma daquelas riquinhas que só sai com caras que jogam lacrosse ou futebol e dirigem carros bacanas.

Eu não tinha ideia do que metade daquilo significava.

— Acho que não sou.

— Estou no Quartz. Passamos por lá ao vir aqui. É um dos dormitórios masculinos. Acabei morando com todos os atletas.

— Justin Enos? — perguntei com um sorriso maroto.

— É — respondeu Tony, revirando os olhos. Mas, na *minha* mente, Justin surgia bronzeado e lindo, saindo do oceano.

Virei para Tony.

— Bem, não se preocupe. Não serei uma daquelas moças ao redor de Justin, se é isso que preocupa você.

— A namorada dele? Tracy Sutton? Ela e as duas melhores amigas fazem parte de, tipo, um grupo. Elas se chamam de Três Peças.

— Três Peças?

— É, é tão imbecil quanto parece. Cada uma namora um dos irmãos Enos. Elas formam um grupo chato que fica de bobeira nos dormitórios. Estão sempre juntas fazendo com que todo mundo ao redor queira arrancar os olhos.

— Os olhos das Três Peças?

— Não, os próprios.

A princípio ri, mas, depois de um instante, a familiaridade com aquilo que Tony estava dizendo ecoou na minha mente. Meus dedos roçaram os pelos duros e secos de um pincel enquanto meu olhar perdeu o foco. Aquilo parecia familiar — familiar demais.

— Fui assim. No meu antigo colégio. — Ergui o olhar para Tony, que estava ouvindo educadamente. — Não fazia parte do grupo. Eu era o grupo. — Balancei a cabeça rapidamente, para espantar as ideias malucas. — De qualquer forma, não vou ser assim aqui.

— Posso pintar você um dia desses? — perguntou Tony.

Por essa eu não esperava.

— Me... pintar?

Pintaram um quadro meu no início dos anos 1700, mas nada desde então, apenas fotos.

— Sim. — Tony apoiou as costas na estante de madeira que acompanhava a circunferência da sala. Acima da cabeça havia uma janelinha estreita. Notei que o céu estava escurecendo lá fora. — Retratos são meu gênero de pintura. E sou bom, também. Vou me inscrever na Rhode Island School of Design no ano que vem.

Tony era um rapaz japonês bonito, embora eu só conseguisse ver o rosto de Song, um vampiro do meu coven. Ao todo eram cinco no grupo, contando comigo. Song foi o segundo homem mais novo que eu havia transformado em vampiro. Ele tinha 18 anos quando o encontrei, um guerreiro chinês que descobri no século XVIII. Eu o vi do outro lado de uma sala cheia de gente e decidi seduzi-lo. Ao escolher alguém para o meu coven, eu me baseava em furtividade, resistência e capacidade de matar. Song era o artista marcial mais letal da China. Eu o escolhi para jamais ter que me preocupar em me defender outra vez.

Meu olhar voltou para a pele macia e as salientes maçãs do rosto de Tony. Atrás dele, notei que começou a chover em um ritmo constante. Mesmo dali podia sentir o cheiro da terra molhada, não por causa de algum sentido vampírico, mas porque fazia muito tempo que meu olfato não percebia qualquer outra coisa que não fosse sangue e calor corporal.

— Além disso — disse Tony, ainda falando sobre o retrato —, você tem um visual diferente. E gosto de coisas diferentes. Não ando com a galera daqui.

— Duvido que eu vá andar. Estou regenerada. — Dei com um sorriso ao terminar de falar.

Tony sorriu.

— Legal — disse e cruzou os braços.

— É melhor eu ir. — Comecei a andar até a porta, então me virei para encarar Tony no último minuto. — E sim, quanto ao retrato. Será uma troca. Você me ensina a dirigir e serei sua modelo.

Tony sorriu e, naquele momento, notei como os dentes dele eram brancos. Era um sinal claro de boa saúde e alimentação. O sangue provavelmente tinha um gosto doce e terroso.

— Combinado — disse ele.

Desci a escada em espiral.

— Droga. Droga. Droga. — Tony passou por mim correndo pelas escadas.

— Onde você vai? — perguntei.

— Agora que notei a chuva! Deixei a janela aberta!

Tony desceu dois degraus de cada vez, o que fez a sacola da livraria balançar perigosamente no ar. Suas sandálias bateram contra os degraus pela descida inteira até chegar ao térreo. Depois ouvi uma batida nos ladrilhos e uma porta se abrindo.

Quando cheguei ao segundo andar, havia uma janela muito parecida com aquelas na torre de arte. Era pequena e retangular, mas dava vista para o gramado e a Student Union. Coloquei a sacola em um degrau e encostei a mão na parede fria. Aproximei o rosto da janela e vi as gotas de chuva batendo no cimento das trilhas lá embaixo. Então me ocorreu — eu não tomava um banho de chuva desde 1418. A última vez que senti a chuva foi na noite em que perdi o brinco da minha mãe, em nosso pomar de maçãs. A noite em que conheci Rhode e me apaixonei à primeira vista.

A noite em que morri.

Hampstead, Inglaterra — Pomar de maçãs
1418

A chuva caía sobre o teto da casa de meu pai. Morávamos em uma pequena mansão de dois andares atrás do terreno de um monastério. Os monges ficavam longe do pomar, separados da nossa casa por dois grandes campos de macieiras. Meu pai era órfão e fora deixado sob os cuidados deles na infância. Lá o ensinaram a plantar maçãs.

Era madrugada e a chuva caía no telhado em um ritmo fraco. Eu estava sentada em uma cadeira de balanço, olhando o pomar da família. A casa estava em silêncio, apesar do barulho da chuva e dos roncos do meu pai ecoando no andar de baixo. As brasas da lareira ainda ardiam e meus pés estavam aquecidos. Era o início do outono e estava mais quente do que todo mundo esperava. Embora fosse início de setembro, minha família descansava sossegada. Já havíamos mandado o primeiro lote de nossas valiosas maçãs para a família real dos Médici, na Itália.

Vestia uma camisola branca. Naquela época as camisolas eram finas e esvoaçantes. Se alguém quisesse, poderia ver toda a intimidade dos meus 15 anos. Meu cabelo ainda era comprido e castanho, preso em uma trança que chegava quase até o umbigo.

Do outro lado da janela molhada, as inúmeras fileiras do pomar se perdiam na escuridão e, ao longe, em algum ponto à direita, havia um minúsculo brilho laranja da luz de velas, vindo das janelas retangulares do monastério. Eu ia para a frente e para trás na cadeira de balanço, observando a chuva preguiçosamente. Ergui as mãos para retirar os brincos que minha mãe havia me emprestado de manhã. Quando toquei as orelhas, percebi que o da direita tinha sumido. Fiquei de pé. O último lugar em que estive com eles... qual foi o último lugar em que estive com eles? Meu pai havia elogiado o brilho do ouro ao sol na... *última fileira do pomar*!

Sem pensar duas vezes, saí pela porta dos fundos. Corri pelo pomar e fiquei de joelhos. Fui engatinhando por toda a última fileira. Não me importei que fosse noite ou que a camisola ficasse manchada e suja da terra adubada. Não conseguiria encarar minha mãe ao dizer que tinha perdido um de seus brincos favoritos. Ela afagaria meu rosto, diria que era apenas um brinco e esconderia a decepção. Deixei a chuva cair no rosto e rastejava de uma ponta à outra da fileira quando um par de botas pretas com fivelas prateadas surgiu no meu campo de visão. Não eram os saltos altos com que estamos acostumados no mundo moderno. Essas botas tinham saltos baixos, eram feitas de couro grosso e cobriam as pernas de um homem até as canelas. Subi o olhar pelas pernas e pelo corpo até parar nos olhos azuis mais penetrantes que já tinha visto e veria. Eram cercados por sobrancelhas escuras que destacavam o maxilar másculo e o nariz fino de um homem.

— Vivendo uma aventura? — perguntou tão casualmente como se estivesse indagando sobre o tempo.

Rhode Lewin se abaixou. Usava o cabelo desgrenhado naquela época. Como sempre, exibia uma boca arrogante e a testa franzida. Eu tinha quase 16 anos, jamais havia deixado o pomar dos meus pais, e o homem mais bonito do mundo parou diante de mim. Bem, ele parecia um homem, embora pudesse ser jovem, talvez tivesse minha idade. Havia algo no jeito de me olhar que dizia que esse rapaz, apesar do rosto liso e da expressão jovial, era bem mais velho do que eu. Como se tivesse visto o mundo inteiro e conhecesse seus muitos segredos. Rhode usava uma roupa toda negra, o que fazia a cor dos seus olhos saltar na minha direção na noite impenetrável.

Caí para trás no chão, que estava molhado e me encharcou. A lama esguichou sob meus calcanhares quando fiz força na terra para me afastar do homem diante de mim.

— Esta é uma propriedade particular — falei.

Rhode ficou de pé, colocou as mãos nos quadris e olhou para os dois lados.

— Não diga — falou, fingindo não saber onde estava.

— O que você quer? — perguntei. Fiquei apoiada nas mãos e ergui o olhar para Rhode.

Ele se aproximou e ficamos apenas um passo de distância. Estendeu a mão. Notei um anel de ônix em seu dedo médio. Era uma gema diferente de todas as que eu tinha visto antes, negra e lisa, sem nenhum brilho ou lampejo. Ele abriu os dedos e na palma de sua mão estava o brinco de argola da minha mãe. Olhei para o brinco e depois encarei Rhode. Ele sorriu para mim de um jeito que imediatamente me fez sentir algo que nunca havia sentido antes. Alguma coisa latejou perto do meu coração.

Fiquei rapidamente de pé, mantendo os olhos o tempo todo no homem diante de mim. A chuva caía no chão molhado. Estiquei a mão para pegar o brinco com os dedos tremendo. Estava prestes a tocar o ouro quando tive certeza de que ele fecharia os dedos em volta dos meus. A chuva caía na mão dele e em mim, deixando sua palma escorregadia com as gotas. Ergui o olhar para Rhode, arranquei o brinco com um gesto rápido e puxei a mão de volta para o lado do corpo.

— Obrigada. — Mal sussurrei e me virei para a casa da minha família. Ao longe, percebi o telhado plano mesmo na noite escura e chuvosa. — Tenho que ir. E você também... — falei, me afastando dele.

Rhode me virou para encará-lo, colocando a mão no meu ombro esquerdo.

— Venho observando você há algum tempo.

— Nunca vi você — falei e empinei o queixo em desafio. Não percebi que estava mostrando o pescoço para ele.

— O problema... é que estou apaixonado por você — disse Rhode, embora soasse mais como uma confissão.

— Você não pode estar apaixonado por mim — falei de maneira grosseira. — Você não me conhece.

— Não? Vejo você cuidar com atenção do pomar do seu pai. Vejo como penteia o cabelo na janela do quarto. Noto que brilha como a chama de uma vela quando anda. Há algum tempo sei que preciso ter você perto de mim. Eu te conheço, Lenah. Sei como respira.

— Eu não amo você — falei sem saber o motivo. Meu peito tremia com cada fôlego que tomava.

— Ah, vamos — disse Rhode, inclinando a cabeça de lado. — Não ama?

Eu amava. Amava como ele parecia rústico embora a pele fosse perfeita e completamente lisa. Ele poderia ter me contado que matou um dragão com as mãos atadas nas costas e eu teria acreditado que era possível. Talvez tenha sido o fascínio de estar na presença de um vampiro. Eu não sabia naquele momento que Rhode era um vampiro, porém, quanto mais o tempo passa, mais tenho certeza de que me apaixonei por ele naquele instante.

Rhode me olhou de cima a baixo e percebi que ele podia enxergar através da camisola. Passou um dedo na minha garganta, pelo meio dos seios e terminou no umbigo. Eu tremi. Do nada, Rhode meteu a mão na minha cintura e me puxou contra ele. Tudo aconteceu de maneira muito lânguida, como se fosse coreografado. Nossos corpos molhados se grudaram quando Rhode me puxou para perto e senti a mão dele na minha testa quando ele afastou uma mecha de cabelo dos meus olhos. E, naquele instante, Rhode enfiou os dentes no meu pescoço tão rápido que nem sequer notei o som da pele se rompendo.

A chuva caía de um jeito lindo do lado de fora da janela da torre. O campus estava encharcado e, assim que voltei a prestar atenção, observei os alunos correndo em busca de abrigo ou pulando sobre poças. Havia dezenas de estudantes lá fora. Contudo, aqueles mais perto de mim, duas moças e um rapaz da minha idade, estavam sorrindo com as mãos acima da cabeça. O rapaz passou o braço pela cintura de uma delas e os três correram para o abrigo do dormitório Quartz. Eu me afastei da janela para a escuridão da escadaria da torre e olhei a parte de dentro do meu pulso.

Nos momentos de paixão, Rhode enfiava os dentes na minha pele. "Só um gostinho", ele dizia. Era como se seus lábios tocassem meu ouvido. Sua voz gemia para mim na escuridão. Suspirei e esfreguei o pulso sem perceber. Meu peito doía, meus músculos latejavam por causa da transformação e eu queria socar a parede de pedra da torre até os nós dos dedos sangrarem.

— Ah... — falei alto e meus joelhos cederam. Desabei sobre os degraus da torre.

Isso era tristeza.

Era estranho como essa emoção me afetava muito mais no estado humano. A tristeza humana não era atenuada por outro sofrimento como na existência vampírica. Enquanto vampira, a tristeza se perdia em meio a todo tipo de pesar imaginável. Respirei fundo várias vezes até diminuir a adrenalina correndo pelos pulmões e pelo estômago. Eu iria chorar? Toquei o rosto, mas estava seco.

Continuei descendo as escadas, saí da portaria do Hopper e pisei no gramado. Eu me afastei do prédio e logo as gotas de chuva caíram na minha cabeça. Depois de alguns instantes, meus braços e o suéter de Rhode ficaram ensopados. Mal conseguia ver o que estava à frente, embora soubesse que ia em direção à trilha do outro lado do gramado. Enxuguei os olhos molhados de chuva.

Vivendo uma aventura?

O problema é que estou apaixonado por você...

Parei no centro do gramado. Chutei as sandálias e pousei a sacola da livraria no chão. Abri os braços e deixei a chuva cair. Pensei no rosto da minha mãe, na risada do meu pai, nos olhos azuis de Rhode e no aconchego do coven.

A vontade e o desejo de abrir mão da vida para que outro possa viver.

É a intenção, Lenah.

Pequenos respingos caíram no meu rosto e senti as gotas escorrerem pelas bochechas. Um arrepio tomou conta do corpo. Como vampira, não teria sentido nada além das gotas atingindo o corpo, como se ele estivesse entorpecido. Saberia que estava encharcada, mas não sentiria nada. Desta vez, ergui as mãos para o céu e fechei os olhos, deixando a chuva pingar entre os dedos e descer pelos braços. A água escorria pelos jeans e acabei ficando toda ensopada. Encolhi os dedos do pé na lama e respirei fundo.

— Você sempre faz isso? — Ouvi a voz de um rapaz ao longe. Sequei os olhos com as costas da mão. Do último andar de um dormitório à frente, Justin Enos sorria de uma janela aberta. Não tinha percebido que estava perto do dormitório masculino, o Quartz. Levei um segundo pensando na resposta.

— Talvez.

— Fico contente de ver que encontrou suas calças — falou Justin. E apoiou os braços no parapeito. — O que está fazendo?

— O que parece? — Uma onda de arrepios percorreu meus braços. Percebi que outros rapazes me observavam de algumas janelas.

— Parece que você ficou doida.

— Não é a mesma coisa que pilotar lanchas em altíssima velocidade, mas é revigorante. — Sorri e um relâmpago rompeu o céu escuro. Não pestanejei com o trovão repentino. Justin deu uma risadinha.

— Tudo bem, saquei. — Ele fechou a janela. Talvez Justin tenha ficado ofendido. Dei uma espiada atrás de mim. O grêmio ficava a uns 300 metros. Voltei a olhar o dormitório Quartz. Um arco de pedra cercava um beco escuro que dava no lobby. Um momento depois, Justin saiu pelo arco, sem camisa e com um calção de ginástica com WICKHAM escrito em letras brancas. Ele estava descalço e se juntou a mim no gramado.

Com os braços colados ao corpo, empinei o queixo para o céu. Justin sorriu para mim e fez o mesmo. A chuva batia na trilha de cimento e caía delicadamente na grama debaixo dos nossos pés.

— Definitivamente não é a mesma coisa que pilotar lanchas — disse Justin um instante depois.

Abri os olhos. O peito dele estava coberto de chuva e ambos estávamos ensopados. Sorrimos para o céu, depois um para o outro, e por um instante me esqueci de que era quase 500 anos mais velha do que ele.

— Qual é o seu nome? — perguntou Justin, com os olhos verdes protegidos por longos cílios molhados.

— Lenah Beaudonte.

Ele estendeu uma mão molhada.

— Justin Enos.

Nós nos cumprimentamos e segurei a mão dele por um pouco mais de tempo do que esperava. A pele era áspera na palma, mas macia no topo. Ele soltou primeiro.

— Obrigado, Lenah Beaudonte — disse. Recolheu a mão ao lado do corpo antes que eu pudesse espiar o lado de dentro de seu pulso. Ficamos nos encarando e não desviei o olhar. Tentei decifrar a nova emoção que invadiu meu corpo. Era... estranha. Esse rapaz não era Rhode, mas era... *algo* para mim. Examinei a curva do lábio superior, o jeito como descia e se juntava ao lábio inferior, carnudo e arrogante.

O nariz era fino, os olhos verdes, porém mais separados do que os de Rhode. Eram bem cercados por sobrancelhas de tom louro-escuro. O verde era muito diferente do azul de Rhode. Meu Rhode. Que tinha ido embora para sempre.

— Você parece muito triste — falou ele, interrompendo meus pensamentos.

Não foi o que eu esperava.

— Pareço?

Justin levantou o rosto para que a chuva batesse mais diretamente nele.

— Você está triste? — perguntou Justin, ainda olhando para o céu.

Concordei com a cabeça quando ele voltou a olhar para mim.

— Um pouco.

— Sente falta dos seus pais?

Balancei a cabeça.

— Do meu irmão. — Era o mais perto que eu chegaria da verdade. Namorado era errado. Amante era errado. Alma gêmea era um pouco dramático.

— O que animaria você? — Ele estava quase sorrindo agora, um sorriso irônico. — Tirando ficar parada na chuva.

Isso está me ajudando, foi a ideia que me veio à mente. Ainda bem que estava escurecendo. Ele não me veria ficando vermelha.

— Não sei.

— Vou ter que fazer algo a respeito disso — falou ele.

Senti sua energia. Era maliciosa, mas Justin era inofensivo. Gostei dessa combinação.

Ele começou a andar de costas para o dormitório. Justin me admirou com um olhar relaxado de satisfação e falou:

— Vejo você na assembleia.

Peguei a sacola de livros e andei até a trilha para o Seeker. Assim que cheguei ao caminho, olhei de volta para o dormitório dele. Justin estava no arco do prédio, apoiado com o ombro na pedra, um pé cruzado na frente do outro. A chuva continuava caindo e, quando nosso olhar se encontrou entre as gotas, ele abriu um sorriso e voltou para a escuridão do corredor.

Capítulo 5

Biiiip. Biiiiip. Bati no alarme com a palma da mão. Manhã de sábado, manhã de teste de nivelamento. Como não estive, bem... *acima* da terra, eu teria que passar por testes ao chegar ao campus. Na noite anterior, li as instruções de vários aparelhos eletrônicos e me atrapalhei com timers e botões. Tudo funcionou e eu acordei às 7 horas, a tempo de me aprontar e andar até o Hopper. Tony estava certo. De acordo com meu itinerário para os primeiros dias antes de começarem as aulas, tudo que eu precisava fazer era naquele prédio.

Com uma mochila pendurada no ombro, andei até o Hopper e fui para o corredor do primeiro andar, em direção à administração. Caminhando, notei os anúncios escolares e pôsteres. Um cartaz digno de nota dizia CLUBE DE BIOLOGIA — NÓS AMAMOS SANGUE! Eu sorri, mas queria contar para Rhode. Imaginei se ele tinha visto o que eu vi.

Cheguei perto da porta da diretora no fim do corredor. Estava escrito SRTA. WILLIAMS em letras douradas no vidro. Abri a porta e a srta. Williams estava ao lado da mesa.

— Venha comigo, srta. Beaudonte — disse ela, apontando para a porta aberta. Eu a segui.

Eles me obrigaram a fazer cinco testes. Sim, cinco. A diretora em pessoa ficou parada ao lado do meu ombro direito e me observou fazer o teste de japonês. Ela não acreditava que eu soubesse falar e escrever em todas as línguas que a Wickham oferecia. Neste mundo, no mundo contemporâneo dos humanos, há relógios por todos os lados. Os mortais vivem pelo tique-taque do relógio. Os vampiros passam dias, até mesmo semanas, despertos. Não estamos vivos de verdade. Parecemos vivos, embora não haja circulação, nenhum coração batendo, nenhum órgão reprodutor ativo. O peito não se enche e esvazia porque não há oxigênio no sangue para fluir pelas veias. Nos momentos em que queria fugir do sofrimento e do terror, eu desejava respirar. Se sentisse o ar no fundo da garganta, poderia fingir que estava viva. Porém, nunca tive essa sensação. Só havia uma dor eterna — uma lembrança constante de que estava entorpecida, desligada, que não fazia mais parte do mundo dos vivos. Ser vampiro é uma magia antiga. Nada existe... nada além das nossas mentes.

Viajei pelo planeta inteiro mais de uma vez, aprendi várias línguas, algumas que não existem mais. Heath, um vampiro do meu coven, aprendeu latim sozinho em três meses e não falava outra coisa. Ele era alto, louro e tinha ossos largos, como os de um nadador. Era tão lindo que nenhuma mulher podia imaginar o perigo quando ele sussurrava em latim no ouvido dela para, em seguida, rasgar sua garganta.

O cheiro de um perfume muito doce me trouxe de volta à realidade. A srta. Williams retornou ao escritório. Eu me sentei em um divã de couro marrom em frente à mesa da secretária.

— O que devemos fazer? — Ouvi a diretora Williams perguntar para uma das colegas, uma mulher mais velha e sisuda segurando uma prancheta. — Ela pode dispensar todas as aulas avançadas — sussurrou a srta. Williams.

— Eu preciso de um emprego — sugeri.

Uma vez que estava ali, aproveitei para dar uma opinião. Além disso, tinha uma promessa a Rhode para cumprir.

— Quais são suas aptidões, além de línguas? — perguntou a diretora Williams.

— Que tal a biblioteca? — sugeriu a colega sisuda.

Elas estavam falando sobre mim como se eu não estivesse ali. Fui tomada pela raiva, o que me surpreendeu a princípio. Queria matá-las, embora algo dentro de mim dissesse que não era uma boa ideia. Em minha vida de vampira, teria sugado o sangue delas e as matado apenas para dar vazão ao ódio constante que me atormentava. Por um momento, me imaginei agarrando os braços do divã, ficando de pé e pegando a cabeça da srta. Williams entre as mãos. Não seria preciso mais do que um gesto para torcer a cabeça dela, tornando possível sugar o sangue e matá-la. Em vez disso, ergui o olhar e dei um sorriso forçado.

— A biblioteca parece excelente — confirmou a srta. Williams, puxando uma papelada da gaveta da mesa.

A biblioteca? Parecia razoável. Quando meus pensamentos se voltaram para os dias cercada por livros, algo miraculoso aconteceu. A raiva diminuiu. Foi embora assim que a ideia de livros, páginas e aconchego entrou na minha cabeça. Enquanto as duas mulheres continuavam a conversar, percebi que o que sentia eram emoções simultâneas. Sentir alegria, esperança e raiva ao mesmo tempo foi o suficiente para dissolver a raiva instantaneamente. Olhei para a administradora sisuda me oferecendo uma caneta. Pensando bem, não teria sugado as duas — mesmo que fosse vampira. Odiava o gosto de qualquer pessoa com mais de 30.

Hathersage, Inglaterra
31 de outubro de 1602

A sala estava vazia. Um sofá de couro dava para uma lareira com brasas estalando. Havia quadros nas paredes e algumas imagens de Cristo — por diversão. Conversas, vozes e frases sem sentido ecoavam do corredor. Passei a unha comprida do indicador por cima do sofá. Estava tão pontiaguda que repuxou as pequenas fibras do tecido macio. As chamas rugiram. A lareira tinha mais de 1,50 metro de altura e 1,20 metro de largura, com uma abóbada feita de ônix negro. Passei devagar por ela. Era o ano de 1602, o fim do reinado da rainha Elizabeth. Eu usava vestidos feitos da mais fina seda da Pérsia e espartilhos que juntavam tanto os seios que me deixavam surpresa que um humano pudesse sobreviver à pressão.

Balancei os quadris ao virar e passei devagar por um longo corredor iluminado apenas por candeeiros na parede, no formato de duas mãos viradas para cima. Nas mãos havia velas que tinham queimado quase até o fim. A cera caía em gotas suculentas sobre o chão. A cauda do vestido espalhou a cera pela madeira em belos zigue-zagues enquanto eu me dirigia para uma porta no fim do corredor. Quando olhei para trás, a grande lareira jogou brasas de luz laranja no corredor escuro e contornou minha silhueta em uma linha cor de tangerina escura. Parei em frente à porta e prestei atenção. Pude ouvir música orquestral e risadas. Eu ainda não sabia, mas aquela noite de 31 de outubro de 1602 seria a última da primeira comemoração da *Nuit Rouge*.

Peguei a maçaneta, que tinha a forma de uma adaga voltada para baixo. Abri a porta. Antigas saudações como "feliz encontro" e "boas novas" chegaram aos meus ouvidos. No chão, no centro do salão, estava uma gorda abaixada. Ela usava um vestido branco de algodão que a cobria até os seios e um quepe branco na cabeça. O cabelo louro caía sobre o rosto e ela murmurou algo em holandês. Pensei que provavelmente fosse a criada de alguém, embora não a reconhecesse. Ela não deveria fazer ideia de que o patrão era um vampiro, e aqui estava a mulher, na minha casa.

O salão de bailes era adorável, devo dizer. O traseiro gordo dessa criada estava sentado no melhor piso de madeira da Inglaterra. Tochas compridas ficavam no alto de quatro pilares circulares de pedra que davam sustentação ao aposento. As chamas iluminavam a pista de dança, músicos tocavam em um canto, e duzentos vampiros formavam um círculo ao redor da gorda.

Rhode estava encostado em um pilar me olhando, sorrindo de braços cruzados. A indumentária dele era simples. Usava calças escuras com sapatos negros de solas finas de couro, sem salto. As roupas da época tinham texturas muito ricas, e os vampiros endinheirados adoravam se exibir. Rhode usava um casaco negro de linho amarrado por uma fita preta grossa. Os músculos dos braços ficavam bem definidos debaixo das mangas justas do casaco. Ele devia ter acabado de se alimentar, pois os dentes estavam mais brancos do que eu tinha visto em séculos.

Andei languidamente pelo interior do círculo de vampiros. Mantive os olhos em Rhode até chegar à porta do salão de bailes, que agora estava aberta e mostrava o longo corredor e a dança de luz da lareira.

A mulher no meio da sala continuava olhando para o corredor. Senti, como sempre com a percepção extrassensorial de vampira, o que esta mulher queria. Tentar fugir correndo.

— Você sabe por que está aqui? — perguntei, falando com ela em holandês. Andei bem devagar ao redor da mulher, mantendo as mãos nas costas.

Ela ficou abaixada me olhando. Fez que não com a cabeça.

— Você sabe quem sou eu? — indaguei.

Ela balançou a cabeça novamente.

— Quero... ir embora — falou, com a voz tremendo. — Minha mãe e meu pai.

Ergui o dedo e coloquei sobre os lábios. Imagens de minha vida humana me vieram à mente. A mansão de pedra dos meus pais. A terra molhada. Um brinco na palma da mão. Voltei a prestar atenção nas feições da criada. Os olhos azuis aguçados, o formato redondo e os cílios louros e curtos. Parei de andar em círculos e fiquei olhando para ela de cima.

— Você sabe... — falei e sorri. Antes que um vampiro mate, as presas descem. A princípio, elas parecem com dentes comuns, mas quando o assassinato acontece, elas ficam expostas, como num animal. Minhas presas surgiram, senti que elas desciam como se abrisse devagar uma navalha. Inclinei o corpo e olhei fundo nos olhos da criada. Sussurrei no ouvido direito dela: — Seu gosto deve ser horrível. Olhe sua natureza.

Recuei e olhei nos olhos dela novamente.

— Eu não ousaria macular minhas entranhas com o que você é. — Fiquei de pé. Por um instante, o alívio tomou conta do rosto da mulher.

Passei por ela, batendo os saltos baixos dos sapatos pretos de couro contra o piso de madeira. A cauda do vestido ondulou atrás de mim como uma cobra. Olhei por um longo instante para Rhode e sorri. O salão de bailes estava em silêncio. Os músicos haviam parado de tocar. Eu estava no meio do caminho para voltar ao corredor quando ergui a mão direita, dobrei o pulso e estalei os dedos.

Duzentos vampiros avançaram contra a mulher ao mesmo tempo. Sorri por todo o caminho ao voltar para o quarto.

A biblioteca de Wickham era uma obra-prima gótica com janelas panorâmicas de vidro. Entrei pelas portas duplas, notei as cadeiras de veludo, os corredores e mais corredores de livros, e os alunos pesquisando nas estantes. Havia placas octogonais e tridimensionais de madeira negra decorando o teto.

— Seu trabalho, srta. Beaudonte, é ficar sentada atrás desta mesa. Quando as pessoas lhe fizerem perguntas, você responde da melhor maneira possível. Pode levá-los a um bibliotecário se não souber responder o que querem saber. — A bibliotecária, que estava me mostrando o lugar, era uma mulher alta com um nariz fino e olhos de gato.

Estes humanos de hoje eram tão mal informados. Eu era uma ex-vampira que havia dormido pelos últimos cem anos. Esperavam que eu agisse como um guia de consultas?

— Você será paga toda sexta-feira. Vou entregar o cronograma do semestre no fim do turno, às 19 horas. A diretora Williams também sugeriu que você oriente alguns alunos com línguas, considerando sua competência. Farei um cartaz para que coloque no mural do grêmio.

Assim que ela foi embora, eu desabei sobre uma cadeira atrás da mesa semicircular de consultas. O internato particular Wickham com certeza iria me manter ocupada. À frente havia um computador, que basicamente me cegou com sua luz azul. Havia todo tipo de apetrecho que eu nunca tinha visto antes: grampeadores, canetas esferográficas, clipes, impressoras e tomadas elétricas. Teclados, desktops virtuais, mecanismos de busca — essas eram apenas algumas das centenas de palavras que eu precisava aprender para me encaixar, e rápido. Para ser integrada a Wickham ou, como Rhode diria, "voltar a ser uma adolescente", seriam necessários todos os meus esforços. Essa sociedade era particularmente complicada.

Olhei para o relógio por volta das 16h30 e notei que o turno ainda duraria mais duas horas. Decidi explorar a biblioteca. Andei por corredor atrás de corredor, nas profundezas das estantes, apreciando sua beleza. Ao me virar no último corredor de livros, a risada de uma moça ecoou de algum ponto próximo. Era uma espécie de gargalhada vibrante que vinha bem de dentro dela, reverberando pelas costelas. Risada pura. Eu queria ver quem era. Fiquei na ponta dos pés e olhei por cima dos livros. Havia salas de estudo paralelas ao corredor com paredes de vidro e janelas panorâmicas. Dentro das salas havia sofás bem acolchoados e mesas de estudo.

A fileira de livros era um bom esconderijo, porque eu poderia me abaixar atrás das prateleiras se fosse preciso. Dei uma espiada por cima dos livros novamente e continuei andando, seguindo a risada.

Parei de supetão assim que notei quem era a moça que gargalhava — Tracy Sutton, namorada de Justin. Eles se encontravam na última sala de estudos. Justin estava relaxando em um divã com Tracy no colo. Nas cadeiras laterais estavam os irmãos, Curtis e Roy. Tracy deu aquela risada feliz novamente. Notei como as pessoas riam facilmente nesta época. Como expressavam felicidade facilmente. Eu tinha me esquecido como era isso. Justin era alto, muito alto, de maneira que Tracy parecia minúscula no colo dele. Se fosse eu no lugar dela, minhas pernas ficariam penduradas sobre os joelhos de Justin como uma aranha.

Tracy ficou de pé e soltou um guincho ininteligível. As outras integrantes das Três Peças, Kate e Claudia, estavam ao lado e abaixaram a lateral das calças jeans idênticas para exibir o ossinho do quadril. Subi mais ainda na ponta dos pés e olhei. Elas usavam roupas de baixo idênticas, parecidas com pele de onça. Claudia passou o braço pelos ombros de Kate e Tracy voltou ao colo de Justin. Não consegui evitar — ficar olhando, quero dizer. Estava fascinada pela felicidade delas.

Eu estava especialmente atraída por Justin. Ele tinha uma... aura. Não havia outra maneira de explicar a força vital dele. A imagem do peitoral pingando de chuva passou pela minha cabeça. E como os lábios se mexiam ao formar as palavras. Especialmente quando me perguntou se eu estava triste. Queria que ele falasse mais comigo.

— Não curto mesmo a assembleia matinal — disse Tracy e depois deu um beijo no rosto de Justin. Ela estava olhando na minha direção. Suspirei de susto e me abaixei. Não queria que ninguém me visse. Não daquele grupo, pelo menos. Espiei pelo espaço entre a prateleira e o topo dos livros.

Tive uma reação *humana* a Justin Enos. Meu coração batia sem regularidade, e o ar dava voltas dentro do meu peito. Teria sido assim com Rhode? Será que Vicken, se fosse humano novamente, ficaria nervoso ao olhar para mim?

Justin abraçou Tracy e pousou as mãos nas coxas dela. Enquanto eu o examinava, por alguma coincidência caótica e horrível, Justin, que estava olhando para um dos irmãos, franziu a testa e parou de falar. Desfez o sorriso e virou a cabeça de forma que eu pudesse ver não apenas seu perfil, mas sua boca inteira. Depois, a ponta de seu nariz, então seus olhos, fitando os meus.

— Srta. Beaudonte.

Dei meia-volta. A bibliotecária com olhos de gato estava diante de mim. Ela tinha um caixote preto com caixinhas finas de plástico nas mãos.

— Por favor, coloque esses CDs em ordem alfabética na sala de escuta.

— Sala de escuta? — repeti, imaginando que diabos seria uma sala de escuta. Será que o mundo moderno evoluiu tanto que as pessoas se sentavam em uma sala e simplesmente... *escutavam*?

A bibliotecária passou o caixote para mim e apontou para uma sala no fim do corredor. Como não me mexi, ela suspirou.

— Por aqui...

Eu a segui. A mulher dava passos arrastados como se os quadris e o traseiro fossem pesados demais para levantar direito os pés. Como vampira, teria sido capaz de matá-la em menos de dez segundos. Ela olhou para mim e fez um gesto a fim de me apressar. Decidi parar de pensar em seu passo lerdo e na minha habilidade de atrair a presa.

Dei uma espiadela dentro do caixote. As caixinhas tinham alguns nomes que reconheci. Tirei uma com o nome George Frideric Handel. O que era isso? Handel era um músico, um compositor — o que diabos essas caixinhas teriam a ver com ele? Virei a caixa. A arte mostrava um sujeito de peruca branca, do tipo que vi em inúmeros homens durante os séculos XVII e XVIII. A peruca era enrolada nos dois lados do rosto e formava um rabo de cavalo atrás. Ele segurava uma pequena batuta acima de uma orquestra completa.

Somente quando a batida dos saltos da bibliotecária parou notei que havíamos chegado à sala de escuta. Justin e os amigos estavam no fim do longo corredor. A mulher abriu uma porta preta com uma janelinha no meio. Apontou para o interior da sala; cobrindo as paredes havia um tecido cinza e espesso, muito denso, porém macio ao toque. Passei os dedos pelo material fofo. Diante de mim havia uma grande máquina negra que ocupava uma parede inteira. A bibliotecária apontou para uma estante.

— Basta colocar nas prateleiras e organizar pelo sobrenome.

A parede estava repleta de caixinhas iguais às do caixote.

— Você se importaria em me mostrar como a máquina funciona? — perguntei, me referindo à monstruosa torre negra à direita das caixinhas. Em uma mesa em frente a ela havia três computadores.

— Que CD você quer escutar?

Eu peguei o que tinha "Ópera de Handel" escrito em letra branca cursiva na frente da caixinha. Mas a última ópera que eu tinha visto havia sido nos anos 1740, em Paris. Balancei a cabeça — me lembrava muito bem daquela noite. E não era uma noite que eu gostaria de recordar em uma sala com uma estranha.

Ela apertou um botão e uma bandejinha se projetou sozinha. Arregalei os olhos. Tudo que envolvia máquinas nesta época era tão fácil — um simples apertão e magia acontecia.

A mulher abriu a caixinha e retirou um disco prateado.

— Você coloca o CD na bandeja, aperta o botão no aparelho de som e pronto. Pode abrir o volume até o dez; ninguém vai ouvir. Essa sala é à prova de som. Os músicos ouvem os CDs em volumes absurdos.

Ela girou o botão para o volume dez e fechou a porta ao sair, me deixando em silêncio... por um instante.

Meti a mão no caixote de CDs, esperando para organizá-los devidamente quando a música saiu dos alto-falantes. Fiquei de pé e me afastei do som.

A ária era "Se pietà", de Handel, e percorreu a sala se espalhando pelas paredes de espuma e pelo piso acarpetado. A sensação das cordas, a vibração dos violoncelos fluíram pelo meu corpo como sangue. *Violinos* — vários — quantos, não sabia decifrar. Meus lábios se abriram e o ar escapou devagar. Os violoncelos entraram em seguida — os pequenos acordes melancólicos provocaram arrepios nos meus braços. Estiquei a mão e toquei os buraquinhos do lugar por onde a música saía. Senti a máquina vibrando com o som.

Como isso era possível? Será que tanto tempo se passou que os humanos conseguiram guardar qualquer música que quisessem? Foram capazes de mantê-la em algum lugar para que pudessem escutar sem parar?

Levei a mão ao peito quando uma mulher começou a cantar uma ária. A voz se derramou sobre as notas, voou com os violinos e entrou em sintonia com a harmonia dos violoncelos. Não consegui evitar — me ajoelhei devagar e fechei os olhos. Era uma espécie de beleza que eu não poderia ter concebido antes deste momento — música que finalmente podia sentir com o corpo e a alma.

Nos anos 1740, a ópera era popular, mas a pessoa tinha que viajar para ver as apresentações. Agora ela estava na sala de escuta do Internato Wickham. Fechei os olhos com mais força e deixei o som passar através de mim. Como um sussurro sobre a pele nua, os cabelinhos da minha nuca ficaram de pé. Senti um par de mãos sobre os ombros. Mantive os olhos fechados.

Você já aprendeu italiano?, sussurrou a voz no meu ouvido. Só que ela soou na minha cabeça, eu estava lembrando da última vez que ouvi essa canção — em 1740, em Paris, com Rhode.

— Você não está aqui de verdade — murmurei.

Não te contei? Aonde quer que você vá, eu irei, sussurrou a voz.

Mas eu sabia que estava sozinha na sala de escuta, em um século em que não conhecia nada... o fantasma de Rhode era minha única companhia.

— O que você está fazendo? — perguntou uma voz que claramente não era de Rhode.

Abri os olhos de supetão. Olhei para a direita. Justin Enos estava mantendo a porta aberta e as Três Peças passaram atrás dele, olhando para mim através do vidro. Subitamente percebi que estava de joelhos e fiquei de pé na mesma hora.

— Escutando — falei, embora tenha parecido mais com um grito.

Justin apontou para o aparelho de som.

— Posso?

Concordei com a cabeça, sem saber o que ele estava fazendo aqui. Mexi a esmo nos CDs. Ele abaixou o volume de forma que a canção ficou tão baixa quanto um sussurro.

— Por que você está aqui? — perguntei.

— Queria saber o que você estava escutando, porque pela expressão no seu rosto parecia que estava sofrendo ou algo assim. Mas era apenas música clássica.

— Não é apenas música clássica.

Ele franziu as sobrancelhas e eu desviei o olhar para os CDs novamente.

Mas tive que olhar de volta.

A camisa de Justin tinha um botão aberto — o suficiente para ver a fenda entre os músculos do peitoral. Uma ravina profunda de pele bronzeada. Eu queria passar o dedo ali. Era apenas um simples botãozinho, mas parecia esquecido, como se colocar as roupas às pressas fosse algo que ele fizesse regularmente.

Ele acompanhou meu olhar, viu a camisa e imediatamente moveu os dedos compridos para fechar o botão. Peguei um CD do caixote, desapontada.

— Você parece nunca ter ouvido música antes — disse ele.

— Não ouvi. Não desta forma. — Prestei atenção no último nome de um CD no caixote. Madonna, uma compositora de que nunca tinha ouvido falar. Coloquei o CD com os demais cujo último nome começava com M.

— Você nunca ouviu música em um aparelho de som?

— Não exatamente.

— E escolheu ópera?

Ergui o olhar. A expressão de Justin era uma mistura de espanto e pura confusão. Talvez ele pensasse que eu era esquisita, mas, naquele momento, deu para sentir que estava fascinado. Meu olhar passou pelo ombro dele e vi um dos irmãos espiando o interior da sala de música, o mais velho, com brincos na orelha. Atrás dele, as integrantes das Três

Peças davam risadinhas entre si, virando a cabeça para esconder a boca quando eu as notava.

— Tenho que ir — falei, enfiando os últimos CDs de qualquer maneira no fim da prateleira. Passei espremida e meu ombro roçou no braço de Justin. Era quente, como se tivesse ficado sentado ao sol. Ao passar por eles, não olhei para trás. Mesmo que rissem às minhas custas, eu sentia a vibração do soprano da mulher no meio do peito... em algum lugar muito próximo ao coração.

Capítulo 6

Primeiro dia de aula. O que vestir?
Wickham não tinha uniformes, então eu teria que arriscar. O tempo continuava quente apesar de ser início de setembro. Calças jeans e uma blusinha preta — parecia um palpite sem riscos. Nenhuma cor esquisita que estivesse fora de moda. Simplicidade. Tony falou que iria me encontrar fora do Seeker para irmos até a assembleia juntos. *Superioridade numérica*, pensei após o desastre na sala de escuta com Justin.

Na manhã do primeiro dia de aula, eu tinha alguns minutos antes de encontrar Tony. Entrei na cozinha. Era uma pequena alcova, com modestos armários de madeira e um balcãozinho. Rhode havia estocado o lugar com panelas, talheres e outros apetrechos de cozinha. No entanto, os itens mais importantes estavam no balcão ao lado da pia.

Temperos e flores secas estavam impecavelmente empilhados contra a parede em latas pretas redondas. A menor delas dizia "dente-de-leão". *É claro*, pensei. Dente-de-leão seco. A cabeça da flor seca não é maior do que uma moeda e deve ser levada para dar sorte. Se eu fosse me integrar à vida humana como Rhode pediu, precisava de toda sorte possível. Essa ideia e um relógio pareciam morar na minha mente. Durante os momentos de silêncio, quando as distrações desta nova era diminuíam, eu era capaz de ouvir os segundos passando. Cada *tique-taque* me deixava mais perto da última noite da *Nuit Rouge*. Balancei a cabeça para me livrar desses pensamentos, enfiei um dente-de-leão no bolso e peguei um feixe de alecrim que estava amarrado.

Meti uma tachinha na porta e pendurei o alecrim. Fiz isso para que, sempre que voltasse ao dormitório, o lugar seguro que chamaria de casa, me lembrasse de onde vim. E do caminho que ainda precisava percorrer.

Com a mochila nas costas, tranquei a porta ao sair. Pisei fora do Seeker e vi Tony no gramado, deitado de costas com as mãos atrás da cabeça, aproveitando o sol. Puxei o chapelão sobre a cabeça. Ele usava as calças jeans rasgadas de novo e um cinto decorado com tachinhas de metal.

— Você não tem medo de se queimar? — perguntei e coloquei os óculos escuros.

Tony ficou de pé em um pulo. Apontou para mim, o que fez sua mochila ficar pendurada no cotovelo direito.

— Bem, a segurança me disse que você mora no velho apartamento do professor Bennett?

— Se é a cobertura, então sim.

— "A cobertura." — Tony me imitou e exagerou o sotaque britânico. Ele pestanejou duas vezes e o queixo caiu.
— O professor Bennett morreu em julho — esclareceu. Tony ficou com os olhos arregalados e a boca fina aberta. Esperava que eu reagisse. Como não reagi, prosseguiu: — Ainda não sabem como ele morreu, mas tinha dois furos na garganta.

Isso fez com que todos os médiuns e malucos da cidade culpassem vampiros.

Revirei os olhos... Rhode.

— E daí? — perguntei. — O que isso tem a ver com a minha mudança?

— É setembro. O cara morreu há dois meses. Isso não te deixa bolada?

Dei de ombros.

— Na verdade, não. A morte nunca me incomodou.

— Por que isso não me surpreende, Lenah? — Tony passou o braço pelo meu ombro. — Acho que você também não se importa com vampiros.

— Você acredita que eles existem?

— Tudo é possível.

Não, Tony, pensei. *Não tudo. Algumas coisas, coisas peigosas.* Outros vampiros podiam ter morado em Lovers Bay, Massachusetts, embora nunca tenha ouvido falar de nenhum naquela parte do mundo. Vampiros geralmente sabem uns dos outros — geograficamente, quer dizer — e, de qualquer forma, o que eu poderia ter feito se eles estivessem lá?

— E você? — perguntou. — Acredita?

— Por que não?

Tony me abraçou tanto que meu ombro esquerdo fez pressão contra as costelas dele, e pude sentir o calor do seu corpo. A súbita proximidade me deu água na boca. No estado vampírico, uma espécie de salivação surge. As presas descem e depois você sente o instinto de morder. Eu me afastei e fingi mexer na mochila.

A batida do meu coração ecoou dentro de mim. Pressionei a mão contra o peito — como se isso fosse acalmá-lo. Retirei um documento oficial do fundo da mochila e fingi examiná-lo. Será que eu estava salivando por causa do calor do corpo de Tony? Queria o sangue dele? Eu me concentrei em algumas folhas pontiagudas de grama. Engoli em seco para ter certeza de que a saliva havia acabado.

Ergui o olhar para Tony. Ele tinha avançado pela trilha a alguns passos de mim. Não pude deixar de notar como andava: um passo longo com um pulinho. Os pés eram um pouco grandes em relação ao corpo. Tony estava usando botas pretas naquele dia, embora uma fosse diferente da outra. Não tenho certeza de que alguém com visão normal teria notado, mas a costura ao redor da bota direita era diferente da esquerda.

— Você vem? — chamou Tony. — A assembleia vai começar sem a gente.

Não, decidi. Definitivamente não queria o sangue dele.

Dei uma corridinha para alcançá-lo. Quando cheguei ao lado de Tony, ele sorriu e continuamos a seguir pela trilha. A atitude alegre dele tornou fácil esconder meus instintos vampíricos. Ele não parecia se importar quando eu agia estranhamente. Passei a língua pelos dentes da frente antes de falar. Tinha que me certificar...

— Você é de Lovers Bay mesmo? — perguntei, tentando me distrair do que havia acabado de acontecer.

— Sim — suspirou Tony. — Meus pais vivem bem na fronteira, na parte, hã, interessante da cidade.

— Interessante?

— Digamos assim: você ficaria assustada só de olhar para a rua.

Dei um sorrisinho. Claro...

— E como você conseguiu descolar a residência de um professor no dormitório? — perguntou Tony. — Todo mundo aqui tem que morar em quartos normais.

— Meu pai alugou pelos dois anos que vou estudar aqui.

— Uau. — Tony ergueu as sobrancelhas. Ele seguiu pelas trilhas em direção ao prédio Hopper. Ao caminharmos pelos caminhos sinuosos, olhei para seu rosto. Tony andava com a boca meio aberta, mas sorria de um jeito feliz e relaxado. Seu temperamento era gentil, e eu sentia sua energia. Vampiros conseguem sentir a energia humana e perceber as emoções das pessoas ao redor. Tony jamais machucou alguém na vida como eu fiz ou sentiu medo implacável. Eu queria protegê-lo de todas as formas possíveis e, antes de me dar conta do que estava acontecendo, estendi minha mão para pegar a dele. Deixei cair ao lado e fingi que nada aconteceu. Por sorte, ele não notou.

Fora dos dormitórios, nas trilhas ou nos gramados, *mais* alunos estavam pulando uns nos outros, gritando de alegria ou tirando fotos nos celulares.

Tony ergueu o braço na minha direção. Usou o indicador para fingir que estava batendo uma foto.

— Ai, meu Deus! — gritou, levando a mão ao coração. — Tenho que tirar a sua foto porque, tipo assim, não te vejo há cinco minutos. Faz pose!

Coloquei a mão direita na cintura e dei um sorriso sincero. Tony deixou os braços caírem e fez uma expressão desapontada.

— Você consegue fazer uma pose melhor do que essa!

— Como eu deveria posar? — perguntei, sem saber que tipo de pose era aceitável neste século.

— Esquece, Lenah — disse ele, rindo.

Tony pegou minha mão e me guiou de volta à trilha. Deixei que me puxasse e sorri quando seus dedos pegaram os meus. Mas eles não eram velhos. Havia manchas de tinta preta nas mãos e dedos. Eram macios, sem desgaste, e percebi que Rhode foi a última pessoa a me pegar daquela maneira. Soltei a mão de Tony.

— Passei dois meses na Suíça! — gritou uma garota mais nova, perto de nós, enquanto dava um abraço apertado em uma amiga. — E seu cabelo está tão louro!

Tony olhou para mim de rabo de olho e segurou o riso.

Minha percepção extrassensorial era um pouco parecida com um sinal de rádio; continuava a captar as leituras emocionais das pessoas ao redor. Havia tantas: empolgação, saudade, vergonha, ansiedade — eu poderia fazer uma lista imensa de emoções.

A trilha sinuosa onde estávamos passava em frente ao dormitório Quartz. Não consegui evitar dar uma olhadela para a janela de Justin. Estava escura, porém aberta e tinha uma caneca de café no parapeito.

Enquanto mantinha o passo com Tony, fiquei obcecada com as estudantes interagindo entre si. Se eu deveria ser uma delas, teria que agir como tal. Elas usavam anéis de brilhantes, relógios caros de prata ou ouro e acessórios de todos os tipos. Um monte de garotas mantinha os cabelos presos por presilhas ornamentadas. Talvez eu conseguisse arrumar alguns nas lojas. Quase esqueci a promessa de Tony de me ensinar a dirigir. Com o advento do novo emprego e meu fascínio por manuais de instruções, não havia cobrado a promessa.

— Arrumei um emprego — falei enquanto esperávamos na fila de alunos se reunindo para entrar no Hopper.

— Isso explica o que aconteceu no sábado. Passei no Seeker para te ver. Você devia estar trabalhando. Onde?

— Na biblioteca.

— É dureza. Eu trabalho no anuário. É um lance trabalho-estudo — explicou Tony.

— Anuário? O que é isso? — perguntei. Entramos debaixo da sombra do toldo do Hopper. Tirei o cabelo dos ombros e prendi com um grampo preto.

— Você não sabe o que é um anuário? — Tony me olhou de um jeito que dizia *como você NÃO sabe o que é isso?*, mas passou rápido. — É um livro que sai no fim de cada ano escolar. Tiramos fotos o ano inteiro, registramos o que acontece e reunimos tudo. Para, tipo, lembrar o que aconteceu.

— Então você tira as fotos?

Tony concordou com a cabeça.

— Tenho que tirar fotos da primeira assembleia. Todo mundo coloca as melhores roupas. É realmente muito chato.

— Este é o seu melhor cinto de tachinhas? — perguntei, dando uma risadinha.

Ele tirou uma câmera do bolso tão rápido que nem percebi o que estava acontecendo. Então uma luz atingiu meus olhos. Gritei a ponto de fazer arder o fundo da garganta. O berro saiu rápido e curto, mas foi o suficiente para todos os alunos esperando na fila olharem para mim.

Tony não parava de rir.

— Uau, tenho que te assustar mais vezes.

— Você é maluco? Não pode colocar uma luz intensa na cara de alguém. Vai machucar a pessoa.

Tony colocou a mão no meu ombro.

— Lenah, é só uma câmera. Talvez você goste mais da minha câmera falsa, mas essa não vai machucar, prometo.

Certo, pensei. *Tenho que aprender a controlar isso.*

A fila de alunos começou a andar.

— Obrigada por me acompanhar hoje — falei.

— Você não precisa me agradecer. Eu gosto. Todos os caras no campus acham você bonita, então por mim está bom. Vou te acompanhar à aula, ao seu dormitório, ao centro da cidade — disse ele com um sorriso ao entrarmos pela porta do Hopper.

Senti um aperto no coração. Olhei para o chão enquanto a imagem aos pés mudou da grama para a cerâmica da portaria do Hopper.

Aonde quer que você vá, eu irei... ecoou na minha cabeça.

Entrei com Tony em um mar de estudantes, embora não fizesse parte dele — não me sentia como se fizesse, de qualquer forma. Eu não podia pular, abraçar ou contar qualquer coisa que não fosse assustar uma pessoa e afastá-la da minha vida para sempre. E ali, na lenta fila para o auditório, a lembrança da ópera voltou.

Paris, França — intervalo da ópera
1740

Apaguei a chama das velas com a ponta dos dedos e depois esperei na escuridão. Ali, na sombra dos assentos de veludo e do parapeito folheado a ouro, um casal entrou no balcão. Matei os dois antes que um grito saísse de suas bocas. Nunca havia matado alguém em público antes. Eles eram um casal sofisticado e o sangue tinha um gosto doce e supreendentemente satisfatório. Usei os corpos como apoio para os pés no primeiro e segundo atos da ópera, *Giulio Cesare*, minha favorita.

Um filete de sangue pingou na frente do meu vestido de seda e manchou os sapatos cor de tangerina, mas esperei por outra coisa — o alívio da pura agonia que vivia na mente. É o que acontecia após matar uma vítima. Havia um alívio instantâneo, porém breve, do sofrimento emocional. Eu me sentei no assento aveludado e apoiei os pés no peito do jovem que tinha assassinado. Com certeza o alívio viria agora, a qualquer momento...

Outra gota escarlate caiu e ficou presa às pérolas brancas bordadas na bainha do vestido. A roupa em si tinha uma cor vermelho-escura, e era feita da melhor seda de Paris. Esperei, sem me interessar pelo falatório da plateia que aguardava o ato final da ópera. Só notei que uma gota comprida de sangue caiu do meu queixo quando respingou sobre o decote.

Parecia que uma mão invisível apertava cada centímetro do meu ser. Meus ombros e braços ficaram tensos como pedra. Esperei... e continuei esperando pelo alívio. Suspirei por força do hábito e olhei para a mão imóvel da jovem debaixo dos meus pés. *Vai ser sempre assim*, pensei, e chutei a mão por maldade. Mesmo que ela ainda estivesse viva, a dor insana que corria pelas veias jamais iria diminuir — sempre haveria essa tempestade, jamais uma brisa.

A cortina subiu e eu fechei os olhos, esperando para ser engolida pela escuridão e pelo som. Ficaria segura nas trevas da minha mente. O único lugar que eu sabia que poderia ir para esquecer o que havia me tornado, mesmo que fosse por um momento. A orquestra começou a tocar e eu deixei que os violinos pintassem cores de paz — branco, azul e toda uma sinfonia de cor. Os violinos rodopiaram na minha cabeça. Pude ver os filamentos do marfim dos arcos ao cruzarem as cordas, para frente e para trás.

A voz de soprano da mulher preencheu o ambiente do palco. Ela começou a ária, "Se pietà". Alcançou uma nota surpreendentemente alta, embora eu não apresentasse reação física à sua beleza. A reação coletiva da plateia me informou que ela não era uma cantora de ópera comum — a mulher conseguia emocionar através dos corpos, através das almas. Para mim, a ária apagava a luz. Diminuía a claridade para que eu pudesse mergulhar no som.

Segurei a cadeira quando senti uma oscilação no ar, e um par de mãos gentilmente acariciou meus ombros. Em seguida os lábios de Rhode estavam perto do meu ouvido. Ele se sentou atrás de mim.

— Já aprendeu italiano? — sussurrou.

Balancei a cabeça, abrindo os lábios.

— Que pena — disse ele. Seu queixo praticamente pousou no meu ombro.

— O que ela está dizendo? — sussurrei.

— Que é Cleópatra... e seu grande plano está desmoronando ao seu redor.

O amor que sentia por Rhode fluiu pelos ombros até os pés, e eu desejei que pudesse ficar arrepiada. A emoção do amor para um vampiro funciona desta maneira, como uma reação, uma satisfação — alívio. Matar minhas vítimas pelo sangue não estava funcionando mais. O amor que Rhode e eu tínhamos era tudo o que restava.

— Ela acha que seu amor morreu — disse ele.

Abri os olhos e vi Rhode me encarando — aquele rosto rústico cujas feições só se abrandavam para mim. Ele se sentou ao meu lado. A cantora, vestida com uma roupa egípcia, ergueu as mãos e se ajoelhou diante da cama cenográfica.

— A caçada perdeu o atrativo — falei.

Em volta de mim e Rhode, a voz da cantora cresceu com a orquestra — era uma beleza ensurdecedora. Senti a emoção crescente da plateia, a união de sua felicidade. Isso doeu.

— A música me acalma. Mas sei que vou esquecer de mim mesma outra vez. A selvageria vence, o sofrimento retorna e a vontade de machucar me domina... sempre domina. Como você aguenta? — perguntei. — Cheguei ao limite.

— Você — disse Rhode com calma, com simplicidade. Pegou minha mão e levou os dedos à boca. Debaixo das unhas havia restos de sangue, que ele lambeu. — Eu penso em você e é o suficiente.

— Como?

— Temos pouca coisa, Lenah. Concentro minhas energias não no sofrimento, mas no que posso fazer para evitá-lo.

— Então sou sua distração?

— Você — disse ele, aproximando o rosto a centímetros do meu — é minha única esperança.

Examinei as belas feições de Rhode. Os olhos dele vasculharam os meus atrás de uma reação. Coloquei a mão em seu rosto.

— Eu descobri. Agora sei. Nenhuma quantidade de sangue ou de violência vai aliviar a perda que vivencio todo dia. Quero passar os dedos por uma pele e *sentir*. Quero dormir, acordar, rir com uma plateia. Isto — apontei para o casal morto — não é mais suficiente.

Rhode levou meus dedos de volta aos lábios. Fechou os olhos enquanto a ária crescia ao redor.

— Vamos embora — disse ele, abrindo os olhos e depois ficando de pé.

— Para onde?

— Qualquer lugar. — Os olhos de Rhode estavam fixos nos meus e penetraram fundo no que seria a minha alma, se eu tivesse uma. — Aonde quer que você vá, eu irei. — Saímos do balcão, deixando o único sinal de nossa presença... a carnificina.

*

— Por aqui, Lenah — disse Tony. Sacudi a cabeça, me concentrando na porta do auditório.

Assim que entramos, entendi por que Rhode me mandou para Wickham. Era facilmente a escola mais elegante em que estive. O auditório era páreo para algumas das casas mais bonitas que conheci nos últimos cinco séculos. As paredes e o teto eram modernos. Nada na minha casa em Hathersage era feito de metal, apenas pedra e madeira. Wickham era diferente. Era o tipo de lugar em que as luzes eram embutidas em vitrais e brilhavam com um simples toque de um dedo. Os assentos subiam e se afastavam partindo de um palco no centro do salão. Os degraus que subiam pelas várias fileiras de cadeira tinham um tapete vermelho e uma luz guia.

— Apenas os alunos dos últimos anos fazem a assembleia aqui — explicou Tony ao subir os degraus. Muitos dos estudantes estavam reunidos em grupos fechados. — Sente-se aqui — disse ele, me conduzindo para algumas fileiras à extrema esquerda. Todos os jovens sentados ali usavam roupas parecidas com as de Tony. Alguns tinham cabelos com cores interessantes e um rapaz mais velho tinha piercings na boca e na sobrancelha. Gavin, um vampiro do meu coven, adorava estacas e facas. Ele teria adorado colocar um piercing. Talvez já tivesse colocado.

Não vi Justin. Devo admitir que esperava vê-lo, embora tenha notado a namorada horrível dele, Tracy Sutton, e as duas amigas sentadas do outro lado do corredor. As autonomeadas Três Peças estavam sentadas juntas, com as cabeças próximas, cochichando. Tracy olhou para cima e notou meu olhar. Virei o rosto. Quando me sentei, tirei a mochila e coloquei nos pés.

Não consegui evitar. Virei para olhar Tracy e observei como sua boca se mexia. Ela se inclinou para a menor das louras e disse:

— A novata está sentada com a galera da arte.

A loura baixinha virou o rosto e eu desviei o olhar em cima da hora.

— Ela é bonita — disse a menina.

Tracy fez uma expressão de desdém.

— Não importa. É mais branca do que eu no meio de novembro. E o que é aquela tatuagem no ombro esquerdo? Esquisito é pouco.

Foi um momento desconcertante. Com a mão na testa, pensei em algo que eu havia esquecido completamente. Fui muito burra. Tinha me esquecido totalmente da tatuagem. Havia uma expressão escrita atrás do meu ombro esquerdo. Apenas aqueles no meu coven tinham essas palavras tatuadas na pele:

MALDITO SEJA AQUELE QUE PENSA O MAL.

Franzi os lábios e vasculhei o salão. O que iria fazer? Como explicaria a frase para quem a visse? Especialmente para as garotas das Três Peças. Sentei com as costas contra a cadeira para que ninguém mais visse a tatuagem. Soltei o cabelo, embora soubesse que ao andar ou me mexer, qualquer um conseguiria vê-la. As alças da blusa eram muito finas. Foi uma péssima escolha, mas não tinha tempo para correr pelo campus e trocar de roupa.

Eu odiava ser capaz de ler lábios. Odiava minha visão vampírica. Queria ter colocado um suéter.

Tony deve ter notado que eu estava encarando as louras, porque se inclinou até mim.

— Bando de piranhas.

— Por que elas se chamam de "Três Peças" mesmo?

— Porque estão sempre juntas. As três. Tracy Sutton, Claudia Hawthorne e Kate Pierson. Ricas, populares e perigosas. Kate não fica no internato. Ela mora com a família em Chatham.

— Como é possível que essas três garotas sejam perigosas?

Praticamente ao mesmo tempo em que falei isso, compreendi o que Rhode quis dizer naquele dia no campo, assim como a intenção de Tony. Essas garotas eram lindas sem fazer esforço. Jogavam o cabelo facilmente com um leve gesto das mãos. Eram perigosas porque acreditavam que detinham todo o poder em sua beleza.

A srta. Williams falou e arruinou minha análise das Três Peças.

— Alunos e professores, por favor, tomem seus lugares — disse a diretora ao microfone.

O falatório diminuiu, corpos se mexeram e, após alguns instantes, todo mundo se sentou. Não vi Justin em lugar algum.

— Bem-vindos de volta. É um privilégio na manhã de hoje, assim como é todo ano, recebê-los para mais um ano acadêmico em Wickham. Qual é o meu desejo? Que vocês alcancem o mais alto nível de educação disponível. Para que cresçam não apenas academicamente, mas como jovens adultos. Aqui em Wickham, vocês são o melhor exemplo do futuro deste país. E, como alunos dos últimos anos, são um exemplo para o resto do internato.

— Blá-blá-blá — sussurrou Tony no meu ouvido direito, e meu peito ficou quente. Estava agradecida por tê-lo ao meu lado.

— Antes de abordarmos as mudanças tão aguardadas no cronograma, existem algumas novidades preliminares.

Aceitamos a matrícula de apenas quatro novos estudantes para os últimos anos desta vez. Vocês podem descer ao palco, por favor? Lenah Beaudonte, Elizabeth McKiernan, Monika Wilcox e Lois Raiken.

Senti um nó no estômago. Isso não seria nada bom.

À esquerda, três alunas se levantaram e começaram a descer os longos corredores em direção à srta. Williams. Virei para Tony com olhos arregalados e queixo caído. Ele estava com a mão sobre a boca. Seus ombros largos subiam e desciam. Embora a boca estivesse coberta, notei que as maçãs do rosto estavam vermelhas de alegria. Se ao menos ele soubesse o significado da tatuagem... assim que eu me levantasse, todo mundo a veria. Todo mundo perguntaria.

Fiquei de pé. *Não caia*, rezei. *Não ouse cair*. Desci, uma sandália de cada vez. Arranquei o chapelão, amassando a aba na mão direita. Devagar, mas sem hesitar, fui até a srta. Williams. Tomei cuidado para não olhar para nenhum outro lugar que não fossem os degraus à frente. Já podia ouvir alguns sussurros. A tatuagem era pequena. Não era maior do que o texto normal de um livro, mas a letra cursiva era bem clara. Era a letra de Rhode gravada na minha pele com tinta, sangue, chama de vela e uma pequena agulha.

A srta. Williams foi para a esquerda do palco a fim de dar espaço para nós. As outras três alunas encararam a plateia, eu fiz o mesmo. Então senti uma mão no ombro esquerdo.

— Por que não fala primeiro, Lenah? Apenas conte para eles um pouco sobre você — sussurrou ela.

Fui ao microfone. Só podia presumir que deveria falar nele, como tinha visto a srta. Williams fazer. O microfone exagerou a voz dela, e eu já possuía um ritmo suave e constante.

O corpo estudantil me encarou. Centenas de olhos mortais estavam em mim e todos esperavam que eu dissesse alguma coisa que me definiria dentro do mundo deles.

— Sou Lenah Beaudonte e isso é completamente humilhante.

A plateia irrompeu às gargalhadas. Percebi que eles estavam rindo comigo e não de mim. Minhas mãos se apoiaram na lateral do palco. Procurei por Tony, que fez um sinal de positivo. Foi então que notei Justin Enos sentado na cadeira diretamente atrás da minha. Meu coração disparou no peito e tive que desviar o olhar. Ele também tinha visto a tatuagem. Só podia ter visto. De qualquer forma, Justin parecia inacreditável. Delicioso, até. Sua pele era bronzeada, de um tom dourado que alguém só conseguiria ao ficar em linha direta com o sol. Imaginei por um instante como ele seria quente se o tocasse.

— Sou de uma cidade pequena na Inglaterra, se não notaram pelo meu sotaque. Tenho 16 anos e... bem, acho que é só por enquanto.

Voltei ao meu lugar, desta vez exibindo a tatuagem para os professores que estavam sentados atrás de mim. O tempo todo em que subi os degraus, mantive o olhar fixo no de Justin. Os lábios dele deixaram claro o que estava pensando. Eu me senti um híbrido: meio fera, meio humana, porque para mim era fácil interpretar Justin. Ele olhou diretamente na minha direção com uma boca irônica. Seus lábios quase formavam um sorriso. Ele não precisava falar comigo na chuva. Não precisava dizer nada em voz alta porque dizia tudo com o olhar.

Quero você.

Capítulo 7

Assim que a assembleia acabou, todo mundo começou a se movimentar para as saídas. Eu não queria parecer muito ansiosa para Justin, então quando Tony e eu finalmente nos levantamos para ir à aula, me virei de maneira casual. Mas ele já tinha ido embora. Não gostei de ficar nessa posição. Não era ele que deveria me seguir? Eu não deveria estar pensando nele, torcendo que estivesse atrás de mim. Que frustração.

Assim que chegamos ao corredor, coloquei a mochila mais colada ao corpo para cobrir a tatuagem.

— Sua tatuagem é muito maneira — disse Tony, confirmando o que eu temia. Saímos do auditório seguindo pelo corredor principal do Hopper.

— Ah, não é nada — respondi.

— Nada? Essa tatuagem é demais. Quando você fez? Quem fez? É uma tremenda tatuagem.

— Um tatuador em Londres — falei, embora uma lembrança tenha passado pela minha mente. Eu estava em Hathersage, deitada de bruços na sala de estar. Debaixo de mim havia um tapete persa escarlate que Rhode comprou na Índia, no século XVI. O fogo ardia na imensa lareira. Eu estava nua da cintura para cima, mas apenas com as costas expostas. Rhode estava de joelhos, trabalhando nos dizeres.

Ao redor de mim e de Tony, os estudantes perambulavam pelos corredores, a maioria com pastas de Wickham nas mãos. Devia haver uma centena de alunos do ensino médio andando pelo prédio Hopper. A cena me lembrou de um castelo em Veneza durante o carnaval. Centenas de venezianos fantasiados seguravam máscaras diante dos rostos. Leões, plumas, gemas brilhantes e taças passando, espalhados pelo salão. Assim como agora, ser cercada por tantos estranhos me deixou sem ação. Porém, em 1605, na confusão, matei o grande doge Marino quando ele se recusou a parar de me seguir pelo castelo. Rasguei o pescoço dele e já estava bem "cheia" antes que o sol nascesse sobre os canais de Veneza. Eu me arrependi imensamente de tudo no dia seguinte, pois não fazia ideia de que havia matado meu anfitrião. O que iria fazer? Ele não parava de me seguir dizendo como eu era bonita. Além disso, eu estava entediada.

— Daí, ela está sentada lá de joelhos, tipo, chorando — disse uma voz que me tirou das lembranças. Tracy estava parada no corredor e jogou o cabelo sobre o ombro. Falava com as integrantes das Três Peças e também com Justin. Eles estavam ao redor dela na base de uma escadaria qualquer. Havia outras garotas por perto que eu não conhecia. Tracy deu um tapinha de leve no ombro de Justin. — Justin vai lá e diz, tipo assim, "qual o seu problema?".

— O que ela falou? — perguntou uma das garotas que eu não conhecia enquanto bebia um refrigerante. Tracy olhou para Justin, mas ele apenas respondeu dando de ombros.

— Ela *mentiu*. Disse que nunca tinha ouvido música em um aparelho de som antes.

Justin desviou os olhos do grupo e, quando me viu, seu olhar era gentil — até mesmo surp o. Fiquei com o rosto quente e senti uma agitação no peito — queria gritar na cara de Tracy e jogá-la no chão. Em vez disso, suspirei e me virei para Tony, que deu um sorriso se desculpando.

— O andar de inglês é por ali — disse ele, apontando para uma escadaria. — Posso subir com você, se quiser.

A situação com Tracy devia ser levada a sério. Eu tinha que subir sozinha.

— Não — falei, porém o tom foi de gratidão. Olhei de volta para o grupo, mas eles estavam subindo a escada. — Vou ficar bem. — Por sorte eu não tinha que passar por eles depois de terem falado sobre mim daquela maneira.

— Vejo você hoje à noite. Vamos jantar?

Concordei com a cabeça e comecei a subir.

— Não se esqueça! — disse Tony, gritando às minhas costas. Eu me virei. — B-D-P — soletrou. — Bando de piranhas.

Ri e subi a escadaria.

Inglês avançado. Aparentemente, quando fiz o teste de nivelamento naquela manhã de sábado, tirei uma nota "mais alta do que o melhor aluno do ano passado".

No segundo andar havia portas feitas de mogno com janelas de vidro e um piso reluzente de cerâmica. Desci o corredor, passei por duas ou três portas de vidro e olhei meu cronograma. Bati em uma porta de madeira com o número 205 pintado em preto e entrei na aula de inglês avançado. A sala de aula tinha um formato semicircular e uma lousa no centro. O professor parado no meio era um homem chamado

Lynn. Baixo, magro e com entradas. A falha em seu cabelo tinha o tamanho de uma moeda.

A maioria dos alunos estava se sentando. Não vi ninguém que reconhecesse, exceto Tracy. Escolhi um lugar o mais longe possível. Ao passar, notei a curva de uma coluna vertebral conhecida sentada ao lado dela. A pessoa tinha costas largas e bronzeadas escondidas debaixo de uma camisa preta de botão. Era Justin. Eu me sentei sem olhar na direção deles.

O professor Lynn parou de escrever na lousa e se virou para a turma.

— Kate Chopin. *O despertar*, de 1899. Alguém sabe me dizer se este livro é um romance, um suspense? Qual é o gênero? — perguntou o professor Lynn, notando meu olhar.

Acho que vamos cair de cabeça na matéria, então, pensei.

Não respondi. Em vez disso, tirei o livro da mochila. Era um exemplar de capa mole novinho em folha, que tinha comprado com Tony na livraria.

— Alguém? — insistiu o professor Lynn. Novamente, ninguém respondeu. — Que tal nossa nova comediante? — Ele recorreu à lista de chamada. Eu sabia que isso iria acontecer; felizmente, mantive a capacidade vampírica de ler as intenções das pessoas. Sabia, por instinto, que o professor Lynn queria me desafiar. Ele veio até a minha mesa e cruzou os braços. — Você leu as cinquenta primeiras páginas? Deve ter recebido uma carta e um plano de estudos no verão com instruções.

Concordei com a cabeça, embora não houvesse recebido carta alguma enquanto estive hibernando a sete palmos debaixo da terra. Achei melhor não entrar nesse detalhe.

— Por que não nos diz o que acha, srta. Lenah... — Ele recorreu à lista de chamada. — Srta. Lenah Beaudonte. Quais são suas primeiras reações a *O despertar*?

— O que o senhor gostaria de saber? — perguntei sem deixar de encarar o professor Lynn. Ele estava me usando como um exemplo, armando o circo... uma disputa de poder. Depois do incidente com Tracy na escadaria, eu tinha que vencer. Nossos olhares fixos eram indignados, os olhos dele eram implacáveis. Se um dia o professor Lynn fosse transformado em um vampiro, seria assustador.

— Perguntei o que você achou de O despertar. As primeiras cinquenta páginas. Qualquer aspecto sobre o livro — disse o professor Lynn. A presunção no tom de voz dele era revoltante. *Apenas mais um exemplo da natureza humana*, pensei.

Justin conteve o riso. Eu nunca tinha estado em uma sala de aula antes e já não gostava. Tracy roçou o joelho no de Justin e ambos sorriram diante da minha resposta irritada. Disparei um olhar na direção deles e voltei a encarar o professor Lynn.

— Bem, não sou uma garota que gosta de ser controlada. A protagonista, Edna Pontellier, foi controlada a vida inteira. O livro é sobre isso. A protagonista reage às restrições sociais contra ela. Sente-se presa. Agora, se o senhor realmente está pedindo minha opinião e não esperando que eu não saiba responder, acho que é um livro deplorável.

Silêncio. Depois risos.

— "Deplorável"? — sussurrou Tracy no ouvido de Justin, me imitando.

— Você é capaz de dizer isso lendo as cinquenta primeiras páginas? — perguntou o professor Lynn, com as sobrancelhas erguidas.

— Li o livro antes, senhor.

Agora eles não estavam rindo. Eu me recostei mais na cadeira e cruzei a perna esquerda sobre o joelho direito.

Minhas pernas pareciam longas e esguias. O professor Lynn voltou para a mesa dele e então se virou para me encarar.

— Você já tinha lido *O despertar*?

Tenho um exemplar original, primeira edição, capa dura, na minha casa em Hathersage, seu tolo.

— Sim, senhor. Três vezes.

Uma hora depois, guardei os livros de inglês na mochila. Depois de vasculhar a sala atrás de Justin, fui até a porta.

— Srta. Beaudonte?

Virei. O professor Lynn estendeu um bilhete escrito à mão. Coloquei a mochila no ombro e fui até a mesa para pegar.

— Como conhece tanto *O despertar* e o resto da turma não, vou passar mais tarefas para você do que para os outros. Não é justo, Lenah. Sua experiência literária a coloca em vantagem.

Concordei com a cabeça, embora estivesse me odiando em silêncio. Podia ter facilmente fingido que nunca tinha lido o livro, caso não tivesse passado vergonha em público e o professor Lynn não houvesse cismado comigo. Não parecia justo. Entretanto, o que eu podia dizer, de verdade? Até poucos dias atrás eu não conhecia muita coisa sobre os meandros da justiça.

Eu não ousaria macular minhas entranhas com o que você é.

Minha voz ecoava na mente. Respirei fundo e fechei os olhos quando uma onda de alívio passou por mim. Não conseguia acessar aquele tipo de maldade humana. Ainda não, pelo menos. Foi pensando nisso que estiquei a mão para a porta da sala de aula.

— Você acha que ela é bonita — disse Tracy em tom acusador. Parei de andar imediatamente.

— Não — respondeu Justin, embora eu soubesse que estava mentindo. Sabia como uma mentira soava. Eu era brilhante em identificá-las.

— Você acha, sim. Sei que acha. Estava olhando para ela na aula.

— Ela estava sendo interrogada pelo professor Lynn!

— Ela é uma vadia — disse Tracy. — E ouvi dizer que namora Tony Sasaki.

— OK, beleza, ela é uma piranha. Podemos ir? — perguntou Justin.

— Ela está no campus há, tipo, cinco minutos, ela se esgueira por aí de óculos escuros e não fala com ninguém a não ser Tony. Piranha esquisita — acrescentou Tracy.

O calor circulou e aumentou debaixo do meu coração. Essas sensações humanas, esses *hormônios* fervendo debaixo da pele... que irritante. Passei a língua pelos dentes na expectativa de as presas descerem. Esperei — nada de presas. Suspirei.

— A gente pode parar de falar sobre isso? Tenho um jogo — disse Justin.

Cerrei os dentes, coloquei os óculos escuros e irrompi para fora da sala de aula, disparando de propósito por entre eles. Justin pestanejou e soltou um suspiro baixinho de susto, mas eu ouvi ao passar.

Desci a escadaria o mais rápido possível e avancei pelo corredor. Um pouco antes de chegar ao gramado, olhei para a esquerda. Estava diretamente em frente à escada da torre de arte. A raiva aumentou tanto dentro de mim que, por um instante terrível, desejei ser uma vampira de novo. Queria ter a força do meu coven para assustar Tracy e Justin para valer.

Em vez disso, subi para encontrar Tony.

— Não entendo. O que há de errado com essa gente? — perguntei.

Vinte minutos depois, eu estava olhando o relógio e andando de um lado para o outro. Tony e eu estávamos sozinhos no estúdio de arte, o que era legal porque eu podia dizer o que quisesse sem me censurar. Nem me preocupava mais com a tatuagem. Dei uma olhadela para o relógio de novo. Eu tinha 15 minutos outras vezes da próxima aula: história. Agora que precisava me preocupar com aquela maldita coisa, o relógio estava em todos os lugares — debochando de mim. Nunca precisei pensar no tempo antes. Tinha o quanto quisesse.

Tinha a eternidade.

— Já escutei música outras vezes — falei, ainda andando de um lado para o outro. — Só que não daquela forma... em uma sala de escuta.

Ou em um aparelho de som..., pensei comigo mesma, mas decidi não falar alto.

Tony estava me desenhando, apesar de tê-lo lembrado de que ainda não havia me ensinado a dirigir.

— No sábado — disse ele, aumentando o rádio sobre uma bancada à esquerda. — No sábado. E depois podemos dirigir até Lovers Bay.

— Quem eles pensam que são? Piranha! — falei em tom de desdém. — Nunca fiz sexo.

(Certo, nunca tinha feito sexo humano.)

— Tracy Sutton e Justin Enos combinam — disse Tony, detrás da capa do caderno de desenho. — Tracy Sutton é uma piranha. Justin Enos é um riquinho que por acaso escreve bem. Eles vão te odiar. Você é esperta e acabou de detoná-los no próprio joguinho deles.

Ele apertou o olho e depois recomeçou a desenhar furiosamente. Um tipo diferente de música estava tocando no aparelho de som da torre de arte, algo cheio de batidas e sons ritmados repetitivos.

— Mas você está vermelha, então talvez eles devessem te irritar mais vezes. Ajuda o retrato — falou Tony, pegando um lápis cor de pêssego.

Esfreguei o rosto ao andar em direção às janelas. Alunos saíam e se dirigiam aos vários prédios de Wickham. Eu sabia dizer que eram quase 11 horas pela posição das sombras na grama. Os vampiros não têm a capacidade inata de dizer as horas baseados nas sombras projetadas pelo sol. É um talento que surge com a necessidade. Muitos viraram cinzas por erros de cálculo.

No gramado atrás do Quartz, os rapazes corriam de cima para baixo em um campo, batendo na cabeça uns dos outros com um taco que tinha uma rede presa na ponta. Nas costas dos uniformes havia um número e os sobrenomes. Dois dos irmãos Enos estavam participando desta atividade ridícula. Um era Justin, e outro, Curtis, o irmão mais velho.

— O que eles estão fazendo? — perguntei, apontando para os rapazes. Tony ficou de pé com um lápis na mão e se balançou ao ritmo da música perto da janela.

— Lacrosse. É uma religião em Wickham.

— Sério? — Arregalei os olhos. — O que é lacrosse?

Tony riu e eu percebi que fui um pouco sincera demais.

— Quando você for à biblioteca, Lenah, *por favor* pesquise a respeito. Se não souber o que é lacrosse, vai arrumar confusão aqui. Não comigo — esclareceu Tony —, mas com os manés que curtem essa porcaria.

— Lacrosse. Pode deixar — falei, fui à porta para pegar minhas coisas e me virei para Tony. — Sabe, já arrumei confusão. Até agora, apenas hoje, sou uma piranha, uma sabichona e uma feiosa.

Tony se sentou e apertou os olhos para mim. A seguir, fez um sombreado em alguma coisa na folha com a ponta do anelar. Voltou a ficar sentado, desenhando.

— Definitivamente, você não é feiosa — falou e pegou um carvão.

Capítulo 8

Por volta das 15h30, finalmente tive a última aula do dia. Ao sair do Hopper, coloquei os óculos escuros e o chapelão e entrei no gramado que se espalhava em direção ao Quartz. Fui para a biblioteca trabalhar.

Em vez de cismar com Justin Enos me chamando de piranha, tentei pensar no novo emprego, nas perspectivas futuras e em quantos dias seriam ocupados pela transição de volta a uma vida em que eu vivia e *respirava*. Sentia falta de perambular pela minha casa em Hathersage? Sentia falta dos becos de Londres e outras cidades estrangeiras, de matar e machucar pessoas inocentes ao passar? Não, não sentia. Porém, sentia saudades dos rostos do coven. Dos homens que eu conhecia havia séculos. Dos homens que treinei como assassinos. Meus irmãos.

Agora que era humana, tinha que pensar em datas e no tempo. Era 7 de setembro. Faltavam 54 dias para a última noite da *Nuit Rouge*. Cinquenta e quatro dias antes de

Vicken esperar meu despertar. Cinquenta e quatro dias antes de a caçada por mim começar.

Após sentar à mesa de consultas, tirei a tarefa do professor Lynn da mochila. Parecia simples: "Escreva um ensaio de cinco parágrafos e discuta uma forma como Edna é 'despertada' em *O despertar*, de Chopin. Use exemplos ESPECÍFICOS." Eu tinha tempo, afinal de contas. O turno ia das 16 às 18 horas. Mergulhei na pesquisa para o ensaio de cinco parágrafos. Peguei alguns livros da seção de consultas e já tinha rascunhado uma ideia para o texto quando uma voz disse:

— Posso falar com você?

Ergui os olhos. Ali estava Justin Enos.

— Não. — Voltei a olhar para o rascunho. Não conseguia encará-lo, de verdade. Seus olhos e boca eram inacreditavelmente lindos. Ele ainda estava com o uniforme de treino e tênis enlameados. Queria tocar as mechas espessas de cabelo louro grudadas na cabeça dele. O rosto ainda estava vermelho e gotas de suor desciam pelas costeletas.

— Tenho, tipo, umas novecentas coisas para dizer. — Justin tentou explicar. Por que seus lábios tinham que fazer um biquinho assim, tão naturalmente?

Peguei alguns livros e me dirigi para dentro do labirinto de estantes de Wickham.

— Quero me desculpar — falou Justin, me seguindo. Enfiei um livro em um espaço na prateleira e prossegui pelas estantes adentro. Fiquei concentrada em colocar os livros que estavam na mão em seus devidos lugares e depois voltar à mesa.

— O que Tracy disse foi uma estupidez e eu não deveria ter...

— Não precisa, OK? — falei e continuei: — Você faz isso com todas? Fica na chuva torrencial e pergunta a uma garota sobre a tristeza que ela sente? Depois debocha dela? Por que perde tempo se desculpando?

Justin parou no meio do corredor.

— Tracy ficou com ciúmes. Você não merecia aquilo.

Você não merecia aquilo...

A frase retumbou nos meus ouvidos, mandou vibrações para a minha cabeça e ecoou na minha mente. Arquivei o último livro aleatoriamente. Depois me virei para Justin e cruzei os braços.

— Sabe o que não entendo sobre as pessoas?

Justin balançou a cabeça e franziu a testa — ele estava sinceramente curioso.

— Que se divirtam com a tristeza dos outros. Que realmente queiram magoar umas às outras. Não quero jamais voltar a ser desse jeito e não me misturo mais com gente assim. — Minha vergonha foi demonstrada por um suspiro.

— Não sou desse jeito — falou Justin, embora a expressão nos olhos dele dissesse que estava confuso.

Naquele instante, notei um texto em letras grandes e douradas com o canto do olho. Virei o rosto e vi a lombada de um livro. O título era *A história da Ordem da Jarreteira*. Peguei o volume e coloquei debaixo do braço esquerdo. Justin deu alguns passos no corredor e parou diretamente na minha frente. Seu peito arfava debaixo da camiseta justa.

— Você é realmente demais — falou ele. — Quero dizer, o jeito como fala. É...

— Britânico?

— Não. Gosto de ouvir o que você tem a dizer. É inteligente.

Não sei se ele deu um passo à frente ou fui eu que dei, mas de repente estávamos muito perto, os lábios de Justin a centímetros dos meus. O cheiro dele era doce, como suor. Eu sabia que seu coração continuava batendo acelerado e que o sangue estava correndo pelas veias dele mais rápido do que o normal. Gostaria de poder parar com esses pensamentos vampíricos e calculistas, mas, como se diz, é difícil largar velhos hábitos.

— Sou inteligente o bastante para ficar longe de você — sussurrei, embora estivesse apenas olhando para os lábios de Justin.

Ele se inclinou para a frente e, bem na hora em que pensei que fosse me beijar, pegou o livro debaixo do meu braço. Respirei fundo. O cheiro de grama estava entranhado na pele dele. Justin se encontrava perigosamente perto da minha boca. O instinto de morder. Esperei que as presas descessem. Abri a boca, arreganhando os dentes apenas um pouquinho. No instante em que se afastou, senti um arrepio e suspirei, balançando a cabeça rapidamente, e fechei a boca.

— Para que aula você está lendo isso? — perguntou, folheando o livro de trás para frente.

— De história — menti.

— Então, posso compensar? — Justin me devolveu o livro. Ele pousou a mão direita na estante e manteve a esquerda atrás das costas.

— Compensar o quê?

— O que Tracy e eu falamos de você hoje — disse ele, ganhando um tom rosa nas bochechas.

— Como faria isso?

— Aqui está você! — disse uma voz aguda. Justin deu meia-volta. Tracy e as duas outras garotas das Três Peças estavam no fim do corredor. Ela mantinha a mão esquerda na cintura. Era óbvio que as três tinham combinado as roupas. Todas usavam calças colantes de cores diferentes, que grudavam em seus pequenos corpos, e blusas combinando.

Eu me senti uma gigante malvestida.

— Curtis disse que viu você entrando na biblioteca — falou Tracy, passando os braços pela cintura de Justin.

Eu me afastei dele e voltei para a mesa, fingindo que a conversa jamais ocorrera. Não iria interagir com Tracy. Não seria, arrisco dizer, a inferior. As outras duas garotas, que permaneceram no fim do corredor, me olharam feio. Uma delas, a mais baixa, Claudia, sorriu para mim quando passei perto.

— Bela tatuagem. — Claudia se voltou para a outra garota, Kate, e trocou um olhar sorrateiro com ela. — Podemos ver de perto?

Assim que ficou ao meu lado, cheguei perto e sussurrei:

— Tem uma coisa nos seus dentes.

Não havia nada nos dentes dela, mas Claudia sacou um espelhinho para verificar. Olhei de volta para Justin, que agora estava com as duas mãos ocupadas nos quadris de Tracy.

Mais tarde, jantei com Tony. Dei a última garfada do prato daquela noite, uma típica receita americana: peito de frango com uma espécie de molho branco. Eu não conseguia parar de sorrir ao comer. Tinha tantos sabores na boca. O gosto amadeirado do tomilho. O sabor forte do orégano. E, claro, o açúcar.

Enquanto terminávamos o jantar, contei o que havia acontecido com Claudia na biblioteca. Tony riu tanto que cheguei a ver seus dentes no fundo da boca. Ele usava um boné de beisebol virado para trás e a mesma camiseta branca da manhã, só que agora coberta por manchas de carvão e tinta.

— Essa foi ótima! Claudia Hawthorne é uma tremenda piranha!

Enquanto Tony terminava de roer um osso, avistei por cima de seu ombro Justin entrando no Grêmio de braço dado com Tracy. Os dois se separaram ao entrar e as Três Peças se dirigiram rebolando para a mesa de salada. Embora estivessem vestidas com jeans e camisetas, queria ter trocado as roupas que usei o dia inteiro. Tony acompanhou meu olhar e virou a cabeça para ver.

— Justin! Pega um lugar para a gente! — gritou Tracy, jogando um beijo para ele. Claudia e Kate deram os braços a Tracy e entraram no fim da fila dos alunos que esperavam para encher os pratos com salada.

— Ele está louco para mergulhar — ouvi Tracy dizer.

— Ainda está 25 graus lá fora — respondeu Claudia, jogando o cabelo sobre o ombro.

— Sim, mas em setembro? — perguntou Tracy.

— Agosto acabou tem, tipo, duas semanas, Tracy — falou Kate, pegando um prato da mesa de salada.

Olhei para Justin e o vi vasculhando o ambiente semicircular do Grêmio. Ele observou as mesas e, quando seus olhos pararam na minha, deu um pequeno sorriso. Sua expressão era feliz, ansiosa. Ele veio cortando caminho até a nossa mesa.

— O que você fez com o pobre garoto? — perguntou Tony, se virando para mim com a boca cheia de frango. Quando ele deu outra mordida, notei que seus dedos estavam sujos de carvão.

— O que você quer dizer com isso?

— Ele está vindo aqui.

Só tive tempo de responder dando de ombros, porque Justin chegou ao nosso lado em um segundo.

— E aí, Sasaki? — disse ele, acenando para Tony casualmente com a cabeça.

Tony respondeu o cumprimento. Justin apoiou as mãos na mesa.

— Posso falar com você? — perguntou para mim.

— Você já não falou? Na biblioteca?

— Sim, mas quero te perguntar algo.

Justin disparou um olhar rápido para Tony e voltou a me encarar. Tony não viu porque estava olhando para mim.

— Qualquer coisa que queira me perguntar, pode perguntar na frente de Tony — falei.

Tony sorriu para mim de boca fechada porque ainda estava comendo. O olhar dele era carinhoso, e eu percebi que tinha acertado.

— Tanto faz. Não consegui perguntar na biblioteca. Eu me sinto mal mesmo pelo que falei. Quer mergulhar com a gente no sábado?

A expressão de Justin era calma, mas havia uma ansiedade no seu olhar. A frase "louco para mergulhar" ecoava na minha cabeça e pensei na maneira como Claudia jogou o cabelo sobre o ombro.

— Um dia inteiro com você e suas amigas adoráveis? Não, obrigada.

Tony fez um som de desdém e olhou para o prato a fim de esconder o sorriso. Eu não fazia ideia de por que alguém queria mergulhar, mas, como de costume, decidi que seria melhor não comentar. Também percebi que Tracy ficava me dando olhares do balcão de salada. Justin não parava de me encarar.

— Meus irmãos vão mergulhar também, então você não ficaria presa apenas a mim e a Tracy — acrescentou ele. Avaliei a expressão de Justin e me lembrei das complexas emoções por trás do olhar humano. A forma como os olhos de alguém penetram em outra pessoa e passam uma mensagem apenas para ela. Era o que Justin estava fazendo; falando comigo sem se expressar em voz alta. Mas ele estava se segurando, pude sentir isso. Justin olhava casualmente para mim, mas sentia algo mais por dentro. Fiquei grata por minha capacidade de ler as emoções e intenções das pessoas me informar disso.

— Vou se Tony for — falei, empinando o queixo. Tony, que estava mastigando alegremente os restos de uma salada, parou instantaneamente. Sua boca fez uma careta e ele pegou um guardanapo.

— Beleza! Encontre a gente no estacionamento do Seeker à uma do sábado.

Assim que Justin foi para o balcão de salada a fim de se juntar a Tracy, Tony engoliu em seco e depois veio para cima de mim.

— Pois é, Lenah, essa foi a primeira vez desde o nono ano ou algo assim que Justin Enos dirigiu uma palavra a mim. Odeio aqueles caras. Odeio com todas as minhas forças. Sempre que sei que eles vão fazer alguma coisa, não vou. Tipo, de propósito.

— Apenas pense em tudo que você vai ver ao mergulhar — falei. — Todas as coisas que poderia desenhar.

— Espere. — Tony pestanejou, tendo uma relevação. Ele pousou o garfo. — Você acha que, no barco, Tracy vai usar um biquíni bem relevador?

Então o mergulho partiria de um barco. Interessante...

— Sim — falei, me aproximando. — Você terá vários modelos vivos — acrescentei com um sorriso.

Tony se virou para olhar o balcão de salada.

— Isso pode ser interessante. Posso olhar para os peitos delas o dia inteiro e fingir que é em nome da minha arte.

Ri alto, uma gargalhada de verdade, bem de dentro.

A noite era o momento mais confortável do dia. Minha respiração ficava calma e ritmada. Meus olhos piscavam devagar — era mais fácil relaxar. Porém, os minutos passavam rápido demais; meu novo corpo humano precisava de mais tempo para dormir do que gostaria. Naquela noite, me sentei no sofá sobre meus pés. A luz branca das velas cintilava sobre a capa dura do livro *A Ordem da Jarreteira*, que estava fechado sobre a mesinha de centro.

Inclinei o corpo para a frente e levantei a capa pesada de couro com o indicador. No interior, a folha de rosto dizia *Uma história completa*. Comecei a folhear o imenso volume, página por página.

Coloquei o livro no colo e passei os dedos pelo couro espesso. O título estava impresso em relevo dourado. Antes de perceber o que estava fazendo, fui até o capítulo intitulado "1348: O início". Ali, debaixo dos primeiros nomes da ordem, havia uma gravura grosseira de um homem. E, debaixo do retrato, o nome Rhode Lewin. O cavaleiro britânico que jurou fidelidade ao rei Eduardo III. Ali estavam suas belas feições e seu maxilar anguloso. A gravura não fazia justiça ao vampiro que tive o privilégio de conhecer. Passei os dedos pelo retrato, porém tudo o que senti foi a lisura da página.

Olhei para a escrivaninha. Havia duas fotografias ali. Uma delas era chamada de daguerreótipo, porque era uma foto sobre uma superfície reflexiva, um pedaço de vidro do tamanho de um retrato. O daguerreótipo era de mim e do coven, mas não era isso que me interessava. Olhei para a foto de mim e Rhode. Prestei atenção ao brilho etéreo dele, à expressão nobre em seu olhar e, claro, ao risinho irônico. Meu estômago deu um nó e respirei fundo. Fiquei de pé e entrei cabisbaixa no quarto. A saudade doía dentro de mim.

— Onde está você agora? — sussurrei para o quarto vazio.

Deixei o livro aberto na mesinha de centro para que a imagem de Rhode continuasse a olhar para o teto da sala de estar. As velas cintilavam, jogando sombras agitadas pelo apartamento. Os pavios se apagaram em algum momento no meio da noite, mas adormeci enquanto ainda queimavam. Vi as chamas tremerem sob um vento invisível. A dança das sombras me fez lembrar de casa.

Capítulo 9

— Claudia! — gritou Roy Enos. Claudia estava segurando uma cueca branca acima da cabeça. Ela corria de um lado para o outro em frente ao dormitório Quartz com Roy em seu encalço. Ele acabou pulando em cima de Claudia, derrubando a garota no chão e esfregando o nariz dela nas cuecas. O resto do clã Enos estava sentado em grupo, rindo tanto que Kate precisou colocar as mãos sobre a barriga.

Eu estava sentada atrás de uma árvore, observando. Embora as garotas não parassem de me chamar de esquisita e piranha, estava fascinada. Por que as mulheres desta época julgavam umas às outras de maneira tão mordaz? Talvez sempre tenham julgado e eu nunca soube — fui forçada a assistir de fora no decorrer dos séculos.

Os dias de setembro pareciam se arrastar. Eu torcia para que continuassem assim porque cada dia que passava era um dia a menos para o começo da *Nuit Rouge*. Admito que eu me distraía facilmente. Entre as aulas e o emprego na biblioteca, meus dias em Wickham eram focados em uma coisa: seguir

Justin Enos. Creio que seja possível dizer que as pessoas têm auras, que a energia do interior irradia e envolve o corpo com uma cor. No caso de Justin, na aura era uma brilhante luz dourada. Ele pilotava lanchas e um carro veloz. Praticava esportes difíceis e, algumas vezes, naqueles primeiros dias, saía do campo de lacrosse com sangue no uniforme.

Não era tão difícil assim segui-lo. Na maior parte do tempo ele estava no lugar de sempre na biblioteca, naquela pequena sala de estudo. Eu ficava olhando por cima dos livros para os dentes brancos e cabelos arrepiados dele. Nem me importava que sempre estivesse com as Três Peças e os irmãos Curtis e Roy. Eles andavam como um grupo de animais. O comportamento ritualístico, os toques, a interação social. Eu não conseguia explicar como essa situação me deixava à vontade. Era o que eu fazia quando vampira: observava a pessoa, encarava até saber como o peito se comportava ao respirar. E depois matava.

Em Wickham, Tony era meu único amigo. A amizade dele me acompanhava, assim como as memórias de minha vida de vampira que se empilhavam sem parar como livros na mente, cada lembrança uma lombada de couro, subindo cada vez mais em direção a um teto sem fim.

Na manhã de quarta-feira, eu tinha aula de anatomia às 9 horas. No dia anterior, no café da manhã, Tony e eu ficamos contentes ao descobrir que fazíamos essa aula juntos. Anatomia nos reuniria duas vezes por semana, por duas horas.

— Caveiras e ossos? — perguntei para Tony ao sair do Seeker. Ele estava sentado no banco que dava para o estacionamento com uma camiseta preta coberta por crânios e ossos. Também usava calças escuras e duas botas pretas diferentes.

— Em homenagem ao sangue e tripas — disse ele, se referindo à camiseta. Nós nos afastamos juntos do Seeker e seguimos pela trilha em direção aos prédios de ciências. Tony estava tomando um café. Andamos pelo caminho tortuoso por 400 metros. Eu, é claro, caminhei na sombra dos galhos.

— O que você vai fazer no inverno?

— O quê? — perguntei.

— Quando as árvores estiverem sem folhas e você não tiver como se esconder debaixo dos galhos.

Bem, que pergunta difícil. Tony saiu da trilha

— Vou arrumar um chapéu maior — falei, tentando sorrir e manter a conversa em um tom leve.

As aulas de ciências eram dadas nos prédios logo à direita da escada para a praia. Eles eram feitos de tijolos vermelhos e dispostos em um semicírculo. No centro havia uma fonte, uma escultura de bronze de madame Curie, uma cientista que descobriu o elemento rádio. Saía água de um arco que ela tinha das mãos. Passamos por ela e entramos no prédio do meio.

Tony me olhou de cima a baixo.

— Entramos. Você pode tirar isso.

Enfiei os óculos na mochila. Tony e eu passamos por cartazes de sexo seguro e clube de biologia, e vários alunos passaram por nós, mais jovens e mais velhos (de novo, relativamente falando). Eu os observei tanto quanto eles me observaram. Tony apontou para uma porta no fim do corredor. As aulas de ciências eram no primeiro andar.

— Se você pudesse ser qualquer coisa quando crescer, o que seria? — perguntou ele.

Olhei para o piso de linóleo ao andar. O chão tinha acabado de ser encerado e minhas botas estalavam alto enquanto Tony e eu descíamos o corredor.

— Não sei. Minha vida anda bem... complicada. — Era verdade. Nunca tive muita coisa para fazer além de ler, estudar e, bem, matar.

— Ora, tem que haver alguma coisa de que você goste — disse Tony quando finalmente nos aproximamos da porta do laboratório de ciências.

Do que eu gostava? Girei o anel de ônix no dedo enquanto raciocinava. Quase tinha esquecido que o estava usando, embora me lembrasse dele em momentos como este, quando queria pensar. Eu gostava de biologia. Adorava investigar o funcionamento da construção do ser humano. Principalmente para meu próprio apetite. Olhei para os dedos girando o anel e enfiei as mãos nos bolsos.

A sala de aula de biologia era bem simples. Havia mesas de laboratório com dois bancos cada. Uma fileira de janelas com armários embaixo dava para a escultura de madame Curie. Cada mesa tinha sua própria pia e um bico de Bunsen, que era uma pequena chama usada para experiências científicas. Segui Tony até o fundo da sala, onde havia uma mesa livre. Nunca tive a oportunidade de responder à pergunta dele porque o resto da turma entrou atrás de nós.

Eu me sentei ao lado de Tony. Ele bebeu um gole do café e tirou um livro da mochila. Fiz o mesmo. Uma jovem professora entrou na sala, seguida por alguns alunos atrasados, incluindo Justin Enos. Meu coração disparou com a aparição inesperada. Esta era a única aula que tínhamos em comum, além de inglês. Baixei o olhar para longe dele, para o caderno em branco. Ajeitei o cabelo para trás e joguei as mechas mais longas sobre o ombro. Tony estava conversando com alguém em frente, mas tentei me concentrar. Queria encarar

Justin, falar com ele um pouco mais. Queria mergulhar. Queria que fosse sábado.

— Anatomia avançada é a aula mais difícil de Wickham. Tentei faltar ao teste de nivelamento no último semestre alegando estar doente, mas, quando minha irmã descobriu, ela bateu na minha cabeça com um arco de violino até eu sair para fazer a prova. — Ouvi Tony contar para a pessoa à nossa frente.

— Sua irmã? — perguntei. — Não sabia que você tinha irmãos.

— Ela curte mesmo educação. Pega pesado comigo.

Estranho. Há tanto tempo ninguém me obrigava a ser responsável por mim mesma que o que eu fazia ou deixava de fazer não parecia importar. Afinal de contas, a única razão de estar aqui em Wickham era que Rhode me amava e tinha morrido para provar.

A professora colocou uma pasta sobre a mesa. Todo mundo pegou os cadernos, mas ela sorriu.

— Vocês podem pegar papel e caneta, mas não será preciso. Ainda não.

Pegou um isopor do chão e colocou sobre a mesa.

— Sou a professora de anatomia avançada, srta. Tate. Sou nova aqui no Internato Wickham. Torço para que não apenas me deem atenção, como também respeito. — Ninguém falou nada, o que creio que tenha sido apropriado. — Hoje darei um exemplo do que farei na aula, neste semestre.

Ela meteu a mão no isopor, retirou algo branco dentro de um saco plástico e colocou na mesa para que todos vissem. O saco estava tão gelado que seu interior era nebuloso. Não conseguíamos ver o que havia dentro, nem mesmo eu. Não conseguia enxergar através da bruma.

— Agora — disse a srta. Tate, diminuindo as luzes. Ela desceu a tela para começar a aula. A coisa branca no saco plástico continuava sobre a mesa. Eu não queria olhar — já suspeitava que fosse algo morto. Na hora, eu não poderia ter escrito uma cena melhor. Justin, que estava na primeira fileira, olhou para mim lá atrás e sorriu. Senti uma pontada no estômago. Sorri também, só um pouquinho.

A srta. Tate perguntou se alguém tinha lido o material de verão. Ninguém tinha.

— Bem, se tivessem lido, saberiam que começaremos esse semestre com sangue.

Apesar de tudo o que eu sentia no corpo, revirei os olhos.

As lâmpadas se apagaram. Olhei ao redor por instinto — para a sala de aula agora tomada por uma luz cinzenta. A srta. Tate ligou um interruptor na parte traseira de uma pequena máquina na frente da sala. Surgiu um som baixo de algo sacolejando, parecido com um zumbido. Depois apareceu a imagem de um coração humano, de verdade, na tela. Era como uma lente de aumento, só que muito grande — outro exemplo de tecnologia, outra maravilha do mundo moderno.

— Agora — disse a srta. Tate —, se algum de vocês tivesse lido o material de verão, poderia então identificar os principais elementos do coração. Eles são... — incitou ela.

Ninguém respondeu. Mas eu sabia.

Ouvi Rhode na minha mente. Estávamos em Londres em uma taverna, tarde da noite. Eu era vampira havia apenas quatro dias e tinha muitas perguntas. Embora estivesse observando a professora apontar três partes sem nome do coração, só ouvia a voz de Rhode.

— Agora você terá instintos que não possuía antes.

— Como? — perguntei.

A chuva caía nas janelas de uma taverna inglesa no século XV. O cintilar das velas fazia as feições de porcelana de Rhode brilharem. Imaginei se eu tinha a mesma aparência aos olhos dele. Ao redor, homens e mulheres brindavam e comiam guisado em tigelas de cerâmica. Observei a comida suculenta, mas desviei o olhar, desinteressada.

— Você vai saber exatamente que parte do pescoço morder. Vai se tornar uma especialista em criaturas que jamais soube que existiam. Vai se alimentar e enfiar os dentes com tal precisão que suas vítimas morrerão instantaneamente.

Com o passar dos anos, essa técnica foi aperfeiçoada, mas Rhode estava certo. Se a pessoa mordesse a veia jugular no pescoço, ficaria ligada ao ventrículo direito, que era responsável por bombear sangue para dentro e fora do coração. Era o caminho mais direto. O mais prazeroso. Porque a mordida de um vampiro não era dolorosa — era a sensação de satisfação mais completa que um humano poderia vivenciar.

As luzes foram acesas novamente na aula de biologia, mas o clima tinha mudado radicalmente. A srta. Tate estava imensamente desapontada porque ninguém havia lido o material de verão. Depois de colocar luvas de plástico, retirou uma massa branca do saco. Algumas garotas soltaram suspiros de susto e uma delas gritou. A srta. Tate deixou cair um gato morto sobre uma bandeja de metal.

— Sim, eu sei, é chocante. Mas isso aqui é fisiologia, então é melhor se acostumarem com a ideia de lidar com espécimes mortos nesta aula.

Não consegui evitar. Eu me levantei da cadeira para ver melhor.

— Além do mais, todos vocês devem ser capazes de reconhecer isto como o cadáver de um gato.

Uma garota da primeira fileira começou a chorar, reuniu os pertences e saiu correndo da sala. Quando a porta se fechou ao sair, a srta. Tate voltou a olhar para a turma e falou em um tom muito mais suave:

— Esta é uma aula avançada. Tirar um A vai garantir não só que cursem aulas avançadas na faculdade, mas também que terão uma vantagem ao fazer seus pedidos de inscrição. Quem mais tiver problemas em abrir ou lidar com espécimes mortos deve sair agora.

A srta. Tate colocou o gato em cima de um carrinho. Ele era similar aos da biblioteca, exceto que embaixo havia bisturis, pequenas facas e tubos sortidos.

— Alguém quer encarar o gato? Abri-lo para que possamos observar o interior e ver talvez pela primeira vez como um corpo funciona?

Ninguém quis.

Virei para Tony à esquerda, que estava encarando a srta. Tate com olhos arregalados. Olhei para frente, em direção às costas rígidas de Justin.

Abrir o gato? Ele já estava morto, então não tinha graça. Além disso, eu não sentia medo de algo morto. Olhei ao redor. Um cara na primeira fileira rabiscava em uma folha de papel. A garota ao lado folheava o livro e mantinha os olhos na própria mesa. A morte era o medo supremo dos humanos. Soltei um longo suspiro. Era capaz de suspirar e sentir o calor com os dedos, embora não fosse humana. Eu era uma assassina, uma vampira presa no corpo de uma garota de 16 anos.

Levantei a mão. O que seria tão difícil em lidar com uma carcaça?

A srta. Tate abriu um largo sorriso.

— Eu não esperava que alguém realmente tivesse coragem suficiente. Srta. Beaudonte, por favor, aproxime-se.

Todo mundo se virou para me encarar. Justin ergueu as sobrancelhas. Fui ao corredor central e estiquei a mão para pegar a faca.

— Não, não, Lenah. Você precisa de luvas.

— Ah, certo. Claro — falei e peguei um par de luvas de látex da mão estendida da srta. Tate.

O gato estava sem pelo e tinha sido preservado em aldeído fórmico por tanto tempo que nem parecia mais um gato. A pele estava ressacada como se toda a água tivesse sido retirada. A boca aberta revelou uma língua de tom amarelo e branco pastoso. Na minha vida pregressa, eu teria rasgado a criatura com os dentes, mas esta agora era uma vida mortal. Tinha que me importar com bactérias e germes.

Coloquei as luvas de plástico que cheiravam a ovo podre. Usei a pequena faca e cortei a carcaça borrachuda para expor as entranhas preservadas. Quando a faca cortou a pele, senti um alívio nos ombros e expirei por um breve instante. Estava fazendo algo que sabia: abrir um corpo.

A carcaça já tinha sido pré-cortada, mas eu queria ter certeza de que conseguiria expor o coração. Então usei os dedos e abri a pele um pouquinho mais. A pressão da pele morta e borrachuda contra os dedos me fez lembrar das várias noites que o coven passou cavando buracos na terra. Ajudei a levantar os corpos e jogá-los nas covas. Esse gato estava morto havia seis semanas. Algumas pessoas arfaram atrás de mim. Uma lente suspensa acima da bandeja projetou a imagem do gato em uma tela.

— Sim — explicou a srta. Tate. — Não posso deixar de projetar as entranhas do gato porque são pequenas demais. Então, Tony Sasaki — acrescentou, verificando a lista de chamada —, para onde Lenah deve apontar se quiser nos mostrar o ventrículo direito?

Tony imediatamente começou a folhear o livro.

— Hã... — disse ele, ganhando tempo.

— Noto que o senhor Sasaki também não leu o material.

Alguns alunos riram.

— E quanto ao ventrículo esquerdo, Tony? — Pensei que a srta. Tate fosse mais tranquila, mas ela estava perseguindo Tony, meu amigo. O rosto dela ficou vermelho e os alunos começaram a encará-la, até mesmo Justin.

— A forma como a senhorita formulou a pergunta é confusa — falei sem dar tempo de que me impedisse. — O ventrículo direito fica na esquerda, mas apenas em relação ao animal. Para nós, fica no lado direito. Esta é a parte ventral do gato — apontei para o corpo do animal — porque está deitada de costas e a barriga está exposta.

A srta. Tate cruzou os braços e deixou que eu terminasse de explicar as partes específicas do coração que conseguia lembrar.

— Como se chama o sistema? — perguntou. Seus olhos azuis estavam fixos em mim. Notei que ela queria que eu acertasse. Queria que explicasse corretamente, ao contrário do professor Lynn, de inglês, que desejava me fazer de idiota.

Pensei nos livros na biblioteca de Hathersage e nas noites olhando diagramas à luz de velas.

— Sistema circulatório — falei honestamente e devolvi a faca.

— Obrigada, srta. Beaudonte.

Eu sabia que tinha aberto aquele gato como um teste — para mim mesma. Para ver se ser humana tornaria a morte e a decomposição mais difíceis de tolerar. Não tornou. Meu coração estava acelerado. Pestanejei. Eu comia, bebia e dormia. Fazia o que um humano fazia, com certeza. Mas, até agora, a humanidade debochava de mim. No momento em que abri a pele daquele gato, não senti nada além de um alívio da frustração. Quando me sentei de volta ao lado de Tony, a srta. Tate continuou com a aula.

— O que a srta. Beaudonte falou hoje está no capítulo cinco do livro. Obviamente ela já teve alguma experiência em dissecar gatos. — A srta. Tate fez uma pausa e senti Tony se aproximar de mim. Ele cheirava a almíscar. Um almíscar humano... terroso.

— Nosso A está garantido — sussurrou Tony. Meus olhos dispararam para a frente da sala, onde Justin Enos olhava para trás e sorria para mim.

Capítulo 10

— Você percebeu que somos parceiros, certo? Que tem que me ajudar porque é obrigada — disse Tony, logo após a aula. Ele seguiu aos pulinhos pelo caminho até o Seeker.

— E você ainda tem que me ensinar a dirigir — lembrei-o.

— Falando nisso, preciso que pose para mim. Para seu retrato.

— Era para ser uma troca.

— Vamos. Uma horinha. Você só tem que trabalhar às quatro — implorou Tony.

— Tenho que pegar minha carteira. Venha ver o famoso apartamento do professor Bennett. Almoço, depois o retrato.

— Beleza! — disse Tony. Tirei os óculos e o chapelão, e começamos a andar. — Imagino se o fantasma dele está lá.

O sol da manhã estava começando a banhar o campus de Wickham quando Tony e eu entramos no Seeker. Ele mostrou a identidade para o segurança, nós nos dirigimos para a escadaria e começamos a subir.

— Você sabe que existem elevadores? Eles sobem e descem apenas com o apertar de um botão. É sensacional — disse Tony, respirando com dificuldade, ao subir em direção ao quinto andar.

— Nunca usei um elevador.

— O quê? Você é uma menina esquisita, Lenah.

Será que eu estava agindo como devia? Talvez tenha passado dos limites com o gato na aula de anatomia. Tony continuou me seguindo pela escada.

— Ainda acho inacreditável que você não só abriu um gato sem problemas, como também não fica bolada de morar no velho apê do Bennett. O cara era um professor bem legal, não me leve a mal. Mas, sério, Len, é assustador.

Parei na frente da porta e enfiei a chave na fechadura.

— Isso não me incomoda.

— Um cara *morreu* aí dentro — disse Tony enquanto estávamos do lado de fora da porta. Antes de eu abri-la, Tony foi à frente e sentiu o cheiro do alecrim que eu havia pregado na porta. — Não sei quanto a você, mas acredito em fantasmas, espíritos, tudo isso. E *todo mundo* sabe que Bennett foi assassinado.

— A administração do colégio provavelmente não me deixaria morar aqui se isso fosse verdade. Além do mais, as pessoas morrem em um monte de lugares.

— Para que servem essas flores?

— É alecrim — falei ao abrir a porta e entrar. Coloquei os óculos de sol e o chapelão na mesinha de laca preta da entrada, que ficava do lado direito da porta. — É uma flor que se coloca na porta para proteção. Para se lembrar de se manter a salvo.

— A salvo de quê? — perguntou Tony enquanto eu fechava a porta. — Uau! Isso é muito maneiro! Eu divido o quarto com um sujeito fedorento e você mora *aqui*. — Tony passou a mão pelo sofá macio e foi, empolgado, olhar os quadros na parede. A espada de Rhode atraiu seu interesse em especial. Tony foi direto até ela e parou em frente.

— O que significa *Ita fert corde voluntas*? — perguntou, falando esquisito as palavras em latim inscritas na espada.

Passou o indicador até o meio da lâmina.

— Cuidado — falei. — Não toque o gume ou vai se cortar. — Tony voltou a colocar as mãos ao lado do corpo. — Quer dizer "o coração manda".

— Então a espada é de verdade? De que época é? Quem te deu?

Eu não disse nada. Em vez disso, me afastei e procurei pela carteira no quarto.

— Isso parece ser de verdade — ouvi Tony repetir. Os olhos estavam a centímetros da lâmina. Entrei no quarto e encontrei a carteira sobre a mesinha de cabeceira. Quando voltei à sala de estar, Tony havia deixado a espada de lado e estava parado diante do livro da Ordem da Jarreteira, olhando para a gravura de Rhode. Ele estava próximo à escrivaninha. As fotos. Meus olhos iam das fotos na escrivaninha para as costas de Tony e vice-versa. Minha boca ficou subitamente seca, desidratada. Minha língua grudou no céu da boca. Tony estava calado, de costas para mim.

— P-pronto? — falei com a voz rouca.

— Existe algum assunto de que você não goste? — perguntou. Ele se virou para mim. — Você também é doida por história?

Suspirei, sorrindo. Ele não tinha notado as fotos.

— Vamos, estou faminta.

— OK, Lenah. Ligue o carro — falou Tony com paciência. Naquele sábado, ele e eu estávamos sentados no estacionamento do Seeker. Minhas mãos agarravam o volante com tanta força que os nós dos dedos ficaram brancos e as palmas suavam.

As chaves balançavam na ignição. Dei a partida e o motor rugiu, ganhando vida.

Tony explicou o funcionamento do acelerador e do freio, as setas e a importância da marcha a ré. Era muito interessante e não tão diferente dos comandos que meu pai havia me ensinado no século XV quando o observei conduzindo as vacas e os cavalos no pomar. Os anos 1400 na Inglaterra foram marcados pelo fim da peste. Havia menos mão de obra por causa de todas as mortes e meu pai não me perdia de vista. Meu desaparecimento deve ter sido a morte para ele. Nunca descobri o que aconteceu com minha família.

Após mais ou menos uma hora, parei o carro em uma vaga virada para o Seeker e desliguei o motor. Abaixamos os vidros e coloquei os pés para fora, apoiados na janela.

— Todo mundo pega sol? — perguntei, contente por estar à sombra de uma árvore próxima. Olhei para Tony através da escuridão dos óculos de sol.

— Você não gosta do sol, não é? — indagou. Ele havia reclinado o assento todo para trás.

— Não gosto de coisas que me incomodam.

— Bem, Justin Enos incomoda praticamente todo mundo. É meio por isso que me mantenho longe dele e de todos os malucos por futebol, viciados em lacrosse e doidos por futebol americano. E é meio por isso que te odeio por me obrigar a ir.

— Já encontrei piores — falei, rindo. Houve um silêncio entre nós por um instante. Olhei para as minhas roupas, torcendo para que não estivesse usando algo que revelasse que eu era menos do que "normal". Estava com shorts pretos sobre um maiô preto que Tony insistiu que eu comprasse. Ele me acompanhou à loja e foram necessários dez minutos para calar sua boca sobre comprar um biquíni fio dental. Embora Tony estivesse de calção de banho, ele ainda era... bem, Tony. Estava com anéis prateados de caveiras e dragões. O calção era preto com chamas por todos os lados.

— O que é isso? — perguntou, sentando-se para frente e olhando meu peito. Acompanhei o olhar. Antes de sequer imaginar se ele estava observando meus seios, percebi que viu o colar com o frasco. Dentro dele, estavam os restos mortais de Rhode. Eram cinzentos e dourados, e reluziam na luz que entrava pelo para-brisa. Peguei o pequeno pingente de cristal com uma tampinha prateada. Parecia uma adaga transparente. Respirei fundo, rolando o frasco entre o polegar e o indicador.

— Se eu contar, promete que não vai falar para ninguém?

— Sim... — disse Tony, embora o tom tenha sido um pouco mais empolgado do que eu gostaria.

— Um amigo meu morreu. E aqui estão as cinzas dele.

O sorriso de Tony sumiu como se eu tivesse lhe dado um tapa. Ele se sentou e se inclinou na minha direção, como se fosse examinar o frasco. Parou.

— Posso? — Aproximou o corpo, os olhos encarando meu peito.

— Claro — falei, quase em um sussurro, e segurei o frasco na palma da mão, embora estivesse preso em volta do pescoço.

Tony colocou o frasco tão perto da vista que pude ver as minúsculas faíscas de luz dançarem nas pupilas negras de seus olhos castanhos.

— Deveria reluzir desse jeito? — perguntou, dando uma rápida olhadela para mim.

— Sim — sussurrei e me recostei no banco de forma que o frasco caiu sobre meu peito. Queria também estar sem o anel de ônix. Torci para que Tony não fosse tão observador.

Pela janela ouvi vozes alegres e o som dos carros passando na Main Street. Quando ergui o olhar, observei as veias das folhas e as fibras dos caules das árvores. Eu podia me distrair com aulas de direção e amigos, mas Rhode continuava morto e suas belas cinzas eram tudo o que eu tinha como prova.

— Tive um irmão que morreu — disse Tony, inesperadamente. O olhar solidário me surpreendeu. Ele se recostou no banco.

— Quando? — perguntei, ouvindo subitamente a batida de um grave saindo do som de um carro. Estava distante, mas eu conseguia escutar mesmo assim.

— Quando eu tinha 10 anos. Um dia ele estava vivo e no outro... morto. Acidente de carro.

Concordei com a cabeça. Não sabia exatamente como deveria reagir a isso.

— É meio por isso que nunca me dou com a atitude alegre de todo mundo, a toda hora. Às vezes a vida é uma droga e a maioria das pessoas não saca isso. Elas acham... bem, todo mundo nesta escola, de qualquer forma... que tudo é dado de mão beijada. Na moleza, sabe? Tipo, a pessoa nunca tem que lutar para vencer o dia.

Coloquei a mão em cima da mão de Tony e a deixei ali parada um instante. O que eu podia dizer? Eu espalhava a morte. Ficava feliz em matar. Tinha sido tão boa em estar morta.

— Eu costumava pensar que podia falar com meu irmão depois que ele morreu. Quando era menor, deitava na cama e sussurrava para ele. Contava todos os meus problemas. Às vezes, sonhava com ele logo depois, quando caía no sono. Você acha que é possível que ele estivesse me respondendo?

A umidade da pele de Tony e a inocência em seus olhos me deram vontade de mentir. Mas eu já tinha visto gente morrer. De verdade. E, quando alguém morre, vai realmente embora — para sempre.

— É como você disse outro dia. Tudo é possível — respondi.

Bum-bum-bum. O grave retumbante do som de um carro em algum ponto na Main Street. Eu me virei e olhei para trás bem na hora em que o SUV de Justin passou pelos portões de Wickham e parou na vaga ao lado da minha.

— Vocês estão prontos?

Encarei Tony e o olhar dele dizia que havíamos chegado a uma nova compreensão um do outro. Estávamos prontos?

Acho que sim.

Capítulo 11

Gostaria de poder contar que fiquei sentada sob a intensa luz do sol na proa da lancha, com os pés balançando para fora. Gostaria de poder dizer que fiquei observando a água espirrar debaixo do barco de luxo de Justin e que as gotas frias fizeram cócegas na planta dos meus pés. Não. Desde a hora em que saímos de ré da baia, fiquei escondida no conforto da cabine.

A lancha não era a mesma que Justin usava para correr. Era do pai dele, usada apenas para passeios e, em nosso caso, para mergulhar. Uma escada descia do convés para um corredor. Eu me lembro de pequenas cabanas e casinhas da minha vida humana, mas o interior do barco era fantástico, foi *feito* para flutuar. Do outro lado do corredor havia duas cabines, uma cozinha e um banheiro. Andei até uma porta aberta que dava para um quarto.

Eu me sentei na cama e dobrei as roupas para que ficassem organizadas em uma pilha na mochila, juntamente com o colar com as cinzas de Rhode. Enfiei no fundo, longe de olhares curiosos. Tirei um tubo branco de filtro solar da mochila. Letras em negrito diziam: FATOR DE PROTEÇÃO SOLAR 50. Olhei para o corredor novamente. Os raios do sol faziam brilhar os degraus que subiam para o convés da lancha. Suspirei, abri a tampa e apertei o tubo um pouco forte demais. A substância cremosa se espalhou por minhas mãos inteiras, escorreu entre meus dedos e caiu no piso acarpetado.

O líquido branco fez um enorme contraste com o azul royal do carpete. Tentei limpar a loção com o dedão do pé. Para piorar a situação, os motores lá em cima diminuíram a velocidade e eu sabia que estávamos chegando perto do ponto de mergulho. Em breve as pessoas desceriam e veriam que eu passei uma mão inteira de protetor solar nas coxas brancas.

Fiquei de pé e esfreguei furiosamente as panturrilhas, as orelhas, os braços. Estava começando a suar. Se deixasse de passar em um ponto, seria como antigamente? Eu queimaria facilmente? Talvez a transformação precisasse de mais alguns dias. A loção deixou tudo branco. Não queria sumir!

— Algum dia você vai sair daí debaixo? É realmente preciso entrar na água se quiser mergulhar — gritou Tony.

Ele desceu alguns degraus e parou na escada do barco. Esfreguei o filtro solar nos pés. Tony deu seu doce sorriso.

— Sua cara está toda branca — disse ele. Veio até mim e esfregou a ponta do meu nariz e os vincos de cada lado das narinas com o indicador. Ele cheirava a coco, assim como a loção que eu estava espalhando por todos os lados, e esfregou o protetor até ser absorvido pela minha pele. — Essa foi sua grande ideia. — Ele se sentou na cama e cruzou os tornozelos.

Como Tony estava sem camisa, foi inevitável observar seu físico. Ele não era sarado como Justin, mas era corpulento e estava em forma.

Voltei a me sentar na cama, mas mantive as costas eretas. Os dedos agarravam o protetor solar fator cinquenta.

— Você está bem? — perguntou Tony, se sentando e olhando para mim.

Fiz que sim, mas permaneci calada.

Tony colocou os óculos de sol na cabeça e tentou me encarar, mas meus olhos estavam escondidos atrás das lentes.

— Você já esteve em um barco antes?
— Há... muito... tempo... — mal sussurrei.
— Você está tendo um treco?

Fiz que sim novamente e engoli em seco. Minha boca estava muito, muito seca. Eu não havia trazido água? Onde estava?

Tony me virou pelo ombro para que eu olhasse para ele.

— Lenah. Nós estamos a tipo 5 quilômetros da praia. É totalmente seguro. Nada de mal vai acontecer com você na lancha.

Peguei o filtro solar.

— Você passa nas minhas costas? — Não contei para Tony que a questão não era a lancha ou o oceano debaixo de nós. Era o sol, o sol escaldante, e o que ele poderia fazer com meu corpo rejuvenescido com poucos dias de vida. Ouvi o motor desacelerar mais uma vez e o intenso rugido virou um suave ronronar.

Como falei, o maiô que trouxe era preto, muito decotado e bem cavado nos quadris. A vida como vampira não era marcada por preocupações com corpo e gordura. Somos o que comemos, por assim dizer. Eu era uma purista, implacável na busca pelo sangue perfeito. Meu exterior era o verdadeiro reflexo do sangue mais puro que era capaz de encontrar.

O indicador de Tony era calejado. Eu sabia que o dedo dele era assim por causa das pinturas e desenhos. Seus passos eram diferentes no barco, também. Sem o andar propositalmente arrastado das botas diferentes, Tony era apenas um adolescente desajeitado como eu. Esfregou a loção nas minhas costas com as mãos ásperas, mas não falei nada. Tony era a primeira *pessoa* a tocar minha pele. Continuou a passar o protetor em círculos em mim. A tatuagem estava exposta e notei que ele fez mais movimentos circulares do que o normal no ombro esquerdo. Sei que estava lendo e relendo, e imaginei quando teria que explicar o significado.

Os motores pararam completamente na mesma hora em que Tony disse:

— Então, o que "maldito seja aquele..."

— Obrigada — falei, interrompendo Tony e dando meia-volta. Tirei o protetor solar da mão dele e joguei em cima da mochila.

— Vamos! — ouvi Roy Enos chamar e, um instante depois, uma grande batida na água.

Saí da cabine. Havia dois motores duplos e alguns assentos de cada lado da lancha.

Tracy estava em cima da borda da lancha e pulou na água. Estava usando um biquíni vermelho amarrado nos quadris por dois fiozinhos. As outras integrantes das Três Peças, Claudia e Kate, já estavam no oceano. Tony havia descido uma escada e estava nadando de peito até os demais.

Depois de jogar a âncora na água, Justin aprontou o equipamento de mergulho. Ele se virou com uma máscara de plástico vermelha pendurada na mão direita.

— Uau — disse, levantando as sobrancelhas. Seus olhos percorreram meu corpo de cima a baixo e eu me esforcei ao máximo para não fazer pose.

Justin virou o rosto um pouco rápido demais. Ficou mexendo em máscaras transparentes, tubos de respiração e nadadeiras como aqueles que eu tinha visto em aquários nos museus do início do século. Arrumou tudo em cima de um pequeno isopor.

Seus pés eram fortes, sustentavam bem o corpo e eram queimados de sol. Roy Enos, que tinha uma cabeça menor e um rosto mais fino que o irmão, estava nadando sem sair do lugar. Chamou Justin do outro lado do barco.

— Joga essas nadadeiras para mim — disse ele, rolando de costas para boiar. Olhei para fora da lancha e notei que não havia exatamente um oceano debaixo de nós. Estávamos em um porto e, quando as árvores balançaram ao vento, pude ver alguns dos conhecidos prédios de tijolos vermelhos de Wickham. O porto era como uma alcova praticamente paralela à praia de Wickham. Eu era capaz de notar os grãos de areia e as folhas de grama. Mas tentei deixar de lado a visão vampírica, e para isso me concentrei na água. A maioria das garotas estava na ponta dos pés. Tony estava plantando bananeira ao lado de Tracy.

Claudia, a menor das Três Peças, nadou em volta da lancha usando uma máscara de mergulho. Ela olhou para o fundo, que estava entre 1,50 e 1,80 metro de profundidade.

Ah, sim!, pensei. *Mergulho em ação.*

— Você sabe que tem que pular naquela coisa molhada, certo? — perguntou Justin.

— Sei — respondi casualmente e saí da proteção do toldo sobre o assento do piloto. O sol banhou minhas costas e meus ombros quando me inclinei para olhar a água. Tracy arqueou as costas e se inclinou para trás, molhando o cabelo. Não era eu que deveria ser a linda aqui? Senti um aperto no estômago. Coloquei a mão em cima do umbigo, por instinto. Ainda estava surpresa que meu corpo reagisse dessa maneira. Que os músculos estivessem ligados às minhas emoções.

— Isso geralmente é divertido. Não sabia que você tinha medo de barcos — disse Justin. Ele levantou o pé direito para se preparar para subir na borda da lancha.

— Não tenho medo de barcos — falei e abaixei as mãos.

— Claro que não tem — disse ele, sorrindo de um jeito maldoso e desafiador.

Antes que eu pudesse começar a me defender, Justin subiu na beirada do barco. Observei seus joelhos dobrarem e a planta dos pés fazer força sobre a borda de madeira. Ele tomou impulso para fora da lancha. Antes de bater na água, deu uma pirueta no ar e depois mergulhou, esguichando água bem acima da minha cabeça.

Qual o sentido de fazer isso? Todos no mar riram e aplaudiram. Parecia meio inútil pular por simples diversão.

— Minha vez — disse Roy, nadando de volta para a lancha.

— Não quebre a cabeça — falou Justin para o irmão. — Tenha cuidado.

Para a minha surpresa, todos eles, um por um, deram piruetas ao pular do barco. Por que eu não queria pular? As outras pessoas pareciam estar felizes fazendo isso. Desviei o olhar das acrobacias e andei até a proa. Sentei com os pés balançando para fora. Atrás de mim, mais gritos alegres e pulos na água, mas me concentrei nas pequenas ondas batendo contra o casco da lancha. Embora estivesse usando o chapelão, eu ainda podia sentir o sol batendo em mim, me aquecendo. Olhei para trás e vi Roy e depois Justin pularem, em movimentos circulares perfeitos para fora da lancha. Ele era demais, não era? Ser capaz de fazer isso — e em plena luz do dia.

Girvan, Escócia
1850

Eu estava deitada em um campo escondido atrás de uma série de casas. Sempre vestia os tecidos mais exuberantes. O vestido daquela noite ia até o tornozelo e era preto, feito de seda chinesa, com um espartilho brocado com flores vermelhas, verdes e roxas. O cetim brilhava como o arco-íris e se juntava na lateral formando um conjunto de dobras. Meu longo cabelo estava preso em uma trança.

Era logo após as 21 horas e as casas na rua em frente irradiavam uma luz turva das pequenas janelas. Girvan, na Escócia, era uma cidade costeira. Uma comunidade fechada com uma vasta região de morros intermináveis. Nós, o coven, estávamos em um campo atrás de um muro de pedra que corria paralelamente à rua principal. Song andava de um lado para o outro, mantendo vigília como sempre. Heath estava deitado de costas, olhando o movimento das estrelas no céu. Gavin atirava pequenas facas no tronco de uma árvore. Ele sempre andava com uma coleção de adagas nas botas ou nos bolsos. Naquela noite, escolheu uma árvore a uns 100 metros de distância, jogava a faca e ia pegá-la para começar tudo de novo.

— Precisamos de alguém inteligente — falei. Saí da grama, fiquei ao lado de Heath e comecei a andar de um lado para o outro. Eu estava ruminando outra vez. — Cinco formam um coven forte. Afinal de contas, há cinco pontas no pentagrama. Norte. — Apontei para Heath. — Leste. — Apontei para Song. — E sul. — Apontei para Gavin — Precisamos de um oeste. Estamos sem nosso oeste.

Quatro protetores e eu, o ponto central. Com cinco integrantes, o pentagrama ficaria completo. Assim que o coven se fechasse, os elos entre nós seria inquebrável. A magia exigiria que o coven ficasse completamente comprometido entre si até a morte. Todos os três, Gavin, Heath e Song, sabiam que eu queria mais um para se juntar à nossa unidade. Contudo, eu achava que Gavin, o mais cauteloso de nós, temia o poder da magia. A magia de união é letal. Ela cria uma ligação invisível que amarra a alma. Quebrar o elo é impossível. Significa a morte — era exatamente essa a minha intenção ao criar o coven. Ninguém me trairia a não ser que eles quisessem que eu os matasse. Se fizesse a escolha certa e transformasse o homem certo em vampiro, seríamos invencíveis. Eu queria garantir que jamais tivéssemos que nos preocupar com nossa sobrevivência. Sobrevivência? Será que eu sequer poderia chamar assim?

— Acima de nós está Andrômeda — disse Heath em latim. Ele era meu segundo vampiro, depois de Gavin. — Ao lado dela está Pégaso — continuou ele, apontando para várias estrelas que unidas formavam o mitológico cavalo alado.

— Leve-me, Pégaso — gritei e comecei a rodopiar de braços abertos. — Leve-me para o céu ao meio-dia para que o sol bata nas minhas costas. Deixe-me segurar em suas asas.

Eu ri e minha voz ecoou pelo campo. Continuei rodopiando sem parar até finalmente desabar no chão ao lado de Heath. Ele apoiou o corpo no lado esquerdo do quadril e me encarou.

— Dizem que Andrômeda aparece como uma mulher segurando uma espada — falou Heath, passando a mão pelo meu corpo, do ombro à coxa. Eu não conseguia enxergar Andrômeda. Para mim, as estrelas eram pequeninas luzes brilhantes que eu não conseguia pegar.

— Além disso, a pessoa só consegue vê-la ao lado das cinco estrelas mais brilhantes da galáxia.

Intercalado ao silêncio, havia um baque toda vez que Gavin acertava uma das facas no alvo. Song não parava de andar de um lado para o outro, quase grunhindo baixinho. Não precisávamos nos alimentar porque tínhamos dizimado um albergue na noite anterior. Levaria poucos dias até o poder do sangue passar e aí teríamos que nos alimentar outra vez. Enquanto Heath continuava a dizer o nome das estrelas individualmente, eu me levantei entediada e voltei a andar de um lado para o outro. Foi quando ouvi um homem cantando uma animada canção escocesa.

Logo em frente, entre as árvores, havia uma taverna feita de pedra com apenas um andar. Janelas pequenas e retangulares irradiavam luz de vela em direção ao campo. O som estava bem baixinho, mas, enquanto eu caminhava entre as árvores até a taverna, a cantoria ficou mais alta. Logo a voz ficou clara. Era grave, mas fazia a taverna inteira cantar.

— Aqui vai uma para o soldado que sangrou e para o marinheiro que lutou bravamente na artilharia!

Levantei a barra do vestido para andar facilmente sobre as raízes e galhos que surgiam do solo coberto de musgo. Sabia que o coven estava me observando, mas minha percepção extrassensorial informou que estavam calmos.

— A fama deles está viva, embora os espíritos tenham fugido. Nas asas do ano que se foi! — cantou o homem novamente. A voz era muito boa, apesar da pronúncia arrastada.

Passei a perna sobre o muro e desci do outro lado. Estava a poucos passos da taverna e me aproximei da janela o mais silenciosamente possível. A luz de velas do interior tinha um brilho laranja. Havia mesas de madeira com banquinhos de bar. Homens e mulheres erguiam copos com cerveja ou uísque. Dei uma olhada através do canto direito da janela e vi um homem alto, de uniforme militar britânico completo, dançando em cima de uma mesa. Não devia ter mais de 18 ou 19 anos, embora surgissem rugas ao lado dos olhos quando sorria. Os músculos dos braços marcavam e forçavam o tecido do uniforme. Eu queria passar a mão na coluna dele.

O uniforme era um casaco vermelho e calças pretas. Ele dava chutes e pulava. Tirou um quepe de feltro azul e jogou para a multidão. Chutou com a perna direita, depois com a esquerda, pulando com os pés batendo sobre a mesa enquanto fazia os tradicionais passos escoceses.

As mangas e o colarinho do uniforme eram dourados. Os botões redondos reluziam sob as tochas que davam a volta pela taverna. Virei o rosto. A música vinha de um grupo de homens batendo em tambores e tocando gaitas de fole no fundo do salão. O soldado continuava dançando em cima da mesa enquanto os fregueses da taverna batiam palmas ao ritmo da música. O rosto dele estava vermelho, cheio de vida — cheio de sangue. Era alto, como Rhode, com feições finas e um beicinho. As mãos eram fortes, e a da direita segurava a alça de uma caneca de cerveja.

— A fama deles está viva, embora os espíritos tenham fugido. Nas asas do ano que se foi!

Após a última nota, pulou de cima da mesa para o chão, o que fez a cerveja espirrar da caneca para o piso de madeira.

O soldado tinha olhos castanhos, que, mesmo na escuridão do bar, brilhavam sobre os fregueses da taverna.

Eu me afastei da janela e dei a volta pelo perímetro do prédio. Ia entrar e falar com ele. Porém, assim que fui puxar a porta, ela se abriu e bateu na parede com força. Atravessei a rua correndo e me apoiei em uma árvore do outro lado da porta da taverna. As árvores eram jovens e cheias de folhas, mas esguias. As copas viravam para o céu em pontas finas. O homem saiu, respirou fundo e colocou um cigarro nos lábios.

Inalou e, quando soprou a fumaça para o céu, manteve o cigarro no canto da boca. Apertou um olho e secou o suor da testa. Tirou o cigarro da boca, franziu os olhos na minha direção e deu um passo à frente.

— Tem alguém aí? — perguntou. Ele tinha uma voz rouca com um forte sotaque escocês.

Dei um passo e me afastei da árvore.

— Olá, soldado.

Ele ergueu as sobrancelhas e se curvou em um gesto exagerado. Quando não devolvi a mesura, o soldado sorriu, mas ficou com um olhar curioso. Atravessei a rua de terra e parei em frente à porta da taverna.

— Sou do tipo que aperta a mão — falei em resposta à saudação dele e ofereci a mão direita como vi centenas de homens fazerem na minha época. Os homens na sociedade dos anos 1850 não consideravam apropriado que uma mulher cumprimentasse como se estivesse em pé de igualdade. Este é um fato que ainda considero um absurdo.

Ele olhou para a mão estendida e depois para os meus olhos. Eu estava sorrindo com os lábios fechados. Isso sempre funcionava quando não conseguia o que queria.

— Vamos apertar as mãos? — perguntei. Ele estendeu a mão e, quando o fez, olhei para a parte de dentro de seu pulso. Finas veias azuis saltavam da pele e corriam da palma para o braço.

Demos as mãos e ele me olhou de cima a baixo. Naquela hora, queria que fosse possível ter sentido o toque de suas mãos fortes. Notei a força da pegada, mas não o contato com a pele. Nada definitivo, de qualquer forma. Ele soltou a mão primeiro e se afastou devagar para o interior da porta da taverna. Embora eu com certeza sentisse o calor do olhar do soldado, teria adorado saber como seria a sensação de seus dedos passando pela minha pele. Ou qual seria o cheiro do hálito dele, dos cabelos. Embora soubesse que tudo isso era impossível, de qualquer forma eu desejava. Tudo o que podia sentir era o cheiro de terra revirada e almíscar, o odor da pele do soldado ainda presente nas minhas roupas

— Suas mãos estão frias — disse ele.

— Tem alguma coisa especial em você — respondi, me aproximando para que a luz da tocha na porta iluminasse meu rosto. Ele chegou mais perto novamente. Apertou um pouco os olhos, virou a cabeça para soltar a fumaça e depois examinou meu rosto outra vez, detendo o olhar na minha boca.

— Não, minha cara. Tem alguma coisa especial em *você*.
— Este rapaz estava me olhando com muito interesse. O tom jovial passou. — O que você é? — sussurrou.

Admito que isso me abalou. Até então, ninguém havia mencionado minha aparência, a pele lisa e as grandes pupilas escuras. Ninguém ousava admitir que eu era alguma coisa além do normal. A maioria dos humanos ficava fascinada pela minha beleza.

— Ninguém importante — falei em tom casual. Comecei a andar em volta dele, balançando os quadris como sempre fazia e olhando o soldado de cima a baixo.

— Sou um fuzileiro escocês. Um homem dos mapas. Viajei pelo mundo a fim de explorá-lo para o Exército britânico. Já vi muitos rostos. Narizes, olhos, todos bem específicos. Suas feições, moça, não são daqui.

— Nem de nenhum lugar que você conheça — falei, parando diante dele após andar em círculos. — Qual é o seu nome?

— Vicken, minha cara. — Ele se aproximou. O tom rouco da voz era muito forte, mais áspero que o de Rhode, cuja cadência suave estava registrada no meu cérebro. — Vicken Clough, do 21º Regimento. — Vicken sustentou meu olhar. Não piscou; apenas pestanejou com calma.

Ou minha percepção extrassensorial estava desligada ou este homem não tinha medo de mim. Eu tinha que ir embora. Era uma situação que não conseguia interpretar ou compreender. Olhei de relance para o gramado depois da taverna.

— Preciso ir — falei e passei por ele, me afastando da árvore, voltando para a direção do coven.

Ele agarrou meu antebraço.

— Peço que não brinque comigo, mocinha, ou pode conseguir exatamente o que quer.

Este homem era poderoso — extrovertido. Sabia bem o que queria. Puxei o braço e voltei para o gramado. Pulei o muro e fui em direção ao coven. Vi que eles ainda estavam nos mesmos lugares, relaxando no meio do campo. Se eu levasse aquele homem para lá, ele seria assassinado instantaneamente. Não que eu fosse contra, mas fiquei intrigada demais para deixá-lo morrer por enquanto.

— Espere! — Ouvi o homem chamar. Os passos pararam à beira do gramado. — Quem é você?

Na hora em que Vicken chegou ao campo, eu já estava no escuro e não podia ser vista por ele. Fiquei na lateral do gramado protegida pela sombra dos galhos das árvores. Ele agarrou o muro, levantou um pé e colocou de volta no chão. Inclinou o pescoço para ver na escuridão. Praguejou baixinho e deu meia-volta. Retornei ao coven.

— Quem era aquele? — perguntou Song.

Não consegui evitar o sorriso de satisfação.

— Alguém interessante — respondi e olhei de novo para trás. Vicken estava retornando à taverna. — Encontre-me na estalagem ao amanhecer. — Olhei para o céu e a posição da lua. — Temos quatro horas.

Dito isto, dei as costas para o coven e, sem que ele soubesse, segui Vicken até sua casa.

Vicken não morava muito longe da taverna. Subi o muro novamente e fui atrás dele pelas sombras. Quando cheguei à estrada, ele estava apenas alguns metros à frente, cambaleando um pouco por conta da quantidade de cerveja que tinha consumido. Morava a sete casas da taverna. Deu com o ombro em uma árvore quando fez a curva em uma pequena estrada de terra. Ao segui-lo, olhei adiante: o caminho até a casa terminava em um rochedo íngreme e depois havia quilômetros de oceano.

A casa de Vicken ficava à beira de uma densa floresta ao lado do mar. Havia uma casa principal feita de pedras brancas, com dois andares e um telhado preto. Atrás dela havia uma cabana menor, de um cômodo apenas, feita de pedras cinzas; era consideravelmente menos grandiosa que a outra. Ao seguir silenciosamente, passei por um estábulo onde ouvi o relinchar de cavalos aconchegados e o som do oceano batendo nas pedras em algum lugar no rochedo.

Vicken entrou na cabana e fechou a porta. Virei a maçaneta e o segui. O que ele disse era verdade. Vicken adorava mapas, eles estavam por todos os cantos. Pelo menos havia uma dúzia nas paredes e sobre uma pequena mesa de madeira no canto direito do quarto. No armário estavam uniformes militares. Havia até mesmo um reluzente globo azul sobre a mesa.

A porta dos fundos da cabana de apenas um cômodo estava aberta. Notei Vicken no quintal armando uma engenhoca feita de latão. Apoiava-se em três pernas, o equivalente moderno de um tripé.

Passei por uma banheira. A cortina estava aberta e havia um par de meias brancas pendurado sobre a bacia. Pisei na porta e Vicken ergueu o olhar. Ele não sorriu ou franziu a testa, apenas me encarou por um instante e depois voltou a montar a máquina.

— Você não tem medo de feras? Monstros? — perguntei.

— Você não é uma fera — disse ele em tom casual, continuando a mexer em um longo tubo apontado para o céu. Ele olhou pelas lentes, ajeitou a direção do tubo e se virou para mim novamente. — Tenho mais medo, moça, das coisas que não posso ver com os próprios olhos. — Fez um gesto com a mão para que eu me juntasse a ele. Fui até o telescópio e olhei pelas lentes. A lua estava nítida e clara, embora suas rachaduras e fendas fossem uma terra desconhecida para mim.

— Linda. — Mal suspirei. Ergui os olhos para os de Vicken. Ele sorriu um pouquinho. Eu me afastei na direção da casa principal. — Por que você não tem medo de mim?

Embora Vicken afirmasse que não estava tomado pelo medo, mantinha distância. Permaneci com os dedos no telescópio, ocupando o nervosismo com as partes da máquina que precisavam funcionar para ver o céu à noite. Observei a silhueta forte de seus ombros largos. Fiquei atenta ao olhar perigoso. Sua masculinidade era inebriante.

— Você me intriga — disse ele, me encarando novamente.

Joguei a cabeça para trás e ri tão alto que a voz ecoou no silêncio.

— Intrigo você? É isso então? Curiosidade?

Vicken manteve o olhar no telescópio.

— Diga-me, Vicken Clough, do 21º Regimento. O que diria se eu falasse que você poderia vasculhar o planeta e registrar tudo? Ser o explorador mais poderoso que o mundo já conheceu? Que enquanto o planeta existisse, você existiria?

O nariz fino e o queixo quadrado de Vicken apontaram para o chão. Ele franziu as sobrancelhas e manteve as mãos soltas nas costas.

— A eternidade, moça, é impossível.

— E se eu lhe dissesse que é possível?

Ele me encarou para valer e esperei que desviasse o olhar, mas Vicken se manteve firme.

— Eu acreditaria em você.

Dei alguns passos e fiquei diante dele, de forma que nossos rostos ficassem separados por centímetros.

— O que tenho que fazer? — perguntou Vicken. — Para ficar com você. — Ele queria me beijar. Notei pelo olhar aquela vontade que às vezes os olhos castanhos transmitem. Seus cílios faziam uma curva saindo das pálpebras, de maneira que, quando piscava, parecia com um menininho.

Sorri; esta era a minha parte favorita. Ele com certeza sentiria terror depois. Deixei os lábios roçarem nos meus tão delicadamente que até mesmo para mim foi difícil notar que nos tocamos. Minhas presas desceram bem devagar e eu sussurrei:

— Vou ter que matar você.

A respiração de Vicken estremeceu e ele se afastou de mim. Um arrepio de medo percorreu seu corpo, mas não era o tipo de horror que eu esperava. Não houve desejo de sair correndo. O único medo que ele sentiu foi pelas próprias ações, do que podia ou não fazer — por mim. Isso deu um nó na minha cabeça. Era um absurdo. Olhei a lua. Faltavam três horas para amanhecer.

— Vou lhe dar uma noite para pensar a respeito — falei. Contornei a casa, me afastando de Vicken, e tomei o rumo da rua principal. — Amanhã, a essa mesma hora, venho buscar sua resposta.

— Pelo jeito que você fala me parece que, não importa o que eu diga, não é uma escolha.

Vicken saiu detrás da cabana para me ver. Sob a suave luz do luar, foi possível notar o suor na testa dele.

Eu me virei.

— Por que você levou isso em consideração? — perguntei, certa de que deveria haver uma razão para ele ter concordado com meus desejos.

Vicken deu um sorriso torto, em que apenas a metade esquerda da boca sorria. Ele apoiou a mão na lateral da pequena cabana.

— Você — falou.

Houve um instante de silêncio. Examinei seus braços fortes e como o cabelo caía desalinhado sobre seu rosto.

— Faça suas despedidas, então — falei e dei as costas para ele, desaparecendo na escuridão.

Na noite seguinte, me aproximei da casa principal. Através da janela, observei Vicken jantando com a família. Velas brancas compridas decoravam as duas pontas da mesa. Havia a carcaça aberta de um animal e várias tigelas de vegetais. O pai de Vicken estava na cabeceira da mesa e o filho se sentava logo a sua direita. O pai, um homenzarrão gordo com tufos de cabelos grisalhos, riu animadamente e pegou a bochecha de Vicken com a mão direita. Uma agonia conhecida apertou minha garganta. Eu odiava famílias. Muitas vezes essa tristeza me irritava a ponto de assassinar alguém, de maneira que eu matava quem quer que me lembrasse de que minha família era a vida que tinha deixado para trás.

Por que eu não quis matar aquele homem? Por que queria deixá-lo dentro de sua casa com a mãe, o pai e a coleção de mapas? Será que tinha ousado encontrar outra pessoa para amar além de Rhode? Sim, ele seria livre, decidi. Ao dar as costas para a janela a fim de reencontrar o coven na estalagem, notei o olhar de Vicken.

Ele disparou da mesa e correu até mim, mas prossegui rapidamente pelo caminho de terra, me afastando do oceano em direção à estrada principal.

— Espere!

— Mudei de ideia. Você está livre — falei ao me virar para ele no meio do caminho. Havia árvores altas de ambos os lados. — Sabe que você tinha razão? É o primeiro homem que permito que tenha uma escolha. Volte para casa com sua família.

Vicken veio até mim tão depressa que por um instante fiquei surpresa que ele fosse apenas humano. Colocou as mãos no meu rosto.

— Não quero isso — disse com tanta intensidade que rangeu os dentes. — Eu os deixei de lado. Não quero ficar aqui, morrer aqui, e não ver nada do mundo.

— O que é, então? O que você quer? — perguntei.

Vicken me pegou pelos ombros tão intensamente que não me mexi. Ele respirou profundamente.

— Você — disse, quase arfando. — Apenas você.

Olhei no fundo dos olhos dele e vi essa necessidade em sua expressão. Ele precisava de mim. Olhei os músculos fortes do pescoço e ombros e voltei a encará-lo. Vicken se inclinou para frente, roçando de leve os lábios nos meus. Respirei fundo para sentir o cheiro da pele dele — lá estava aquele odor de novo, almíscar e sal. Logo o cheiro correria por dentro de mim.

— Está feito — falei, abrindo os olhos. Peguei o pulso de Vicken e o puxei para longe da casa. — Você vai se juntar a vampiros tão antigos que ninguém conhece a origem. Mas será poderoso. Além da sua imaginação.

Andei até a floresta atrás da pequena cabana.

— Você estará entre eles? — perguntou Vicken.

Peguei sua mão.

— Sempre.

Talvez Vicken tenha se apaixonado por mim por causa da minha presença vampírica. Não sei. Jamais saberei. Uma vez, Rhode me contou que a aura de um vampiro é tão poderosa que a maioria dos homens ficava iludida sem saber. Posso garantir que, quando o levei para a floresta atrás da cabana, ele estava segurando minha mão. E que, quando mordi o pescoço de Vicken, ele estava olhando para as estrelas no céu.

Capítulo 12

— Lenah!

Balancei a cabeça e meus olhos prestaram atenção na água batendo no fundo da lancha de Justin.

— Aqui. — Olhei para a esquerda.

Justin Enos estava nadando sem sair do lugar. A luz do sol refletia na água e batia em seus olhos, fazendo com que ele apertasse a vista, mas sorrisse.

— Não me faça subir aí para pegar você — falou.

Ao dizer isso, Tony passou flutuando em cima de um bote inflável e tirou fotos de mim.

— Quem trouxe o paparazzo? — perguntou Claudia. Ela estava dando voltas ao redor da lancha.

Fiquei de pé com cuidado e voltei para o interior do barco. Tentei tirar a imagem de Vicken da cabeça, mas o relógio invisível, aquele que ecoava na minha cabeça, me lembrou de que a *Nuit Rouge* estava se aproximando. Em breve, Vicken tentaria me desenterrar. Justin nadou até a escada e, quando cheguei aos degraus, estava subindo para se juntar a mim.

— Eu nunca tinha visto o sol brilhar sobre o oceano dessa forma — admiti assim que Justin voltou a bordo. Ele estava pingando dos pés à cabeça.

— Eu nunca tinha visto alguém tão branca como você — disse Roy, da água.

— Cala a boca, Roy — disparou Justin, mais alto que as gargalhadas dos demais. Roy o xingou de uma coisa que eu nunca tinha ouvido antes e nadou para longe. Tracy estava observando, assim como as demais Três Peças, embora estivessem tentando disfarçar jogando água umas nas outras. Havia uma satisfação tranquila em minha mente. Eu lembrei... gratidão. Justin havia me defendido.

— Venha — disse ele, estendendo a mão. Antes de pegá-la, olhei a palma. Os dedos eram lisos. Alguns vampiros, porém não todos, acreditam em quiromancia. A linha da vida de Justin, que é a linha na palma da mão que passa entre o polegar e o indicador, era muito longa, ia quase até o pulso. Ela não indica o quanto a pessoa deve viver. É um indicador do comprometimento com a vida ou, em outras palavras, a força vital de alguém. Ele teria sido um integrante perfeito para meu coven. Justin pegou minha mão antes que eu pudesse pensar e me puxou para a beirada mais alta da lancha.

— Está com medo de pular? — perguntou.

Concordei com a cabeça. Ele pegou minha mão com mais força ainda. Mãos mornas, pele quente. Minha vida tinha sido tão fria até agora. Meus dedos do pé agarraram a borda da lancha e apertei a mão de Justin.

— Não é a mesma coisa que ficar na chuva torrencial ou algo assim — disse ele, se referindo à nossa conversa no gramado. — Mas é bem divertido, prometo.

— Uma promessa do rapaz que me chamou de piranha.

Justin suspirou, mas continuou olhando para mim.

— Você vai me deixar te compensar por isso ou não?

Meu queixo caiu. Não tinha uma resposta para essa.

— Desculpe. Você está certo.

— Quer usar pé de pato?

Balancei a cabeça.

— OK. Bem, essa água é bem rasa. Você pode ficar na ponta dos pés, então não mergulhe. Apenas se jogue. — Justin me encarou e esperou que eu movesse os olhos da água para ele. — Está pronta?

Fiz que sim com a cabeça.

— Tem que começar de alguma maneira, certo?

Encarei o olhar de Justin, que passava confiança.

— Certo — falei.

O corpo dele tomou impulso para o alto, então fechei os olhos, senti os joelhos se dobrarem e pulei. O sol bateu nas minhas costas. Joguei as mãos para o alto e entrei no oceano, que me envolveu. A água deu a sensação de algo pesando toneladas, fazendo pressão e pinicando pelo corpo inteiro. Tudo o que ouvi foi o ruído e o zumbido dela. Minhas orelhas e meu nariz se encheram de água, mas prendi a respiração. Assim que senti a areia debaixo dos dedos do pé, disparei para a superfície, arfando em busca de ar. No momento em que vim à tona, abri os olhos e ri sem parar. Depois que sequei a vista, notei o sorriso de Justin.

Ele veio na minha direção com a água batendo no peito. Tracy estava nadando até Justin pela direita, embora ele estivesse de costas para ela. Justin sorria, radiante, assim como eu. Abriu a boca e por um instante, apenas um instante, parecia que ele tinha estendido a mão na minha direção. Então Tracy abraçou o peito dele e se espremeu contra suas costas. Ela estava com um esmalte rosa-shocking nas unhas e enfiou os dedos como garras no peito dele. Embora Justin tivesse parado de tentar me pegar e agarrado a mão de Tracy, jamais tirou o olhar de mim. Assim que ele se virou para encará-la, Tony surgiu da água e bateu uma foto a 5 centímetros da minha cara.

— Então, Lenah, onde você comprou esse colar? — perguntou Tracy do banco do carona no SUV de Justin. Ela se virou no assento para olhar para mim. Estávamos voltando para Wickham. Era o meio da tarde, por volta das 16 horas, de acordo com a posição do sol. Recoloquei o colar no pescoço.

— Foi um presente — falei.

— É tão bonitinho. Pó de pirlimpimpim — disse Claudia no banco atrás de mim.

Tony fez um som de deboche.

— Esse frasco parece mesmo gasto. Você devia devolver e pedir um novo — sugeriu Kate.

Não falei nada. Entramos na Main Street, em Lovers Bay. Aquele trecho da rua mais perto do campus era bem animado e cheio de lojas. Naquele sábado em especial havia uma feira livre.

— Não vejo alguém usar colar desse desde, tipo, o terceiro ano. Como você é retrô, Lenah — falou Claudia.

Passamos por uma série de barracas que vendiam plantas e flores. Uma das placas dizia ERVAS SILVESTRES.

— Posso saltar? — falei.

— Você não precisa ir embora — disse Kate para mim, mas ela deu um risinho para Tracy no espelho retrovisor.

— Sim, não vá embora — falou Tony, mas Justin já estava desacelerando. Ele parou no lado direito da rua. Eu podia ver os portões de entrada de Wickham a poucos metros de onde estávamos. Saí do carro e vi de relance o olhar de Justin pelo espelho retrovisor.

— A gente se fala depois, Tony — falei e bati a porta ao sair. Sabia que ia ouvir muito por tê-lo abandonado aos abutres, mas eu tinha que fazer uma coisa. Algo que devia ter feito assim que cheguei a Wickham.

Na feira, passei pelas barracas de maçãs, abóboras e vários tipos de cidra. Parei finalmente diante da barraca cheia de ervas e flores silvestres. Havia crisântemos laranjas, amores-perfeitos, ásteres e crisântemos bem amarelos em cestas de vime. Uma fita de cetim marrom prendia as hastes com um laço delicado.

— Você teria lavanda? — perguntei para uma mulher sentada em uma cadeira atrás da barraca. — Um pequeno ramo?

A mulher me entregou o ramalhete com um sorriso.
— Quatro dólares.

Paguei e andei na direção do campus. A lavanda tinha um cheiro forte, e eu mantive o ramalhete no nariz por toda a Main Street até chegar aos grandes arcos do campus de Wickham. Passei pelo portão, sorri comigo mesma e soltei um longo suspiro. O campus estava agitado. Algumas pessoas estavam deitadas em toalhas, outras estudavam em grupos, trocando cadernos entre si. Respirei fundo e ouvi as vozes ecoando ao redor.

Não consigo ler sua letra! Me manda por e-mail.
Biologia vai me matar.
Quero aquele suéter que Claudia Hawthorne está usando.
Aqui vai uma para o soldado que sangrou!
Quase tropecei. Dei meia-volta para olhar atrás de mim.

E para o marinheiro que lutou bravamente na artilharia!

Eu me virei para a outra direção. Quem estava cantando aquela canção? Um grupo de moças sobre uma toalha estava lendo em voz alta. Uma delas usava fones nos ouvidos. Dois rapazes mais jovens passaram por mim, mas estavam falando sobre a próxima temporada de basquete. Dei meia-volta para olhar pelo gramado, mas não havia ninguém cantando. Dei um passo e depois outro. Bem na hora em que voltei a andar normalmente e estava na cara do Seeker, ouvi a canção de novo.

Nas asas do ano que se foi!

Deixei cair a lavanda no chão e tapei os ouvidos. Podia sentir o coração disparando no peito. Olhei para os alunos ao redor, só para ter certeza. A maioria estava andando na direção dos dormitórios e aproveitando o tempo quente na grama. Tirei as mãos dos ouvidos e me abaixei para pegar a lavanda.

Me liga depois!
O jantar sai em vinte minutos!

As conversas eram normais. O escocês cantando sumiu.

Os fantasmas são capazes de confundir a pessoa; eles tornam os pensamentos tão pesados como galhos após uma tempestade. Era a voz de Vicken que passava pelas árvores, me atormentando dentro da memória. Até mesmo em Lovers Bay, Massachusetts. Eu sabia — ele sentia falta de mim.

Assim que cheguei à porta, preguei a lavanda ao lado do alecrim. Se a pessoa está sendo caçada, a lavanda protege das forças do mal. Abençoa a porta da casa que decora.

Capítulo 13

Alguma vez na vida você quis fazer alguma coisa terrível? Quero dizer, terrível mesmo? Porque, na manhã seguinte, foi preciso todo o meu esforço para não chamar o coven. Quando acordei, havia um silêncio. Uma quietude na sala e no mundo lá fora no campus de Wickham. Prestei atenção em bobagens. O teto do quarto era liso e branco. Os pássaros piavam e os galhos das árvores balançavam com a brisa suave. Mais do que nunca, tinha noção de que estava sozinha. Nenhum passeio até a água iria me curar. Sentia falta da introspecção de Song; do jeito com que Vicken me olhava do outro lado de uma multidão e eu sabia exatamente o que ele estava pensando. Tinha saudade dos morros ao longe durante o poente, naquele instante quando era seguro me aproximar das janelas, em que a grama parecia estar em chamas.

Agarrei os lençóis macios da cama e rolei de lado. As palavras de Rhode cortavam minha mente. Aquela última noite em que falamos sobre tantas coisas. Uma delas foi um aviso:

"Você não deve entrar em contato com eles, Lenah. Por mais que queira. Por mais que a magia que criou sinta falta deles. Que a magia os chame. Você tem que negar a si mesma."

Olhei para o telefone na mesinha de cabeceira. Será que eles tinham telefone? Se eu ligasse e um deles atendesse, será que saberiam que era eu? Mas não liguei. Em vez disso, rolei para o outro lado, para longe do telefone, e fiquei voltada para as janelas do quarto. Meus pensamentos se afastaram do coven. Talvez devesse tomar um banho. Como vampira, não tinha necessidade de banhos. Não havia nada orgânico a meu respeito; eu estava magicamente lacrada, era inumana, um cadáver, encantada pela mais negra das magias. Agora, na forma humana, a água quente descendo pelos braços e costas era o mais perto que eu chegava de encontrar paz.

Saí da cama e passei pela porta fazendo questão de não olhar para a espada de Rhode logo na entrada do banheiro. Eu fazia muito isso — para me confortar, principalmente. Esfreguei os olhos para afastar o sono e pisei no ladrilho frio do piso do banheiro.

— Ahhhhhhh! — gritei e me joguei de costas contra a parede.

O reflexo no espelho. Minha pele. Tinha uma cor de mel. Um bronze escuro. O topo do nariz tinha uma camada dourada reluzente na ponte. Eu tinha um *bronzeado*.

Cheguei a 5 centímetros do espelho. Repuxei a pele com a ponta dos dedos. Com os olhos apertados, verifiquei as bochechas, o queixo e até mesmo o pescoço, atrás de vermelhidão. Mesmo com a loção fator cinquenta eu tinha pegado uma cor, embora não estivesse queimada como esperava. Nem evaporei, também.

Saí do banheiro para a sala de estar — porém, parei na porta. A espada de Rhode permanecia na parede, sustentada no lugar pela placa. Depois olhei para a escrivaninha e as fotografias do coven. Elas me encaravam com um olhar vago e melancólico. Mas tudo era vago, não? Ninguém ocupava o sofá ou o divã. Ninguém fazia café ou me perguntava o que eu queria comer. Havia apenas eu.

Sentei no sofá. Era cedo demais para o café da manhã e Tony disse que não se levantaria e ficaria pronto para comer até quase o meio-dia. Os fins de semana eram diferentes em Wickham. Os alunos que não moravam no internato iam para casa e quase todos os demais aproveitavam a ocasião para estudar. A primeira semana de aulas foi tranquila, exceto pela aula de anatomia. Olhei para a mesa de centro. O livro que peguei na biblioteca ainda estava aberto na gravura de Rhode. Vi de relance o olhar dele, aqueles lindos olhos que me atormentariam para sempre — eles encaravam o nada. Não havia ninguém que entendesse.

De repente, senti um cansaço novamente e não queria outra coisa que não me aninhar um pouco. *Sim, dormir seria bom*, pensei. Ao voltar para o quarto, torci para sonhar com Rhode.

Naquela noite, passei pelo quarto de Tony e descobri que a família dele tinha passado para pegá-lo para jantar. Assim, perambulei sozinha pelo campus. Embora estivesse quente para essa época do ano em setembro — ainda na casa dos vinte graus — eu podia sentir algo no ar; estava ficando frio.

Apesar do crepúsculo, o Quartz estava agitado. Os rapazes lançavam bolas de futebol americano uns para os outros pelo gramado, e bolas de futebol também. Rock ecoava da torre de arte. Moças e rapazes andavam pelas trilhas e conversavam perto das janelas de vários prédios.

Enquanto caminhava, duas garotas passaram por mim. Reconheci uma delas da aula de inglês do professor Lynn.

— Oi, Lenah — disse ela.

— Hã... ah, oi — respondi e percebi que eu estava sorrindo. Ela era do penúltimo ano também. Era isso. Um oi, apenas para mim.

Acho que eu estava a caminho da praia para ver as estrelas quando notei a estufa logo depois dos prédios de ciências. Com o cheiro de lavanda ainda na memória depois da compra de ontem, segui por outro caminho de grama em direção à estufa.

O prédio era feito de vidro e ficava na direção oposta das trilhas. Apoiei as mãos nas vidraças e olhei o interior, mas estava escuro. Prestei atenção nas várias plantas que estavam diretamente na minha linha de visão. Dei um suspiro de susto e a adrenalina disparou no meu peito.

— Capuchinha! Rosas, lilases, calêndula e tomilho — sussurrei. Todas as ervas de que sentia falta e que tanto queria ter de volta na minha vida. A porta dupla era feita de vidro como todo o edifício. Forcei as maçanetas pretas. As portas tremeram em resposta. Eu não queria mais nada além de entrar. Como vampira, é de imaginar que eu estaria completamente afastada dos elementos naturais do mundo. Não havia nada de natural em relação a mim. Eu não precisava de ar ou água, mas adorava todas as ervas e flores, plantas. Todas as flores têm um poder natural. Todas as pedras têm um poder natural. Tudo — as flores, as plantas, o solo, até a magia negra que corria dentro de mim como vampira — veio da terra.

— A estufa está fechada.
Dei meia-volta.
— Por que você não para de me seguir?
Justin Enos tinha acabado de tomar banho e estava sozinho. Veio da trilha entre o gramado do Quartz e os prédios de ciências. Vestia uma camisa azul e shorts cáqui. Parecia reluzir.
— Estou indo ao estacionamento — disse ele, apontando para o caminho adiante. — Por que você quer ir à estufa? — Justin ficou ao meu lado e olhou para o interior do prédio às escuras. — Tem cheiro de terra lá dentro.
— Eu amo isso — disse, quase sussurrando.
— Ama? — Ele me olhou surpreso. Voltei a olhar para o interior da estufa e não respondi. Não queria explicar meu amor por flores e ervas. — Ainda está chateada comigo?
— Um passeio de mergulho e devo me derreter toda? — respondi. Ele apoiou a mão na estufa e se inclinou para a frente, chegando a centímetros do meu rosto.
— Que cheiro sensacional o seu — disse Justin.
— Obrigada — falei, com a respiração um pouco acelerada. Os olhos de Justin pulsavam nos meus e, então, ele se afastou a uma distância adequada. Se eu não soubesse, teria pensado que Justin estava me testando como fazem os vampiros, através de um olhar fixo.
— Ainda tenho que fazer algo em relação a você, não é? — falou ele, quase rosnando. Isso me fez querer ronronar, se fosse possível.
— Justin! — chamou uma voz.
Nós dois demos meia-volta. Tracy e as Três Peças estavam a caminho da estufa, vindo da direção da Union. Todas as três usavam vestidos curtos e pretos, embora cada um fosse de um estilo um pouco diferente do outro.

— Oi, Lenah — disse Tracy quando chegou à trilha.

— Você pegou cor rápido — falou Claudia para mim. Olhei para meus braços.

— Acho que não notei. — Dei de ombros.

— Não vai sair hoje à noite? — perguntou Tracy, dando o braço a Justin. Olhei nos olhos dela como uma vampira faria. Um olhar que penetrava fundo nas pupilas. Porém, não vi profundidade na alma de Tracy. Ela era rasa, fruto de um ambiente mundano. Na verdade, cada uma das Três Peças era uma vítima do próprio egocentrismo. Justin, por outro lado, tinha uma luz no olhar. Uma espécie de janela, onde eu podia ver que ele era mais, muito mais do que um garoto comum. Tinha astúcia e coragem... como Rhode. Tinha alma. Desviei o olhar de Tracy. Senti um puxão no peito como se um feitiço tivesse sido quebrado.

— Não, não vou sair — respondi e prestei atenção em Claudia e Kate. — Não gosto de sair domingo à noite.

— Vai só ficar do lado de fora da estufa? — perguntou Kate. Ela estava com um vestido extremamente curto.

— Que pena — disse Tracy para mim, e depois olhou para Justin. — Vamos, quero ir à boate e voltar antes do toque de recolher.

E, dito isso, começaram a andar pela trilha. Não queria segui-los, então fingi olhar alguma coisa na estufa.

— Boa noite — disse Justin, dando uma olhadela para mim.

— Boa noite — falei. Logo eles foram envolvidos pela escuridão da trilha e eu voltei para casa.

Segunda-feira de manhã, 9 horas, encontrei Tony na biblioteca. Na verdade, ele estava lá havia horas. Cercado por centenas de fotos. Quero dizer, centenas de fotos — de *mim*. Depois de colocar a mochila atrás da mesa, olhei para o longo corredor de livros que dava para a área de estudos nos fundos. Tirei os óculos escuros e passei pela fileira de livros na direção de Tony.

Parei por cima da mesa, mas ele não olhou para o alto. As fotografias eram do passeio. Devia haver umas duzentas, cada uma de um ângulo diferente. Tony estava de cabeça baixa, com os dedos segurando firme um toco de carvão. Vi um caderno branco de desenho sobre a mesa e o contorno de um par de olhos que pareciam muito com os meus.

— Você percebe que isso poderia ser considerado uma obsessão? — perguntei de braços cruzados.

Tony deu um pulo na cadeira e admito que me afastei por conta da surpresa. Sua atitude normalmente tranquila não estava ali. A pele lisa tinha alguns traços de carvão e uma mancha preta na testa onde devia ter apoiado a mão enquanto trabalhava.

— Nunca fiz um retrato assim antes — disse ele, e depois voltou a se curvar sobre o caderno. — Tenho que achar a perspectiva certa — resmungou, embora parecesse que estivesse falando consigo mesmo. Olhou para mim, depois para o desenho e arrancou a folha do caderno. Fez uma bola e deixou cair no chão. Tirei uma das fotos da mesa.

Nela, Justin Enos e eu estávamos na beirada da lancha. A mão dele segurava a minha, e nossa aparência dava a impressão de que éramos banhados pela luz do sol. Eu estava encarando o olhar de Justin e sorrindo. A água logo abaixo irradiava um brilho dourado e cintilante em nossos rostos. Antes que eu tivesse a oportunidade de observar a curva da minha boca e a brancura dos meus dentes, Tony arrancou a foto da minha mão e atirou na pilha sem o menor cuidado.

— Ei! — reclamei.

— Erradas. As perspectivas estão todas erradas.

— Tony, como pode ser? Olhe quantas fotos são. Tenho certeza de que você vai...

Ele balançou a cabeça rapidamente e, com um movimento do braço, empurrou as fotos para dentro de uma bolsa de lona e saiu de maneira arrogante pelo longo corredor, em direção à porta da frente. A mochila desceu pelo braço e ficou pendurada em seu pulso. Ele a ajeitou no ombro bem na hora em que suas calças baggy escorregaram, revelando a cueca samba-canção e um cofrinho. Tony deu um pulinho e puxou as calças para cima. Com um gesto dramático, abriu a porta da biblioteca.

— Tony, espera! — chamei e saí da biblioteca.

Tentei conter o riso ao correr para alcançá-lo.

— Você não entende, Lenah — falou ele, mas continuou andando. — Tenho que fazer isso direito. Quer dizer, não é apenas o seu retrato. É uma boa parte da minha bolsa. Todo projeto que eu escolho tem que ter alguma espécie de curva de aprendizado. Sabe, onde eu aplico algo novo ao meu trabalho.

— Então, pintar meu retrato tem que fazer com que você avance em termos de habilidade artística? — Nossos olhares se encontraram e a frustração de Tony virou um sorriso. Ele apoiou o braço no meu ombro.

— Quando você coloca dessa forma e fala tão bonito assim, sim. Além disso, você é linda.

Começamos a caminhar para a aula de anatomia, mas havia tráfego de alunos. Eles estavam reunidos em um grande grupo, então tivemos que andar devagar.

— O príncipe e a princesa estão discutindo — disse uma aluna do penúltimo ano à nossa frente. Eu não a conhecia, mas ela tinha problemas de circulação (veias azuis esmaecidas... aquela cor era sempre um claro sinal).

Tracy e Justin estavam no gramado em frente ao Quartz. Tracy estava com o dedo na cara de Justin, com a unha bem-feita a centímetros do nariz dele, que cruzou os braços e olhou para o chão. Ao virarmos à esquerda em direção à estátua de madame Curie, vi apenas um trechinho da briga.

— Você sempre sugere a biblioteca agora. Me deixa adivinhar, Justin... Para ver a única garota no campus que não se joga aos seus pés!

— Tracy! Não é isso!

— Ela é muito rica. Imagino que deva ser isso. Desculpa, mas nem todo mundo pode pagar por um apartamento próprio, Justin. Sei que você tem um só para você, mas dividir apartamento, tipo, faz parte.

— Nem sei do que você está falando!

— Você nunca mais quis ir ao meu apartamento. Nem tente negar! Você a acha bonita. Eu vi como olha para ela na aula de inglês!

— Uau — sussurrou Tony ao entrarmos no prédio de ciências para a aula de anatomia. Foi inevitável sentir uma pontada de satisfação.

Durante a aula, meus pensamentos iam de um lado para o outro, entre a briga de Justin e Tracy e a voz de Vicken ecoando pelo campus. Depois de não tirar da cabeça as acusações dela sobre os sentimentos de Justin em relação a mim, eu voltava a pensar em Vicken. Como e por que o ouvia tão claramente? Um vampiro apaixonado é capaz de se comunicar telepaticamente com sua parceira, mas a conexão de Vicken deveria ter sido cortada com a minha transformação.

Quando vivo, a força de vontade e a determinação de Vicken eram poderosas; foram alguns dos motivos de eu tê-lo transformado em vampiro. Esses aspectos da personalidade dele teriam aumentado com o passar dos anos — talvez Vicken *pudesse* me alcançar mesmo eu estando a milhares de quilômetros de distância.

— Sente-se — disse Tony após a aula de anatomia. Ele interrompeu meus pensamentos com o som agudo de madeira sendo arrastada em madeira. Tony puxou um banquinho de um lado da torre de arte para o outro. Após alguns instantes, fiquei sentada enquanto ele trabalhava. Desistiu do carvão, decidindo que não conseguia captar minhas feições muito bem com o material. Tony saiu de trás do cavalete e se curvou próximo ao meu rosto. Levantou o mindinho, decorado com um anel prateado, e moveu uma mecha de cabelo dos meus olhos. Verificou a exatidão de um tom de tinta passando na mão.

— Você está linda. Isso vai ser perfeito — disse com um sorriso. Eu gostava do cheiro de tinta na sala e da grama fresca balançando sob a brisa lá fora, que via pelas janelas abertas. Tony tinha o cheiro de um rapaz almiscarado, mas sujo de tinta. Fitei os olhos dele... ele fez o mesmo comigo. Tony abriu um sorriso. Logo, antes que eu percebesse, eu estava levantando o queixo na direção do dele e nossos lábios ficaram a centímetros de distância.

Então alguém bateu na ombreira da porta.

— Lenah?

Tony deu um pulo para trás e virou na direção da porta. Justin entrou no estúdio. Eu sorri, foi completamente inevitável.

— Fui à biblioteca procurar você — disse Justin, dando passos largos até mim.

— Primeiro a estufa, agora isso?

— A bibliotecária disse que você geralmente está aqui com Tony.

— Apenas para trabalhar — falei e fiquei de pé. Tony já estava arrumando as tintas. Eu sorria tanto que me senti eufórica.

— Você está pintando Lenah? — perguntou Justin, torcendo o pescoço para dar uma espiada no cavalete.

— Sim — disse Tony, seco, reunindo os pincéis na mão.

— Maneiro. Posso ver?

Tony levantou a tela.

— Não. Nem está pronto ainda. — Virou o cavalete para a parede.

— Ele é meio sensível — falei, ainda sorrindo.

— Qual é, Enos? — disse Tony. — Você não costuma subir aqui.

— Estou aqui para ver se você tem coragem — respondeu Justin, mas estava se dirigindo a mim.

— Coragem? — perguntei, me virando para encará-lo mais diretamente.

— Sábado. Vamos pular de bungee-jump.

Olhei de Justin para Tony. Tony fez que não com a cabeça rapidamente.

— Não faça isso, Lenah. É suicídio.

— O que é bungee-jump? — perguntei.

— É sério? — indagou Justin. Agora ele se apoiou em uma mesa do estúdio e cruzou os tornozelos. Uma pose que o vi fazer antes. Era uma postura confortável, um jeito de se sentir como se estivesse em uma posição de poder. Suspirei, essa capacidade de ler poses era uma característica dos vampiros. Um hábito que até agora não conseguira perder. — A pessoa pula de uma ponte sobre um lago. É divertido.

Tony ficou entre nós dois e ergueu as mãos. Uma delas ainda segurava todos os pincéis.

— A pessoa coloca uma tira no tornozelo. É uma corda elástica, e aí ela pula de uma ponte alta ou de um prédio...

— Vai valer a pena — interrompeu Justin.

Tony colocou os pincéis em uma bacia d'água dentro da pia. Lavou a paleta de tintas e se virou.

— Para quem, Enos? Só porque você quer morrer não significa que Lenah queira.

— Está certo, eu vou — falei. A expressão de Justin se animou imediatamente. — Mas só se Tony for.

— Não. De jeito nenhum — falou Tony. — Não — repetiu com uma espécie de risada louca. Parou em frente a um conjunto de cubículos dos alunos e puxou uma cortina vermelha. A cortina dividia o cubículo de Tony. Todos os estudantes de arte tinham um. Ele jogou a paleta dentro de um armário de metal. — Não — falou, rindo outra vez e balançando a cabeça. Enfiou o portfólio de couro preto debaixo do braço e passou rápido por mim e Justin. — Não. — Entrou na escadaria. — Não. Rá. Rá. Quero dizer, *não*. — Continuou repetindo ao descer a escada.

Naquela noite, voltei para casa e desmoronei no divã. Meu olhar foi parar na escrivaninha do outro lado da sala e fiquei observando a fotografia do coven. Meu corpo simplesmente não conseguia mais correr por horas intermináveis. Agora havia sangue, músculos e um coração sempre disparado.

Estava tudo quieto. Meus olhos ficaram pesados. Havia silêncio lá fora, mas de vez em quando eu podia escutar a conversa das pessoas na escadaria do dormitório. Ouvi minha respiração, porque agora era importante que tivesse oxigênio nos pulmões. Para dentro e para fora. Para dentro e para fora... O movimento ritmado do ar era um alívio. Minhas pálpebras desceram pela centésima vez e, finalmente, deixei que caíssem. Então, ali, na minha mente, saindo da escuridão, estava a sala de estar do primeiro andar da minha casa em Hathersage, embora parecesse dramaticamente diferente.

Cem anos antes havia enormes tapetes orientais, cortinas de tom vermelho-escuro, mobília com estofado de veludo. Neste sonho, a sala permanecia a mesma, mas acessórios foram acrescentados, como televisores de tela plana e computadores.

Em um canto, vestido com calça social e camisa preta, Vicken andava de um lado para o outro. Ele foi até a janela e apertou um botão no lado direito da parede. As cortinas desceram automaticamente. Lá fora, bem debaixo da janela, estava o cemitério banhado por um brilho laranja com tom de sangue. Em uma lápide estava meu nome, Lenah Beaudonte.

— Algo está errado — disse Vicken, falando em hebreu.
— Os materiais de Rhode sumiram. O quarto dele está vazio.

— Ela vai aparecer — falou Gavin em francês da porta.
— Paciência. — Vicken não se virou para olhar para ele.

A conversa era uma mistura de línguas, culturas e sotaques.

— Já conversamos sobre isso — disse Heath, juntando-se a Gavin na porta e, claro, falando apenas em latim.

— Sim, mas a cada dia nos aproximamos da *Nuit Rouge*, e aumenta a dúvida na minha mente — explicou Vicken.

— Medo — disse Song, passando por Gavin e Heath e se sentando em um divã de couro marrom voltado para a janela. Falou em inglês.

Vicken fez um som de desdém.

— É o medo que mantém você nesta janela — falou Song.

Os dedos de Vicken agarraram a ombreira da janela. Suas unhas abriram um corte na madeira. Ele saiu rapidamente de lá e desmoronou em uma poltrona vazia. Em uma mesinha havia um pote cheio de lilases secas. Ele pegou as pétalas roxas pela ponta dos dedos e deixou que caíssem como grãos de areia de volta no pote.

— Preciso dela. Se em cinco semanas não aparecer, vou desenterrá-la com minhas próprias mãos — disse Vicken. Foi então que abri os olhos na sala de estar, arfando e sentindo o cheiro de lilás no cabelo.

Capítulo 14

Nickerson Summit é uma ponte suspensa a 45 metros de um rio. Naquele sábado nós fomos no SUV de Justin para Cape Cod Bungee, que ficava a apenas meia hora de Wickham. A maioria das pessoas tinha que ter autorização dos pais para pular — eu simplesmente falsifiquei a assinatura de Rhode. Depois de uma hora de explicação e de assinar uma papelada que dizia que se morrêssemos nossos pais não entrariam com um processo, ficamos responsáveis por nossas vidas. E nos alinhamos para pular da Nickerson Summit.

— Não acredito que você me convenceu a entrar nessa. *Péssima* ideia — disse Tony, andando de um lado para o outro na frente da ponte. Ele parava de tempos em tempos e seus ombros tremiam. — Você *vai* conseguir — murmurava baixinho.

— Vai pular comigo? — perguntou Tracy para Justin, toda pendurada nele.

— Todos vamos pular sozinhos, gata — disse ele. Tracy se curvou para um beijo. Notei que sua boca estava aberta, enquanto Justin manteve a dele fechada. Foi um beijo esquisito, desigual.

— Quero ir primeiro! — berrou Tracy e deu um abraço em cada integrante das Três Peças.

— Graças a Deus — sussurrou Tony, se sentando no meio-fio da ponte.

— Promete pular logo depois de mim? — perguntou Tracy para Justin. Ela disparou um olhar para mim e depois deu um beijo no rosto dele.

— Claro — respondeu Justin. Tracy tomou seu lugar na ponte.

Ela ficou no parapeito com os dois braços esticados e depois se inclinou para a frente. Deu um berro e então sumiu. Todos corremos para o parapeito. As pontas do cabelo dela quase tocaram o rio. Ela manteve os braços esticados e seu corpo fluiu com os movimentos da corda. Tracy subiu, quase retornou à altura da ponte, e voltou a cair. Do jeito que seu corpo estava mole, deu para perceber que ela confiava plenamente na tecnologia. Como eu faria aquilo? À medida que a corda ficava mais lenta, Tracy pairava no ar mais languidamente, de um lado para o outro, e seu cabelo balançava com o vento.

Enquanto os funcionários da empresa de bungee-jump chegaram de bote para desamarrar Tracy, Claudia e Kate deram as mãos e pularam em seguida. Elas gritaram o tempo inteiro. As duas foram seguidas por Curtis e depois Roy; logo, as únicas pessoas que sobraram para pular eram Justin, Tony e eu.

— Vamos, Tony, você consegue! — gritou Tracy da beira do rio.

Olhei sobre o parapeito, surpresa de verdade por Tracy ter dito algo legal para Tony. Quando vi, notei que as garotas estavam pegando sol. Debaixo das roupas elas usavam biquínis vermelhos combinando. Tudo o que eu tinha era sutiã e calcinha.

Tony subiu no parapeito. Ele fechava e abria as mãos.

— Minhas mãos estão suando. Minhas costas estão suando. Estou nojento. — Ele se virou e jogou o boné de beisebol para mim. — Não acredito que estou fazendo isso. Quero vomitar.

O funcionário, parado ao lado de Tony, do nada ofereceu um balde azul para ele. Tony respirou fundo.

— Sou um artista. *Vou* conseguir.

— Afinal, você está pronto? — rosnou o funcionário. Ele era atarracado, usava barba e uma camiseta que dizia GORDOS ADORAM CARNE.

— Bela camiseta — disse Tony para o sujeito e depois olhou para mim. — Estou ouvindo minha mãe, Len, "Tony, por que você quer se matar?"

Ri tanto que o peito doeu.

Tony levantou os braços para os lados, fechou os olhos e gritou tanto que sua voz falhou ao cair. Ouvi uma batida na água e depois as Três Peças berraram e vibraram.

Justin e eu éramos os únicos que tinham sobrado. O funcionário me amarrou ao equipamento. Atrás de mim, no chão, podia sentir Justin me observando.

— Você fez isso de propósito — falei enquanto o homem continuava me amarrando.

— Talvez.

— Que joguinho é esse? Sua namorada está lá embaixo no rio.

— Vamos pular juntos.

— Vamos, Lenah! — gritou Tony lá debaixo.

— Se você pular comigo, Tracy saberá.

Justin ficou de pé.

— Saber o quê?

— Quer dizer, ela vai achar que você fez de propósito.

— Vocês dois — disse o funcionário. — Mantenham os olhos abertos se forem pular juntos. Não batam a cabeça ou algo assim. Odeio ter que limpar sangue.

— Se você pular comigo... — comecei a dizer.

— Não me importo mais.

Justin pegou minha mão e subimos no parapeito da ponte. Não olhei para Tracy e as Três Peças, porque elas estavam em silêncio absoluto lá embaixo. Justin tinha esperado para pular comigo e agora todo mundo sabia. Eu o vi levantar o pé direito.

— Não... espere — falei, percebendo a imensa distância da ponte até o rio. A maneira como as pequenas ondas passavam juntas e se moviam. Observei a ondulação da crista espumante feita pelo motor do bote. Veio à minha mente naquele instante... o sonho com o coven. Não era real, embora tivesse dado uma impressão. De repente imaginei o rosto furioso de Rhode. Ele sacrificou a vida por mim e eu iria me jogar de uma ponte?

— Tenho a impressão de que você nunca saiu de casa — disse Justin, quebrando o encanto dos meus pensamentos. Olhei para Justin segurando sua mão. — É desse jeito que você está olhando para o rio.

— Não tenho certeza se saí antes deste momento — falei.

— Você não pode passar o resto da vida escondida na cabine de uma lancha, certo?

Olhei para Tony lá embaixo, que socou o ar.

— Você tem que se soltar... — disse Justin.

Voltei a olhar para ele e afastei a imagem do coven da mente. Eu estava pronta. Com minha mão direita na esquerda dele... nós dois demos pequenos sorrisos.

— Pronta?

Pulamos.

Meu corpo estava... livre. Minhas mãos se soltaram de Justin quando pulamos. Senti o torso subir e cair, o ar passando disparado pelas orelhas e entre os dedos. De toda a vibração, era a de Tony que consegui ouvir mais claramente. Meus quadris foram puxados pela corda elástica e depois desceram. O vento correu pelo meu rosto e pelo topo da minha cabeça. Olhei para a direita e vi que os olhos de Justin estavam fechados, seus braços sobre a cabeça. Eu o imitei ao fechar os olhos e um arrepio passou por mim. Sorri, sem ter como evitar. Quando a elasticidade da corda diminuiu, olhei para ele, de cabeça para baixo. Estava sorrindo para mim.

— Continua triste? — perguntou.

Enquanto nos ajudaram a descer para os botes e nos levaram para a margem, Justin não parou de olhar para mim. Não, naquele instante, a tristeza não era possível.

Capítulo 15

— Lenah! Espera! — gritou Tony do alto da escadaria da torre de arte. Era o dia seguinte ao passeio de bungee-jump e Tony tinha passado a manhã desenhando meus olhos. Quando ele chegou à porta, havia uma mancha de tinta verde no nariz dele. — Obrigado por hoje. Finalmente consegui... acho.

— Sempre que quiser — falei. Antes de chegar ao pé da escada, ouvi Tony falar para os outros alunos na torre.

— Meninas! Não deixem minha bunda, meu andar sexy distraírem vocês. Vou ficar aqui o dia inteiro.

— Você tem tinta no nariz, Tony — disse alguém e uma série de risinhos irrompeu da torre.

Saí e olhei para o alto. Havia muitas nuvens, camadas e mais camadas densas e cinzentas. Andando pelo gramado, fiquei surpresa ao ver Curtis, Roy, Claudia e Kate sentados em uma toalha. Quando passei por eles, pronta para sorrir para as meninas, Kate se curvou para Claudia e escondeu a boca com a mão. Por cima dos dedos com unhas bem-feitas de Kate, Claudia me encarou. Ela inclinou a cabeça para ouvir Kate, porém, em vez de sorrir e dividir algum segredo maldoso como sempre faziam, a expressão de Claudia abrandou. Voltei a olhar para Kate — suas sobrancelhas estavam franzidas e, embora eu não pudesse ver sua boca, tinha certeza de que fazia uma expressão de desprezo. Claudia, contudo... Parecia ter havido uma mudança. Esse clima entre mim e Claudia rolou até que Curtis se apoiou nos cotovelos e me olhou de cima a baixo. Deu uma risadinha forçada. Curtis era alto como Justin, porém mais parrudo, com queixo duplo e uma boca saltada.

Andei devagar. Kate jogou o cabelo louro sobre o ombro. Roy, o namorado de Claudia, também me encarou. Ele era menor que Justin e Curtis.

— O pulo foi bom ontem? — perguntou Curtis.

Kate fez um som de deboche. Então a ficha caiu, tão forte como um tapa que faz o rosto arder. Eu não tinha percepção extrassensorial. Não conseguia saber como eles se sentiam. Sabia que Kate estava escorrendo veneno, mas isso óbvio era. Eu me concentrei no grupo, mas não captei nenhuma sensação. Nenhuma ideia das intenções emocionais.

Acabou a percepção.

Desviei o olhar rapidamente e apressei o passo. Olhei para as folhas de grama e para as asas de um pássaro que passou voando. OK, minha visão vampírica continuava ali. Suspirei de alívio. Fui para o gramado que levava aos prédios de ciências. *Tum-tum. Tum-tum. Tumtumtum*. Coração idiota. Os batimentos ecoaram nos meus ouvidos, fazendo com que latejassem. A adrenalina subia e descia pelo meu peito deixando meus dedos formigando. Andei mais rápido, passei por alunos a caminho de suas aulas. Escondi meus olhos de todo mundo que passava por mim. Estava muito difícil respirar. Coloquei a mão no peito e senti meus pulmões tremendo.

Meu corpo estava se rebelando contra mim. Essa reação física — o que era? Ansiedade? Medo? Cerrei os dentes. Iria para a estufa para me controlar. Quase passei pelo arco do Quartz, com a intenção de não parar, quando ouvi uma voz conhecida.

— Eu sabia. Sabia que isso acontecer — disse Tracy.

— Sabia o quê? Estava para acontecer há muito tempo, Trace.

— Muito tempo? Tipo umas semanas, certo? Desde que você a conheceu. Tudo ia bem até Lenah Beaudonte entrar no colégio.

Arfei e apoiei as costas na pedra do prédio. Minha cabeça latejava loucamente. Minha percepção extrassensorial! Por que sumiu completamente bem quando eu precisava? E sem avisar?

— Não é Lenah. — Justin tentou explicar. Voltei a prestar atenção na conversa.

Tracy fez um som de desdém.

— Ora, vamos. Na hora em que aquela garota abriu a boca eu sabia que você a queria. Lenah isso, Lenah aquilo. Toda essa palhaçada de donzela em apuros. Quem nunca esteve em um barco? Quem odeia o sol?

Avancei de mansinho para ficar logo à esquerda do arco. Os olhares de Claudia, Kate e Curtis fizeram sentido. Eles deviam saber que isso aconteceria.

— Simplesmente não entendo. — A voz de Tracy ficou embargada e percebi que ela ia chorar. Dei uma olhadela pelo canto do prédio e vi Tracy e Justin na sombra do corredor. As portas de vidro do dormitório se abriam e fechavam quando os estudantes passavam. A maioria mantinha a cabeça baixa enquanto sussurrava entre si. Justin puxou Tracy para perto, o que fez meu estômago arder.

— E quanto a mim? — choramingou Tracy. — Eu te vi no alto da ponte Nickerson. Você não quis pular comigo.

— A situação é diferente agora. Eu me sinto diferente.

Tracy levantou a cabeça de supetão e me viu. Recuei e encostei as costas no prédio.

— Lenah! — berrou Tracy.

Eu gemi.

— O quê? — perguntou Justin.

— Lenah. Ela está na boca do corredor. Qual o problema de vocês dois? — falou Tracy. O som dos saltos batendo no pavimento passou por mim. Ela correu pelo gramado e chegou a uma trilha antes que eu notasse que Justin estava parado ao meu lado. Queria seguir Tracy e pedir desculpas. Senti uma pontada no estômago, uma sensação de que ele se revirava, e então os dedos de Justin tocaram meu ombro. Eu me afastei dele, para dentro do gramado.

— Lenah... — Os olhos de Justin ardiam de vontade... de me consolar.

— Eu não queria magoar ninguém.

— Você não magoou. — Ele estendeu a mão para mim.

Eu queria que me abraçasse forte, mas tudo parecia pesado dentro do meu peito. Apontei para onde Tracy correu no gramado do campus.

— Acabei de magoar.

— Não, aquilo fui eu.

Entrei mais no gramado. Através dos esporádicos pingos de chuva caindo na minha frente, Justin e eu sustentamos o olhar. Como dois olhos podiam me mostrar tanta coisa? A paixão de Justin por mim e a conexão com meu coração me permitiam ver fundo na alma dele. Além do verde de seus olhos, no fundo das pupilas, havia uma entrada, um lugar onde eu podia ver e depois sentir todas as intenções dele. Arfei e torci que nunca perdesse essa conexão com ele, não importava o que acontecesse com minha visão vampírica ao me tornar mais humana. *Por favor*, pensei. *Por favor, jamais me deixe esquecer como ele me faz sentir.*

Tive que olhar para outro lugar, então prestei atenção na boca de Justin; seus lábios formavam uma linha reta. Eu teria dado qualquer coisa para me livrar da culpa correndo pelas veias, para deter o mundo e o tempo que a acompanhavam e beijá-lo bem ali no meio do campus. Mas essa era a minha sina, não era? Sempre sentir culpa e saber que a responsabilidade era minha. Como se eu estivesse me arrancando dali, me virei e corri para a estufa.

Pit pat. Pit pat.

A estufa estava em silêncio, exceto pela chuva que começou a pipocar no teto curvo de vidro. Fez calor antes do chuvaréu, então as janelas ficaram embaçadas. Acima de mim, havia dezenas de vasos de samambaias suspensos por ganchos de metal. Suas folhas eram verdes com bordas púrpuras. Passei debaixo delas em direção ao corredor principal da estufa. De cada lado, estantes de 3,5 metros se estendiam pelas paredes. O mecanismo de irrigação entrava em ação de poucos em poucos minutos, mantendo as plantas molhadas e quentes. Pela primeira vez em muito tempo, eu me senti segura.

Sabia que a magia da percepção extrassensorial tinha acabado com o bungee jump. Quando ficamos naquela ponte e a mão dele pegou a minha. Abandonei o medo do coven naquele momento e escolhi participar do mundo real. Outro sacrifício. Rhode estava certo: é sempre a intenção que importa.

Esses pensamentos começaram a entrar e sair da minha cabeça enquanto eu andava. O rosto de Vicken surgiu na minha mente e, por causa do medo que veio junto, estiquei a mão para alguns botões de rosas. Rosas no chá atraem o amor. Enfiei as pétalas no bolso. Depois, iria pegar algumas flores de macieira para dar sorte. Pendurados e ao redor estavam cactos, orquídeas, samambaias; plantas verdes e frondosas, todas crescendo em vasos verdes. Algumas folhas eram grandes e se estendiam pelo corredor, enquanto outras eram pequenas e praticamente invisíveis a olho nu — de quem não era vampiro, quero dizer.

A estufa cheirava a terra molhada. Isso, contudo, deixou de ser algo que eu invejasse. Talvez pela primeira vez em muito tempo, soube que vinha daquela terra. Eu também era natural.

— Contente por ter pulado?

Dei meia-volta. Justin estava parado na entrada da estufa. As portas duplas se fecharam devagar atrás dele e ficamos sozinhos. Eu me virei para olhar para a frente. Não me mexi. Ele andou até mim e seus tênis fizeram barulho no piso molhado da estufa. Ficou tão perto que seu peito encostou nas minhas costas. O corpo de Justin era forte e definido, muito diferente do corpo de um vampiro, que permanecia no mesmo estado do momento da morte.

Justin respirou devagar, de um jeito que arrepiou minha nuca. A onda de arrepios tomou conta das costas e ombros. Olhei para a flor laranja à direita, com pétalas bufantes.

Algumas tinham um tom laranja puxado para o vermelho-sangue, outras tinham uma cor intensa de amarelo. As pétalas eram grandes com uma borda ligeiramente serrilhada, deixando muitas delas com a aparência de almofadas.

— Calêndula — falei, sentindo o calor do corpo de Justin contra o meu. — Também conhecida como malmequer. — Eu praticamente sussurrei, sem fôlego.

Justin passou a mão pela minha barriga e me puxou em sua direção. Eu estava tão perto que apoiei a cabeça no peito dele.

— Tem propriedades curativas inacreditáveis. É ótima para mordidas — continuei.

Ele não falou nada. Apenas me abraçou, passando as mãos pela minha cintura. Meu corpo formigou, minhas mãos e pontas dos dedos ganharam vida. Dei um passo à frente, inspirei duas vezes e finalmente soltei o ar. Andei devagar, com Justin atrás de mim.

Outra flor chamou minha atenção na prateleira à direita. Dei meia-volta devagar e encarei Justin. Notei as flores que estavam imediatamente abaixo dos dedos dele.

— Capuchinha — falei e estiquei a mão. Arranquei um delicado botão de flor amarela de uma longa haste verde. Não havia mais espaço entre nós. Era o mais perto que poderíamos chegar. Segurei a minúscula flor na palma da mão diante dele. — Dá para comer.

Justin olhou para a flor e depois para mim. Abriu a boca, esperando. Coloquei-a na sua língua e ele fechou os lábios.

Aproximei meu rosto do de Justin sem pensar nas consequências. Ele engoliu as pétalas e vi seu pomo de adão subir e descer. Logo suas mãos estavam nos meus quadris e meu rosto se inclinou em direção ao dele.

— O que essa flor significa? — sussurrou. Nossas bocas estavam a milímetros de distância.

— Felicidade. Bem onde você está.

Um beijo humano. A boca quente com o gosto apimentado de capuchinho. Ele abria e fechava meus lábios, com a pressão dos dele sobre os meus — eu nunca havia sido beijada antes. Não desta forma. Não como se estivesse viva.

Havia pétalas, saliva, hálito e pressão. Batimentos cardíacos e meus olhos — fechados.

As mãos de Justin apertaram meus quadris, subiram devagar pelas minhas costas e entraram no meu cabelo. Não consigo dizer quanto tempo nos beijamos assim. Sei que quando finalmente dei um passo para trás, Justin gemeu, só um pouquinho.

Ouvi passos, um deles um pouco mais pesado que o outro. Um som que só eu conseguiria ouvir tão bem para entender. De um calçado que era apenas um pouco diferente do outro. Dei uma olhada sobre o ombro direito de Justin e vi Tony me olhando. Ele pestanejou uma vez, virou-se e voltou de mansinho para o campo de lacrosse na direção do Hopper.

Um pingo de chuva desceu pelo meu braço, passou pelo pulso, por um nó do dedo e então pingou no chão. Fiquei parada na porta do apartamento por uns bons cinco minutos até parar de repetir o beijo inúmeras vezes em minha mente. Estava tão ensopada que as roupas grudaram no meu corpo. Dei uma risadinha tapando a mão com a boca, surpresa pelo som que saiu, e o sangue subiu ao meu rosto. Justin Enos tinha me beijado...

Olhei para cima, sem querer, mas meu olhar parou na espada de Rhode. Andei devagar, pé ante pé, até estar tão perto que poderia beijá-la. Vi meu sorriso desaparecer no reflexo do metal. Mesmo agora, conseguia perceber minúsculas manchas de sangue entranhadas no metal.

Peguei o frasco do colar, considerando por um instante se precisava das cinzas de Rhode ao redor do pescoço. Abaixei as mãos e me virei para ir ao banheiro. Claro que precisava. Justin Enos podia ter me beijado, mas eu não estava preparada para abandonar meu passado. Ainda tinha o consolo das memórias da minha vida causando destruição e morte. Ao me afastar, pensei no que significaria tirar a espada e guardá-la, colocá-la em um baú para ficar no escuro com todo o resto das minhas velhas intenções. Não. Eu não estava preparada. Porém, era hora de fazer *alguma coisa*. Mesmo que fosse algo pequeno.

Capítulo 16

Pá — paft!
Metal bateu contra metal. Girei fazendo um círculo perfeito — mantendo o olho no oponente. "Sempre mantenha a atenção", Rhode tinha me dito. Joguei o peso no braço esquerdo, ergui a espada no ar, tendo o cuidado de pegar segurá-la com firmeza. Estava empunhando a espada de Rhode. Com um baque retumbante, acertei a espada de Vicken e parou. Nossas armas se encontraram e ambos ficamos imóveis

— Você andou praticando — disse ele. Dei um passo para trás e abaixei a espada.

O ano era 1875. Vicken e eu estávamos na sala de armas de Hathersage. Na parede havia centenas de espadas, adagas e vários tipos de armamentos. Havia uma mesa de boticário e um quarto nos fundos para invocações e feitiços, separado por uma cortina preta.

Meu vestido folgado permitia que eu me mexesse com facilidade. Tinha um tom verde-mar, brilhante como o resto do meu mundo não podia ser. Vicken adorava treinar esgrima, certo de que em algum momento precisaria disso. Naquele dia ele usava uma camisa branca e calça de couro. "Mais fácil para avançar com a espada", disse. A sala de armas ficava no primeiro andar e dava para a entrada da casa. Foi quando embainhei a espada que ouvi risadas. Vicken já estava na janela.

— Quem é? — perguntei ao me juntar a ele.

— Um casal.

Eles andavam de mãos dadas. Ela era uma jovem em um vestido azul reluzente. Seu companheiro vestia uma roupa marrom-claro.

Ergui a sobrancelha e me afastei das janelas quando o jovem olhou ao redor, parou de andar e abraçou a mulher. Ele a beijou com tanta força que, quando se afastaram, ela arfou. Então ele fez de novo.

— Volúpia — falei. — A queda de qualquer mulher que sabe o que quer. — Eu me virei e apoiei as costas na parede. Vicken se encostou na ombreira da janela e olhou para mim. Ele tinha olhos muito fundos e escuros. Mesmo como vampiro, seu olhar ainda era quente.

— Aquilo não é volúpia, Lenah.

— Beijá-la daquela maneira? Tirar o fôlego dela?

Vicken ficou na minha frente e passou as mãos pelos meus braços. Eu queria poder sentir seu toque, mas para mim era apenas o vento batendo em uma lápide. Nos últimos tempos, a companhia de Vicken era a única razão de eu manter alguma aparência de sanidade.

— Você às vezes não deseja — perguntou ele com um olhar ansioso — que fosse capaz de me sentir?

Olhei para a lisura das mãos dele e me lembrei de quando no balcão da ópera tive esses mesmos desejos. Quando ergui o olhar para o rosto dele, notei que a boca estava virada para baixo. Talvez ele também soubesse que não possuía mais a capacidade de desejar. Afastei-me dele e olhei pela janela.

— Eu desejo — disse Vicken. — Sinto falta do toque. Quero dizer, tocar de verdade, de maneira que os nervos fiquem eriçados.

Lá fora, o casal tinha dado meia-volta para sair da propriedade. O homem parou, pegou uma flor e deu para a mulher.

— Aquilo é o amor humano — sussurrou ele

Fiz um som de desdém.

— Faz tanto tempo assim que você não consegue perceber? — perguntou Vicken.

Uma sombra negra passou em meus olhos. Ele estava certo. Era amor, e Rhode havia partido há tanto tempo que eu não conseguia mais perceber. Trinquei os dentes com tanta força que um dos molares posteriores rachou.

— Vamos — falei e me dirigi para a entrada.

— Onde você está indo? — perguntou Vicken e um sorriso se abriu no rosto dele. Suas presas desceram.

— Encontrar nossos novos amigos — falei e cuspi parte do dente quebrado, que quicou no chão. — Vamos fazer uma boquinha.

Balancei a cabeça e voltei a prestar atenção à mesa de anatomia. Era segunda-feira e eu estava de volta às aulas. Senti o vão do dente quebrado no fundo da boca com a ponta da língua e suspirei. Eu tinha chegado cedo demais. Não havia dormido muito desde que Justin Enos decidiu mudar tudo e me beijar. Quando cheguei, a sala estava vazia, mas durante o devaneio quase todo mundo apareceu. Um par de óculos de sol deslizou pela mesa e bateu no meu caderno. Ergui os olhos e vi Tony me dar um meio sorriso e depois se sentar.

— Não te vi no café da manhã — falei.

— Você esqueceu isso na torre de arte ontem — disse ele, apontando para os óculos escuros.

— Ah, obrigada. — *Então foi por isso que ele foi atrás de mim na estufa...*

— Está pronta? — perguntou ele, pegando caneta e papel. Fiz o mesmo, mas me perguntei por que não estávamos pegando os livros.

— Para quê?

— Dia do sapo. Temos que dissecar um — disse Tony.

— Ele está vivo? — perguntei, interessada. Houve uma pontada de empolgação no meu peito. Será que teria que matar o sapo? Eu me importaria?

— É nosso primeiro teste ou algo assim. Você não presta atenção na aula?

Não exatamente, pensei.

— Dá azar olhar nos olhos de um sapo, então não olhe — explicou Tony.

— O que tem de ruim nisso?

— Meu pai disse que matar um sapo é como matar uma alma. É simplesmente ruim. Mas ouça. Assuntos mais importantes, Lenah. Bem mais importantes. — Tony se virou para me encarar. Eu esperava por isso. O momento em que ele tocaria no assunto Justin Enos. Tony estava com uma expressão séria. — Preciso que você pose para mim hoje, novamente. Meu professor quer que eu ajeite outra coisa no retrato.

— Eu tenho um, hã, compromisso — falei, pensando na pequena promessa que fiz para mim mesma na noite anterior. — Depois da aula.

— O que você tem que fazer? Passear na estufa?

— Não. Eu te conto mais tarde.

— Segredos, Lenah. Tantos segredos. — Tony suspirou. — Vai passar no Hopper pela hora do jantar?

— Claro — falei. Assim que peguei o caderno e a caneta, senti um beijo no rosto. Olhei para cima. Justin estava de pé ao meu lado. Ele parecia bonito... bonito demais. Havia rugas ao lado de seus olhos.

— E aí, Sasaki? — disse Justin, acenando com a cabeça.

Tony respondeu com o mesmo gesto e abriu o caderno de anatomia.

Eu não precisava de percepção extrassensorial para dizer que o humor dele tinha esfriado.

— Tenho treino depois da aula, mas você vai jantar com a gente hoje à noite, certo? Tenho que te perguntar uma coisa e não quero me esquecer — disse Justin assim que a srta. Tate entrou na sala.

— Sim — falei sem pensar.

— Achei que você tinha dito que iria me ajudar com o retrato. — disse Tony. Notei uma vermelhidão crescente subir pelo pescoço dele.

— Certo, eu disse — admiti antes que Tony pudesse falar alguma coisa. — A gente pode deixar para amanhã?

— Tanto faz — resmungou Tony.

— Não se esqueça do jantar, Lenah. Tenho que te perguntar uma coisa. É sobre o fim de semana do Halloween — falou Justin ao se encaminhar para seu lugar na frente. Por que ele tinha que estar sempre tão bonito?

— Provavelmente ele apenas quer que você o veja jogando lacrosse — desdenhou Tony. A ideia de ver Justin correndo de cima para baixo pelo campo com uma bola de lacrosse, suando e pulando enquanto eu fico sentada assistindo... Na minha fantasia, ele estava pingando de suor, reluzindo ao sol. Parecia uma ótima ideia.

— Você está virando uma delas — acrescentou Tony assim que a srta. Tate começou a abrir um isopor.

— Quem?

— Uma dessas garotas que seguem Justin Enos por aí. Uma integrante oficial das Três Peças. Ou é um nome ainda mais tosco se você entrar para o grupo, tipo, Dois Pares?

— Não sou uma dessas garotas.

— Não fui eu que pulei de bungee-jump com Justin Enos. Foi você. Por que me obrigou a ir?

— Eu achei... — comecei a dizer, mas Tony interrompeu.

— Em breve você vai estar sentada à beira do campo vendo Justin jogar. Vai combinar as roupas com elas, derretendo seu cérebro. Espere para ver.

Fiquei boquiaberta diante da surpresa com o retorno de dois velhos amigos — sofrimento e vergonha. Eles se juntaram no meu estômago.

— Eu realmente não... — comecei a dizer, mas alguém empurrou uma bandeja de metal sobre a mesa com um sapo morto deitado de costas. Sua pele estava cinza-azulada por ter sido preservado no gelo. Ele parecia congelado.

— Concentre-se, Lenah — disse a srta. Tate. — Seu teste começa agora. — Ela se afastou para passar outro sapo para a mesa ao lado da nossa. Olhei para a bandeja. Não esperava que o sapo tivesse aquela aparência — não esperava mesmo. Sua barriga era redonda e suas pernas estavam abertas.

Tony pegou alguns alfinetes e espetou os dedos inchados do sapo em um pedaço de tecido azul debaixo do corpinho dele. Ao fazer isso, sua barriga ficou exposta para que pudéssemos abri-la. Arfei e meu corpo tremeu em um soluço esquisito. *Que estranho*, pensei. Este sapo costumava pular, costumava viver. Tinha uma vida e, no entanto, aqui estava sobre a mesa. Morto e no além, porém de alguma forma ainda presente.

Eu quero viver, pensei. Quantas vezes alguém implorou? Quantas vezes eu podia ter deixado que fossem embora? Minhas mãos ficaram inertes ao lado do corpo. A caneta caiu dos meus dedos, sobre a mesa, e rolou para o chão.

— Lenah? — chamou Tony.

Fitei os olhos embaçados e imóveis do sapo. Durante um momento inexplicável, eu era esse sapo. Permaneci morta e sem vida durante tanto tempo e cá estava eu, encantada e trazida de volta à vida.

— Não tivemos bons momentos? — sussurrei.

— O quê? — perguntou Tony.

Continuei a encarar o corpo sem vida do animal. Meu coração batia e meus olhos pestanejavam. O sapo saiu de foco e o rosto de Tony surgiu em primeiro plano na minha mente. Pude sentir o gosto de comida descendo pela garganta, ver Tony se atracando com o sorvete, uma flor laranja na língua de Justin, a chuva... a gloriosa chuva.

— Quero viver — falei, voltando a prestar atenção no sapo.

Retirei os alfinetes das patinhas membranosas dele, um por um. Depois, empurrei a cadeira para trás e aninhei o corpo frio na palma da mão esquerda. Fui até as janelas da parede lateral da sala de anatomia. Soltei o trinco e a empurrei. Como se estivesse segurando cacos de vidro, mantive o sapo inerte colado ao corpo, mantendo meu braço perto das costelas.

Coloquei o corpo para fora da janela e desci o braço. Debaixo de uma roseira, uma flor que simboliza o amor, depositei o sapinho sobre pétalas de rosas. Cobri com alguns punhados de terra, garantindo que seu corpo ficasse misturado à terra e às pétalas. Em latim, falei — *Ignosce mihi...* me perdoe.

Eu me virei para encarar a turma. Sem dizer uma palavra, peguei os livros, a mochila e saí.

Capítulo 17

Eu me sentei sob a estátua de madame Curie e observei o campus de Wickham, mas meus olhos rapidamente perderam o foco. Embora estivesse olhando para milhares de folhas de grama, na minha mente via os bíceps rígidos e esculturais de Vicken ao empunhar a espada. Sacudi a cabeça e voltei a olhar para as folhas balançando ao vento. Aquilo logo perdeu o interesse e outra imagem do passado surgiu em primeiro plano nos meus pensamentos — os olhos de Rhode. Ele pestanejou de uma maneira que seus longos cílios quase roçaram a parte de cima das bochechas. A imagem ardeu em mim e arfei. Suspirei, sacudi a cabeça e voltei a prestar atenção no campus. Era capaz de ver as fendas na madeira das árvores do outro lado da trilha. Senti a respiração pesada ao inalar e depois exalar. Eu ia chorar? Fiquei esperando que isso acontecesse, mas não aconteceu — ainda não, seja como for.

Tentei me concentrar em alguma coisa que fosse difícil de ver com olhos humanos. Se enxergasse com a visão vampírica, talvez ainda não estivesse totalmente adaptada? Pela primeira vez, desejei que a visão vampírica tivesse sumido.

Continuei a assistir ao vento balançar as folhas. Alunos passavam carregando livros e mochilas. Professores e zeladores passaram por mim também. Eu via tudo, qualquer coisa e qualquer pessoa a fim de me distrair da cena que havia acabado de acontecer na sala anatomia.

Então alguém se sentou à minha direita.

— Você consegue abrir um gato com as próprias mãos, mas não foi capaz de abrir o sapo? — perguntou Justin, com delicadeza.

— Não fui capaz de abrir o sapo — admiti. Virei a cabeça para olhar para ele. Mantive as mãos entrelaçadas entre os joelhos.

Ele pegou minha mão e ficamos sentados em silêncio por um momento. Justin esfregou o polegar nela. Isso provocou uma onda de alívio em mim. Ele tinha a capacidade de me fazer sentir como se tudo, não importava o que, fosse acabar bem. Que era possível dar um jeito em qualquer coisa, até mesmo nos fantasmas do meu passado e no meu sofrimento.

Eu conseguia sentir Justin. Apertei com força a mão dele — eu conseguia senti-lo com meu corpo inteiro.

Ficamos sentados assim por mais alguns minutos e logo todo mundo da aula de anatomia passou pela gente. Incluindo Tony. Ele parou ao lado da estátua.

— Len... — começou a falar. Seu olhar disparou para a mão de Justin entrelaçada na minha. Ele se virou para a frente, com a expressão tomada pela vergonha. Voltou a olhar para nós e então andou altivamente para o Hopper.

— Tenho que ir em um minuto — falei dando um suspiro e fiquei de pé. — Tenho um compromisso.

— Qual?

— Obrigações familiares — expliquei, enfiando um pouco os pés na terra. Dei uma olhadela para Tony, mas ele estava quase na metade do gramado. — Você disse que queria me perguntar algo.

— Daqui a duas semanas é o Halloween — disse Justin. — É muito importante para minha família, porque tem um jogo de futebol no colégio local e meu pai é o treinador. Quero dizer, ele é advogado, mas é treinador também. De qualquer forma, o jogo é muito importante para ele. — Justin suspirou. — Vou para casa por causa do jogo e queria muito que você fosse.

Pais. Os pais de Justin. Na minha mente havia um brinco de ouro na palma de uma mão — na chuva. Tentei ignorar a imagem.

— Sua casa? — perguntei e prendi uma mecha solta do cabelo atrás da orelha. — No Halloween?

— É, no dia 31. Fica a mais ou menos uma hora daqui.

Fez-se um momento de silêncio enquanto as palavras de Justin flutuavam na minha mente.

É, no dia 31.

Coloquei a mão na cabeça e passei pelo cabelo. De repente, meu rosto ficou quente e tive muita dificuldade de respirar calmamente.

— Então, você quer ir? — perguntou Justin.

É outubro..., pensei.

A respiração entrou por meu nariz em fôlegos curtos. Meu coração batia tão forte que o sentia dentro do peito.

— Ah — resmungou Justin e depois engoliu em seco. — Você não precisa ir. — Ele devia estar reagindo ao meu silêncio. Seu olhar perdeu o brilho. Justin continuava sentado na estátua, embora eu tivesse ficado de pé e colocado a mochila no ombro.

— Não. Eu quero ir — falei, apesar de minha voz ter saído como um sussurro. Comecei a me afastar dele, descendo a trilha. — Olha, tenho que ir. Passo no seu quarto depois do turno na biblioteca. Por volta das seis?

— Lenah, espera!

Dei meia-volta e corri pela trilha em direção à Main Street.

O fato é que eu não estava correndo de Justin por ter me chamado para ir à casa dos pais dele. Estava fugindo da data, do relógio tiquetaqueando na mente que eu tinha sufocado. O convite deu corda nele porque era outubro e a *Nuit Rouge* havia começado.

Não conseguia me lembrar da última vez que tinha ficado tão distraída — a *Nuit Rouge* havia começado e eu nem sequer percebi! Andei devagar pela Main Street, absorvendo os detalhes da cidade que agora tinha passado a amar. Enfiei as mãos no fundo do bolso ao passar pela marina e entrar na parte mais residencial de Lovers Bay. Era surpreendentemente fácil abaixar a guarda. Justin Enos, Tony e tudo o que Wickham oferecia distraía meus pensamentos todos os momentos de todos os dias. Eu sabia que, à medida que os dias da *Nuit Rouge* passavam, tinha que mergulhar fundo na existência humana e deixar o mundo dos vampiros para trás. Assim como Rhode tinha dito — minha vida dependia disso.

Passei pelo arco de ferro fundido do cemitério de Lovers Bay. Ao seguir as placas para o escritório da administração, tive a sensação lá no fundo de que estava fazendo a coisa certa. Assim que entrei, notei que o escritório era muito...

branco. Quadros de flores na parede davam à sala um leve brilho rosa. Uma mulher ficou de pé atrás de uma antiga mesa branca. Era jovem, tinha 30 e poucos anos, e uma expressão facial que mantinha a boca apontada para baixo.

— Posso ajudar? — perguntou em tom reconfortante.

— Sim, eu gostaria de erigir uma lápide — falei. — Um memorial — acrescentei, subitamente lembrando que as cinzas de Rhode estavam penduradas no meu pescoço.

— Você já possui uma lápide pronta?

— Não, não exatamente.

A mulher abriu um folheto que puxou de uma pilha no canto direito da mesa.

— Pode ligar para este número aqui. Eles são os fornecedores locais de monumentos. Podem lhe ajudar a projetar uma lápide.

Tirei um envelope cheio de notas de cem dólares. Como Rhode disse, eu deveria trabalhar exclusivamente com dinheiro. E, vamos combinar, eu tinha mais do que o suficiente. Os olhos da mulher dispararam para o dinheiro e depois para o meu rosto.

— Quanto custa um lote, geralmente? — perguntei.

A mulher me olhou de cima a baixo e depois suspirou.

— Quantos anos você tem? — indagou com uma sobrancelha erguida.

— Dezesseis.

— Não posso fazer isso sem permissão dos seus pais — falou com um tom de poder na voz. Eu odiava humanos assim.

— A lápide é para os meus pais. Eles estão mortos. Se quiser alguns milhares de dólares para o seu cemitério, então permita que eu pague. Se não, vou procurar outro lugar.

— Ah. — Foi tudo o que ela disse ao abaixar a cabeça para que eu não pudesse ver seu olhar envergonhado. A mulher tirou uma folha de papel para a compra do lote. — Desculpe.

Ela me cobrou dois mil dólares para que a lápide de Rhode ficasse debaixo dos galhos de um robusto carvalho. Mesmo naquele momento, mesmo compreendendo a certeza da morte dele, eu não conseguia conceber que tivesse sido fraco o suficiente para morrer por causa do sol.

Na semana seguinte, Justin e eu andamos em direção ao campo de lacrosse em uma tarde de sexta-feira.

— Estou contente que você vai para casa comigo no Halloween — disse, com a mão entrelaçada à minha. Justin carregava o equipamento de lacrosse pendurado no outro ombro. — Você não mudou de ideia em uma semana, certo?

— Estou empolgada para conhecer sua família — falei. Justin levou minha mão aos lábios e beijou os nós dos meus dedos.

Vindo em nossa direção, atravessando o gramado, estavam Tracy e um grupo de alunos que não moravam no internato. Assim que passamos por ela, uma garota alta com cabelos pretos e óculos de armação escura fingiu tossir, mas falou "piranha" baixinho. Eu ignorei. Tracy olhou para trás e franziu os olhos para mim, jogando o cabelo sobre o ombro.

Na semana após Justin me convidar para ir à casa dele conhecer sua família, fiz um trabalho para a aula de anatomia. Tinha que escrever sobre todo o processo de dissecação do sapo. A srta. Tate disse entender o que aconteceu na aula (ela *nunca* entenderia, mas estou fugindo do assunto) e pediu que eu fizesse um trabalho para compensar. Por uma semana inteira, só vi Tony na aula de anatomia. Ele não estava em casa quando bati na porta para tomarmos café ou almoçarmos. Seu companheiro de quarto sempre dizia que ele "apenas não estava em casa". Tony também não atendia ao telefone. Como era possível me evitar com tanto êxito? A torre de arte dava a impressão de ser um lugar sagrado para ele e eu não metia o nariz lá quando era óbvio que estava me evitando.

Outra semana se passou e naquela sexta-feira fez mais calor do que já tinha feito antes; tudo o que eu precisava era de um suéter leve e jeans.

— Minha mãe está preparando um grande almoço em sua homenagem — disse Justin.

Voltamos para a trilha e nos aproximamos do campo de lacrosse. Eram quase 3 horas.

— Sua mãe? — Engoli em seco, sentindo uma pontada de ansiedade no peito. Eu geralmente evitava pensar nos olhos da minha mãe ou em como ela cheirava a velas e maçãs.

— Sim, ela vive me perguntando o que você gosta de comer. E você come bastante para alguém tão magra. Então falei para fazer meu favorito. Carne assada.

Imaginei por um instante como a mãe de Justin parecia. Ele me deu um beijo no rosto ao chegarmos à beira do campo.

— Nós vamos sair tipo umas 5h30, mais ou menos. Está bom para você?

— Perfeito — falei. Assim que me sentei, Claudia e Kate se acomodaram ao meu lado. Isso não era surpresa. Elas andavam fazendo isso a semana inteira. Quero dizer, se sentar ao meu lado quando Justin estava por perto e depois praticamente me ignorar quando Tracy estava com elas. Devia ser cansativo.

— Lenah! Olha só o que a gente comprou! — disse Claudia. Seus olhos estavam arregalados de empolgação. Ao redor do pescoço de Kate e Claudia havia dois pequeninos frascos de pó de pirlimpimpim, do tipo que se compra em uma loja infantil.

— Tentamos encontrar algum que se parecesse com uma adaga, como o seu, mas não conseguimos — acrescentou Kate.

— É, a gente pensou que deveria tentar combinar — disse Claudia. — Seu estilo é definitivamente... único.

— Combinar? — perguntei. Recolhi as mangas no momento em que os rapazes do time de lacrosse começaram a correr de cima para baixo do campo, passando a bola da rede de um para a rede do outro. Empinei o queixo para o céu. Claudia também olhou para cima. Ela não sabia, mas eu estava vendo a hora pela posição do sol.

— Aproveite enquanto dura — disse Claudia, concluindo de maneira idiota que eu estava pensando no tempo. — Espere até o time treinar no ginásio no inverno.

Coloquei os óculos escuros ao nos deitarmos no campo.

— Lá fede muito — falou Kate. — E, tipo, todas as garotas vão ver os rapazes treinar. Manés.

— Lenah! Olha! — disse Justin, atraindo minha atenção para o campo e apontando para as joelheiras de tom rosa-shocking de Curtis. Ri com ele até o treinador gritar para que Justin "parasse de flertar com a namorada".

— E aí, Lenah? Você e o Justin? — provocou Claudia. Pelo sorriso dela, notei que queria que eu entendesse algo que não falou em voz alta.

— O quê? — perguntei, confusa.

— Vocês acabaram de vir do Seeker. Juntos. Vocês dois...

— Nós dois o quê? — Abaixei o queixo para vê-la por cima das lentes.

— Ele não veio do seu quarto? — perguntou Claudia.

Fiz que não com a cabeça.

— Ele nunca esteve no meu quarto.

— O quê? — gritou Kate, se sentando. — Ele *nunca* esteve no seu quarto?

Fiz que não novamente.

Observei o campo. Justin correu para o gol, colocando a bola na rede. Quando fez o gol, Kate e Claudia se sentaram. Gritamos de alegria. Não éramos manés. Eu era popular agora. As pessoas viam Justin e eu andando juntos por todos os cantos. Mas seria possível mostrar meu quarto para ele? Mostrar as coisas na minha vida que faziam com que eu fosse... bem, quem sou?

Porém, Kate estava certa. Justin eventualmente acabaria perguntando sobre o quarto. Claudia se inclinou para trás, apoiada nas mãos para aproveitar o sol. Olhou casualmente para a esquerda, na direção do Hopper.

— Que nojo — falou, de maneira inesperada.

Kate e eu nos viramos para ela. Claudia estava olhando a torre de arte.

— Vai ficar encarando? — disse Claudia. Virei o corpo para ver. Notei dois olhos amendoados observando o campo de lacrosse da torre de arte. Assim que nossos olhares se cruzaram, Tony se recolheu para a escuridão do quarto.

— Ele passou a semana inteira observando você. Na assembleia, na aula, agora aqui — disse Kate.

— Não notei — falei e me levantei. — Volto já. — Dei uma olhadela para o campo de lacrosse novamente. Justin estava prestes a atacar com o time.

— Você nem deveria se importar, Lenah. É dar corda para ele — Kate me chamou pelas costas. Ela arregaçou as mangas do suéter preto que usava.

— Volto já — repeti e dei uma espiada na janela da torre de arte. Agora ela estava vazia. Eu não sabia que Tony vinha me observando a semana inteira, embora quisesse ter sabido. Talvez eu pudesse ter dito que eram as Três Peças que estavam passando tempo comigo, e não o contrário. Seja como for, era de Justin que eu gostava, e com certeza eu não era uma integrante do grupo.

Atravessei o gramado, entrei no Hopper e subi a escada de metal em espiral da torre de arte.

— Olá? — chamei enquanto subia. Não houve resposta.

— Tony, sei que você me despreza agora, mas não devia ficar me olhando e me evitando. — Permaneci sem resposta, então continuei subindo. — Você pode ir ao meu quarto, sabe disso... — Arfei quando passei pela porta.

Do outro lado da sala, na mesma linha da porta, estava o quadro. Fiquei parada ali. Não sabia o que pensar ou dizer. Tony finalmente tinha feito. Meu retrato. Eu estava de costas, da metade do tronco para cima. Minha cabeça estava virada para a direita, a fim de mostrar meu perfil, e eu estava rindo, de boca aberta e feliz. O céu no quadro era azul e a tatuagem estava desenhada no meu ombro esquerdo. Não de uma maneira horrível, mas de um jeito artístico. Sabia que o retrato foi baseado em uma foto; eu tinha visto no armário de Justin, no Hopper, a apenas dois andares de onde eu estava. Foi no dia que pulamos de bungee-jump. Ao contrário da foto, em que eu usava uma camiseta, no retrato minhas costas estavam nuas, expondo meus ombros. Notei a curva acentuada da coluna e o declive suave dos ombros.

Tony não esteve apenas praticando sua arte, esteve estudando meu corpo — minha alma.

— Gostou? — perguntou ele.

— É lindo — sussurrei. Não era capaz de tirar os olhos do quadro. Como uma pessoa conseguia me ver daquela maneira? Como se eu fosse alguém admirável por causa da felicidade. — Essa não sou eu. Não pode ser.

— É assim que eu te vejo.

— Sorrindo? Feliz? — perguntei, virando a cabeça à direita para Tony. Ele estava ao meu lado.

— Você me faz feliz.

Voltei a observar o retrato, incapaz de desviar o olhar do brilho do meu perfil sorridente.

— Lenah...

Tony pegou minha mão direita. Seus olhos castanhos encararam os meus e a boca fina estava reta, sem sorrir ou gargalhar, apenas parada. Geralmente o sorriso dele me alegrava; alguma coisa engraçada sempre saía de sua boca.

As mãos de Tony se fecharam sobre a minha e notei que seus dedos não estavam cobertos por tinta. O boné de beisebol estava virado para trás e a camisa não tinha nenhuma mancha. Ele deve ter terminado a pintura há dias.

— Quero te dizer antes que seja tarde demais — falou Tony.

Olhei para as nossas mãos, uma ideia súbita... percebendo...

— Não... — tentei dizer.

— Eu...

— Não, Tony. Por favor.

— Eu te amo. — Ele falou rápido, como se arrancasse um curativo. Verificou meu olhar atrás de aprovação. Houve um silêncio a seguir. Notei pelo jeito que me olhava que queria que eu dissesse alguma coisa.

— Tony... — comecei a falar, mas ele me interrompeu.

— Eu te amo há, tipo, tanto tempo que nem adianta, tipo, me convencer de que não é verdade. E sei que você pensa que somos amigos, e somos, embora você esteja saindo com aquele idiota. Mas quero mais. E acho que você pode querer também. Talvez não agora, mas...

— Vou conhecer os pais do Justin. Hoje à noite.

Tony soltou minhas mãos e recuou. Tirou o boné de beisebol e passou a mão pelo cabelo preto espetado.

— Ah, bacana. Não tem problema.

— Tony, espera... — Estendi as mãos.

Ele estava quase na escadaria.

— É, tenho que ir.

— Não vá. O quadro. É lindo.

Tony deu meia-volta e desceu as escadas com um passo rápido que deixou claro que eu não deveria segui-lo em hipótese alguma.

Capítulo 18

A família de Justin vivia em... olha essa... *Rhode* Island. Um pequeno estado entre Massachusetts e Connecticut. Eu não sabia o que esperar do fim de semana, então levei mais roupas do que precisava. Quando Justin parou em frente ao Seeker, a visão da minha mala provocou um sorriso radiante.

— Você realmente precisa de tudo isso? — Ele abriu o porta-malas do carro. — Você está bem? — Justin notou que eu não estava sorrindo como de costume. Ele se curvou para a frente e beijou meu rosto.

— Briguei com Tony.

— Qual foi o motivo? Mais um lance do retrato? Será que um dia ele vai terminar?

— Não faço ideia — falei. Não cabia a mim contar para Justin que Tony já havia terminado.

— Vocês conversam depois do fim de semana — disse Justin. — Ele só precisa se acalmar.

Curtis se virou do banco de trás.

— Ei, moça. — Era assim que ele me chamava ultimamente.

Então uma mão menor e mais fina que a de Justin surgiu da última fileira de bancos. Ela acenou por um momento e notei que Roy estava deitado. Eu me sentei no banco do carona e partimos.

Desci a janela no momento em que a Main Street de Lovers Bay virou a entrada para a Rota 6, que depois virou a estrada. Fomos mais rápido do que qualquer cavalo que eu jamais havia possuído. As árvores pareciam um borrão de sempre-viva. Desci totalmente a janela e deixei que a pressão do vento empurrasse minha mão. Justin olhou para mim, sorriu e apertou meu joelho. Sorri de volta e ergui o queixo na direção da luz do sol minguante.

O crepúsculo caía sobre uma rua comprida, ladeada por carvalhos com folhas de pontas laranja. As casas tinham jardins espaçosos com abóboras colocadas em varandas pintadas de branco. Algumas eram entalhadas com sorrisos irregulares e tinham velas acesas dentro das bocas.

— Acho que o Halloween não é muito popular na Inglaterra, hein? — perguntou Curtis, colocando um casaco leve sobre a camiseta. Nós nos dirigíamos para a entrada em declive de uma mansão colonial cinza. — Você está olhando tudo de boca aberta.

A casa de Justin tinha três andares, com uma porta azul-claro e abóboras ladeando um caminho de pedra.

— Recebemos toneladas de gente pedindo doces — disse ele ao levar a própria mala e a minha até a porta da frente. Abriu a porta e deixou que eu entrasse primeiro, seguida por Curtis e Roy.

— Mãe! — gritou.

O vestíbulo era enorme, cheio de quadros de paisagens e móveis de mogno. Retratos e pinturas tomavam as paredes. A voz de Justin ecoou no teto alto e no piso reluzente de madeira.

— Chegamos! — berrou Curtis, passando por mim. Ele foi para a direita e entrou em uma confortável sala de estar. Deixou cair todas as malas no chão e ligou a televisão. Roy fez o mesmo e encontrou um lugar na outra ponta de um longo sofá de couro.

Eu, por outro lado, jamais tinha visto uma casa moderna antes. Era cheia de eletrônicos, alguns dos quais eu havia visto em Wickham, e muitas obras de arte modernas. A sala de estar ficava ao lado do vestíbulo. Uma grande escadaria levava ao segundo andar.

Uma mulher com uns 50 e muitos anos, um cabelo louro fabuloso e linhas de expressão desceu correndo a escada.

— Ah! Vocês chegaram! — disse ela. Suas sandálias batiam nos degraus de madeira enquanto corria na nossa direção.

— Oi, mãe — Justin falou e colocou a mala perto da porta. A sra. Enos deu um abraço no filho. Seu cabelo caiu sobre o rosto como plumas. Ela beijou a testa e o rosto de Justin.

— Eu não te vejo o suficiente — disse ela, apertando as bochechas dele e beijando-o. Então deu um passo para trás e olhou para mim.

— Uau — falou, me olhando de cima a baixo. — Você é uma menina linda — disse e me deu um abraço. Eu a abracei e senti suas mãos fazendo força nas minhas costas. — Você não estava mentindo — acrescentou a sra. Enos para Justin ao se afastar de mim e entrar na sala de estar.

Curtis e Roy se levantaram do sofá e deram um abraço na mãe.

— Lenah, quero ouvir tudo, quero dizer *tudo*, sobre a Inglaterra. Conte-me sobre você — disse ela ao soltar Curtis e Roy. — Venha comigo enquanto preparo a salada para o jantar.

Justin e eu trocamos um olhar. Ao seguir a mãe dele à cozinha, respondi às perguntas com educação e contei apenas o que ela precisava saber.

Depois do jantar, saí do banheiro de banho tomado, com jeans e uma camiseta. Segurei o nécessaire e desci o corredor escuro em direção ao quarto de hóspedes. Dei um passo e então hesitei. Senti um movimento atrás de mim, mas parou na mesma hora que eu dei meia-volta. Justin estava parado no escuro.

A pele de todo humano é diferente. Sei disso pelas milhares de vezes que enfiei os dentes no pescoço de alguém. Facilmente. Como uma faca corta a casca de uma maçã. Mas, ali no escuro, a pele de Justin brilhava. Ele andou até mim bem devagar. Observei como os músculos inferiores em forma de V em sua barriga se mexiam debaixo da pele.

Ele estava sem camisa e o jeans mal se segurava nos quadris. Ergui o olhar e encarei seus braços definidos.

Justin pegou minha mão e, em um instante, a porta se fechou e fiquei de costas na cama. Eu estava vestida, mas queria que não estivesse. As mãos dele me pegaram inteira. Primeiro, seguraram meus braços acima da cabeça para beijar meu pescoço. Então Justin me deixou agarrá-lo e eu o puxei para mim, passando as pernas pela cintura dele. Ele gemia no meu ouvido, quase um rugido, como se fosse me devorar. Passei a língua pelo maxilar dele para sentir o gosto salgado de sua pele. Suas mãos subiram pelas minhas coxas, seus dedos se atrapalharam para desabotoar o jeans quando...

— Justin! — chamou a mãe dele, ao pé da escada.

— Vocês têm que dar uma volta pela vizinhança — disse a sra. Enos para mim, ao tirar uma travessa de biscoitos do forno. Justin e eu trocamos um sorriso maroto ao entrar na cozinha. Aceitei o que ela me ofereceu e decidi naquele momento que biscoitos com gotas de chocolate tinham o melhor aroma do mundo. — Existem literalmente centenas de crianças na vizinhança e todas as casas são decoradas para o feriado.

— É verdade — falou Justin. Seu rosto continuava vermelho do amasso no quarto de hóspedes.

A mãe de Justin ajeitou o cabelo e deu um sorriso para mim ao sairmos da cozinha. A intimidade casual entre eles me despertou uma memória. As manhãs na casa do meu pai cheiravam a terra recém-cultivada e a grama de verão. Enquanto eu sonhava com a cabeça no travesseiro, meu pai sussurrava "Lenah" para me despertar. Andávamos pelos pomares, conversando sobre isso e aquilo, passando o máximo de tempo juntos antes de começar a trabalhar. A mãe de Justin — um único olhar dela disse tudo. Eu havia esquecido o que era ser uma filha. Tinha sido rainha por muito tempo.

Estava quase conseguindo sentir o gosto das maçãs do pomar do meu pai, a pontada da doçura ácida na língua, quando os dedos de Justin pegaram os meus com delicadeza. Seu toque suave interrompeu meus pensamentos e as imagens da minha casa foram sopradas para longe como fumaça como acontece com todas as memórias. Saímos da casa de Justin.

Descemos a entrada em declive e depois fomos para a rua. Eram quase 7 horas, portanto crianças fantasiadas corriam de casa em casa, para cima e para baixo pela rua comprida.

— Você se fantasia? — perguntei para ele.

— Eu me fantasiava quando era pequeno.

— Então, por que me trouxe aqui? Para sua família? — perguntei, sorrindo para uma menininha vestida de bruxa. A rua tinha mais ou menos 800 metros e estava lotada de crianças fantasiadas. Olhei para as várias luzes das varandas e para as crianças correndo de casa em casa.

— Porque acho que você vai fazer parte da minha vida por muito tempo — disse Justin. Eu queria que a gente estivesse outra vez no quarto de hóspedes. Andamos mais um pouco, de mãos dadas, mastigando os biscoitos que a mãe dele nos deu.

— Não sei muita coisa sobre sua família — disse ele. — Você nunca fala deles.

Um menininho com presas brancas na boca passou correndo por nós, em direção a uma casa próxima. Foi inevitável ficar olhando.

— Eles morreram. Há muito tempo.

— Mas você disse que tinha um irmão. Naquele dia na chuva.

— Eu tinha. Mas ele também morreu — falei, continuando a olhar para a frente. Podia sentir o olhar de Justin em mim. — Qualquer um que eu pudesse considerar da família morreu de uma forma ou de outra.

O rosto de Justin ficou vermelho e ele soltou minha mão.

— Não fique com pena de mim — falei baixinho.

— Não fiquei — disse Justin, levantando as mãos em protesto. Ele franziu a testa e hesitou me encarar. — Só pensei, sei lá. Não sei o que pensar. Todo mundo que você ama está morto. Isso deve dar uma solidão.

— Sim, mas não é a solidão que me define. Eu não deixo. — Houve uma pausa. Ouvi as crianças ao redor e o barulho de doces em fronhas. — Não me sinto tão só agora — falei, pegando de novo a mão dele.

Justin concordou com a cabeça, mas foi um gesto insatisfeito.

— Olhe — falei. Agora foi a minha vez de parar de andar.
— Isso é uma coisa que você não pode resolver.
— Eu quero.
— Eu sei. E se houvesse algum jeito, sei que você seria a única pessoa que conseguiria.

Justin apertou minha mão com força.

Andamos e, quando acabaram os biscoitos, voltamos. A noite terminou em um silêncio tranquilo. O pai de Justin chegou em casa, falamos "olá" e depois "boa noite" porque estava tarde e eu queria descansar a cabeça. O ombro de Justin teria sido ideal, mas sua família estava sempre *por perto*.

Depois que subi as escadas arrastando os pés, cheia de biscoitos e doces de Halloween, fechei a porta do quarto de hóspedes e caí de novo na cama. Pensei na facilidade com que fui aceita por eles. As memórias da minha própria família estavam tão apagadas e tão difíceis de acessar que eram apenas vagas lembranças agora. Família não era uma coisa que eu tinha que criar; fui aceita, calorosamente. Ao tirar a roupa, a boca e os olhos verdes de Justin invadiram meus pensamentos. Quando minha cabeça caiu no travesseiro, pensei no que ele havia dito na rua — que, se fosse possível, daria um jeito no meu sofrimento. Ninguém poderia apagar todas as coisas horríveis que eu tinha feito. Ninguém além de mim. Mas Justin Enos fazia parte de mim agora, e isso aliviava a tristeza que ainda se escondia no meu coração. Em algum momento, quase dormindo, imaginei Justin no quarto dele, deitado, pensando em mim, torcendo que eu estivesse de pé e acordada pensando nele também.

Capítulo 19

Na manhã seguinte, senti o frio no ar mesmo debaixo da pilha de cobertores da cama de hóspedes. Eu me virei de barriga para baixo e fiquei de joelhos. Havia uma pequena janela atrás da cabeceira da cama. Levantei a cortina com a ponta dos dedos. O céu estava branco, portanto eu sabia que era cedo demais para a família Enos estar de pé, decidindo o que comer no café da manhã. Resolvi dar uma volta pela vizinhança, sozinha. Coloquei o jeans, não me preocupei em escovar o cabelo e vesti um dos agasalhos de Wickham de Justin.

Desci a escada e pisei na rua. O céu agora estava azul-acinzentado e uma névoa fina pairava sobre as árvores. O agasalho de Justin tinha cheiro dele. Doce e amadeirado, um cheiro reconfortante.

Olhei para a casa de Justin assim que andei alguns metros. Não planejava ir muito longe — apenas o suficiente para explorar a vizinhança enquanto a família dele continuava dormindo.

Meu estômago fez aquele barulho típico e pensei em ovos e café, algo que tinha certeza de que a mãe de Justin faria. Sorri. Rhode Island. É óbvio que eu tinha que estar em *Rhode* Island. Nos últimos dias, tudo o que eu queria era parar de pensar em Rhode e na minha vida de vampira. E parei, de certa forma. Perdi a percepção extrassensorial, minha visão vampírica começou a enfraquecer e eu queria mais do que nunca seguir em frente e me tornar a humana que sempre deveria ter sido, e que talvez finalmente estivesse virando. Sem a percepção extrassensorial, era capaz de esquecer como fui diferente um dia e participar da vida sem saber as emoções de todo mundo. Na hora em que o vestígio de um sorriso começou a surgir no meu rosto...

Algo se mexeu atrás de mim.

Lá estava ela — aquela sensação intrínseca de que eu estava sendo observada; não, deixe-me explicar direito a diferença: a sensação de que estava sendo seguida. Há uma compreensão arrebatadora quando um vampiro está na presença de outro. Uma onda de silêncio, como se estivesse surdo, e a súbita sensação de estar coberto por gelo. Os pelos do meu braço ficaram eriçados e senti dificuldade de engolir. Dei meia-volta.

Ali, no meio da rua, debaixo de um poste de iluminção estavam Suleen.

Arfei. O ar entrou com força nos meus pulmões. Prendi a respiração e, a seguir, houve silêncio. Ele estava parado, imóvel. Usava uma túnica branca, calça branca e sandálias douradas de couro. Um turbante branco cobria seu cabelo. Ele tinha um rosto redondo, era bochechudo e não parecia, nem jamais conseguiria parecer, atraente. Quase dava a impressão de ser um fantasma naquela luz matinal. Era tão puro, tão intocado pelo trabalho cotidiano, que não tinha uma ruga no rosto. Este era um homem que existia desde antes do nascimento de Cristo.

Como Suleen sabia que eu estava em Rhode Island, eu jamais saberia, mas lá estava ele. Instantaneamente me senti segura, protegida, como se uma intensa luz branca nos envolvesse naquela rua tranquila. Ele é conhecido no mundo dos vampiros por transcender o mal, por viver uma vida sem precisar se alimentar de humanos. "Apenas dos fracos", Rhode uma vez me contou. "Ele apenas bebe o sangue dos deploráveis." Suleen andou na minha direção, nós dois calados, e colocou a palma da mão na minha bochecha direita. Ele não tinha cheiro e seu toque era morno. Suleen me encarou calorosamente com seus olhos castanho-escuros e sorriu.

— Sua transformação me agrada — disse ele. Sua voz era pastosa como melaço. Do bolso ele puxou tomilho. Pequenas flores roxas, menores do que a ponta de um dedo, presas a uma haste verde e comprida. O tomilho é usado em rituais para regenerar a alma.

Peguei o tomilho delicadamente entre o polegar e o indicador.

— Por que tenho essa honra? — perguntei, atordoada. Mesmo nos áureos tempos de rainha de um coven, Suleen jamais me visitou. Ele se afastou para que houvesse meio metro entre nós.

— Trago um aviso — disse em tom lânguido.

Bati com a mão na boca. Meu coração disparou tanto que Suleen olhou para meu peito, porque conseguia ouvi-lo.

— *Nuit Rouge*. Meu Deus. Eu me esqueci completamente — falei. — Ontem foi a última noite da *Nuit Rouge*. Hoje é 1º de novembro. A *Nuit Rouge* acabou. — Olhei para o chão, para as árvores, para as casas adormecidas onde desejei estar, e a seguir de novo para Suleen. — Vicken descobriu que não estou hibernando?

Suleen fez que sim com a cabeça uma vez, em silêncio.

Olhei para a casa dos pais de Justin ao longe. Continuava apagada.

— Como um grupo, seu coven é imbatível. Separados, como estão agora, não terão êxito. — Suleen fez uma pausa. — A caçada por você começou.

Ela voltou. A percepção vampírica extrassensorial sobrepujava minha consciência humana. Presumi que o motivo era a proximidade do poder de Suleen. Uma imagem, não da minha própria mente, mas vinda de Suleen, surgiu em primeiro plano na minha visão: a lareira de Rhode na casa em Hathersage.

— Tem mais alguma coisa... — sussurrei, olhando para a lareira na minha mente. Uma hesitação no tom de voz revelou meu medo. — Uma coisa que você veio me contar.

— Eles encontraram uma pista nas brasas. Rhode queimou todas as provas de sua transformação, menos uma. Uma palavra que sobrou em um pedaço queimado e escurecido de papel.

— Wickham — falei. Vi a imagem na cabeça. Um pequenino pedaço rasgado do folheto do colégio. Minha conexão extrassensorial com Suleen era extremamente forte. Fui capaz de sentir a compaixão dele, o que me surpreendeu, porque havia anos eu acreditava que ele não se importava com assuntos triviais como esse. Senti minha conexão humana e vampírica com a cena e, em algum lugar nas imagens vindas de Suleen, quase pude sentir a fúria de Vicken.

Precisei recuperar o fôlego, mas não consegui. Dobrei o corpo e coloquei as mãos nas coxas. Suleen inclinou a cabeça para o lado a fim de me observar. Minha reação deve ter sido interessante.

— Então... — falei entre uma respiração e outra. Ajeitei o corpo e coloquei a mão sobre o peito. — Eles estão vindo atrás de mim.

— Eles virão para recuperar quem os criou. Não sabem que você é humana, Lenah.

— Vai ser uma surpresa.

Os olhos gentis de Suleen sorriram, embora seu rosto permanecesse sério. Ele olhou para o frasco no meu pescoço. Em um instante, pensei ter visto tristeza no olhar dele. Deu um passo à frente e estendeu a mão para o frasco. Segurou o pingente com delicadeza.

— Eles vão acabar descobrindo em que Wickham estou e onde fica, certo? — perguntei. Suleen soltou o frasco e colocou a mão na minha bochecha outra vez. Não falou nada em resposta. Eu sabia, tão bem quanto ele, que era apenas uma questão de tempo até me encontrarem. Estava tentando racionalizar.

— Você foi o dia mais inspirado de Rhode — sussurrou ele. Houve uma pontada no meu peito quando Suleen falou o nome em voz alta na rua em silêncio. — Feche os olhos — murmurou perto do meu ouvido. Eu fechei. Após um momento, ele disse: — Siga em frente, Lenah, pela escuridão e pela luz.

Quando abri os olhos, a rua estava vazia e Suleen tinha ido embora.

Depois de alguns dias, os enfeites de Halloween foram retirados e substituídos pela decoração mais ridícula que já vi na vida. As lojas da Main Street em Lovers Bay estavam cobertas de perus. Ainda havia muitas abóboras, mas também navios de papelão, pessoas vestidas de maneira estranha, com botas pretas de cano alto e cartolas, e, é claro, mais perus.

— É o Dia de Ação de Graças — explicou Justin. Estávamos atravessando o campus a caminho da biblioteca para estudar para a prova de matemática do vestibular. Justin deu uma longa explicação sobre o Dia de Ação de Graças na família dele. Eu ouvi, embora minha mente estivesse dando voltas desde que Suleen desapareceu na rua.

Verdade seja dita, eu queria acreditar que sua visita tivesse sido uma espécie de aparição. Que eu tivesse inventado aquilo. Apesar da tentativa de Justin de estudar para o vestibular, ele não conseguia mais me distrair. Tudo o que eu podia ver e pensar tinha a ver com o aviso de Suleen. Levava o tomilho comigo para todos os lugares, sempre no bolso.

— Olha, a raiz quadrada de 81 é nove, certo? — perguntou Justin. Estávamos andando até a biblioteca para estudar em uma das salas reservadas. Justin passou a gostar delas porque podia fechar a cortina e me beijar por meia hora em vez de trabalhar nas raízes quadradas.

— Mas eu não entendo por que a gente tem que responder a essas perguntas e ser induzido por outras respostas possíveis — respondi.

— Por isso esses testes são do mal. A gente tem que passar por eles...

Justin podia estar falando sobre qualquer outra coisa e, enquanto isso, voltei à rua de seus pais em Rhode Island. Suleen estava pegando meu rosto, e eu imaginava Vicken pesquisando todas as informações possíveis sobre Wickham. Eu tinha deixado minha nova vida me distrair por tempo demais. Fui tola.

— Basta você se concentrar no problema e depois olhar as respostas. — Justin continuou a explicar a melhor maneira de fazer a prova enquanto seguíamos pela trilha em direção à biblioteca. Observei sua boca se mexer, a maneira como o maxilar definido fazia um estranho contraste com o biquinho dos lábios. A expressão dele estava calma e seu cabelo tinha crescido um pouco, então o visual de esportista bem-arrumado estava ligeiramente bagunçado.

Era hora de contar a verdade para ele.

— Vamos para o meu quarto — falei, fechando a porta da biblioteca com um empurrão. Justin estava com a mão na maçaneta para abri-la. — Para estudar — esclareci.

Ele virou o rosto para me olhar.

— Seu quarto? — O olhar era uma mistura de surpresa e pura empolgação.

— Não é bem assim — falei e o puxei da porta da biblioteca para que os alunos atrás de nós pudessem entrar.

— Pensei que não quisesse que ninguém visse seu quarto. Privacidade ou qualquer coisa assim que você disse.

— Vamos. — Conduzi Justin pela trilha em direção ao Seeker. Não sabia ao certo o que dizer ou como dizer, mas era hora de ele saber o que eu andava escondendo.

Subimos a escada em direção ao meu apartamento.

— Espera aí —falou Justin e parou no meio da escadaria. — É por isso que você não me mostrou seu apartamento? — Ele levantou as mãos em um gesto de quem não acreditava. Estava mais escuro na escadaria do que lá fora. Os abajures azuis típicos de hotel destacavam as estrelas e o suéter verde-claro de Justin com um brilho dourado.

— Porque você mora no velho apartamento do professor Bennett? Isso eu já sabia.

— Isso assustou todo mundo — falei e continuei subindo. O alecrim e a lavanda continuavam pregados nos lugares de sempre. Senti o cheiro de ambos ao destrancar a porta e entrar. Justin entrou no apartamento atrás de mim.

— É fantástico — disse ele. — Sabe como é, apesar de ser a casa de um morto.

Decidi dar um tempo para Justin absorver a decoração do meu pequeno apartamento, portanto fui até a porta da varanda. Abri a cortina e olhei lá fora. Fiquei vendo as árvores balançando com as folhas caindo e algumas das abóboras espalhadas e amassadas que sobraram da decoração de Halloween.

— Uau — ouvi e presumi que Justin tinha visto a espada de Rhode. Eu me virei e descobri que estava certa. Ele parou a um passo do metal ilustre. Voltei para o interior do apartamento e fiquei ao lado direito dele.

— Isso é de verdade? — A voz de Justin estava tomada por espanto e seus olhos percorriam a espada sem parar. Então ele notou os candeeiros de ferro. Foram feitos para parecer com rosas e vinhas, unidas em um pequeno círculo.

— Preciso falar com você — disse e peguei os dedos quentes de Justin.

— Nunca conheci uma garota que curtisse armas — falou ele enquanto continuava a olhar para a espada. Não estava prestando atenção em mim.

— OK, a gente precisa conversar.

— É sobre Tony? — perguntou Justin e finalmente se virou para mim.

— Tony?

— O fato de vocês não estarem se falando. Eu notei. Todo mundo notou.

— Não — respondi, balançando a cabeça. — Não é essa a questão.

— Ou por que você não tinha me mostrado seu quarto antes? Eu não quis insistir porque parecia importante para você, tipo, manter segredo.

— Segredo?

— É. Tracy não parava de dizer que você é milionária, que sua família é da realeza ou alguma coisa do gênero.

Balancei a cabeça de novo e ergui as mãos voltadas para Justin.

— Quero que você olhe ao redor desta sala de estar. Quero dizer, olhe *para valer*. E me diga o que vê.

— Eu olhei. Meio gótico, mas faz sentido. Você sempre se veste de preto. — Justin sorriu, mas o tom maroto em sua voz me fez perceber como realmente entendia pouco sobre a minha verdadeira natureza. — Ora, vamos, você é da realeza? — perguntou, apenas destacando a própria ignorância.

— Por favor. Olhe *pra valer*.

Justin suspirou e se afastou da espada. Deu uma volta devagar e olhou para a decoração da sala. O quarto estava atrás dele, com a porta escancarada. Um edredom preto e um simples criado-mudo de madeira estavam bem à vista. A seguir, ele se virou para a porta e viu a mesinha de centro com os óculos escuros e as chaves do carro. Atravessou a sala e parou diante da escrivaninha.

— Você curte fotos antigas. — Ele se abaixou e pegou minha foto com Rhode. — Ei, eu vi esse cara antes.

Silêncio.

— ... O quê? — sussurrei, não acreditando no que estava ouvindo.

— Alguns dias antes de começarem as aulas. Ele estava andando pelo campus. Como você o conhece? Antigo namorado?

— Não. Bem, mais ou menos — falei, sem conseguir esconder a decepção por Justin não ter visto Rhode recentemente. De alguma forma, ainda não tinha perdido toda a esperança.

— Mais ou menos?

— Ele está morto. Continue olhando, por favor.

Ele pousou a foto e começou a examinar as outras. Havia algumas fotografias minhas sozinha, posando aqui e ali pela Inglaterra. Então Justin pegou uma do coven, a única que existia. Eu usava um vestido verde reluzente (embora a foto fosse preto e branco). Gavin e Heath estavam à direita. Vicken e Song, à esquerda. Enquanto Justin examinava a fotografia, prestei atenção no rosto de Vicken. Um braço estava em volta da minha cintura. Era quase pôr do sol, portanto o céu atrás de nós estava cinza-claro e o castelo decorava o fundo da imagem como um monstro feito de pedra. Eu não conseguia parar de fitar os olhos de Vicken. Suas maçãs do rosto salientes, os olhos que confiaram em mim na noite em que o peguei na Escócia. Agora, na minha ausência, ele estava se preparando para varrer o planeta atrás de mim.

— Como conseguiu tirar essa foto? Nem é uma fotografia, é estranha.

— É chamado de daguerreótipo. Antigamente, os retratos eram feitos em placas de vidro. Por volta da virada do século.

— Eles parecem tão reais...

Fui com tudo:

— Porque são.

Justin se virou para mim.

— Onde encontrou alguém para tirar esse retrato? Você parece uma super-heroína ou algo assim. Esta é sua família? — Ele apontou para o coven.

— Estes homens são a coisa mais próxima que tive de uma família. Esta é a minha casa em Hathersage.

Justin examinou a foto novamente.

— Por que não tirou a foto com uma câmera de verdade?

— Elas não existiam essa época.

A expressão de Justin era de incredulidade.

— Existiam? A fotografia foi inventada, tipo, há cem anos.

Isso seria mais difícil do que pensei.

— Essas fotos *foram* tiradas há cem anos — falei em tom sério.

— Isso não é possível.

Parei no centro da sala, respirando da maneira mais controlada possível. Apontei.

— Olhe ao redor. Cortinas pretas. Decoração vintage? Fotografias minhas de cem anos antes. Arte gótica e retratos meus que são datados do século XVII. Por que não faz a pergunta que acho que está passando pela sua cabeça?

— O que há para perguntar? Não sei o que está acontecendo. — Justin estava começando a surtar. No passado, eu teria ficado fascinada em deixá-lo com medo assim. Agora, só queria ir direto ao assunto.

— Pense. Quando fomos mergulhar... por que eu nunca tinha visto o reflexo da luz no oceano?

Justin engoliu em seco com tanta força que pude ver os músculos perto do ouvido se retesarem.

— Sei lá. Você é doente? Tem aquela doença estranha que não pode sair ao sol?

— É tão fácil assim arrumar desculpas?

— Jesus, Lenah. O que você está dizendo? — Os olhos naturalmente verdes de Justin ficaram mais escuros.

— Estes homens — falei, me aproximando dele. — Estes homens ao meu lado e o homem que você viu antes de as aulas começarem. Estes homens são vampiros.

Justin olhou para as fotos e, a seguir, para mim.

— Não... — falou. Uma reação universal, uma reação comum. Na verdade, cada humano para quem contei e que a seguir assassinei teve exatamente a mesma reação.

— Até oito semanas atrás eu era uma vampira. Uma das mais antigas da espécie. Estes homens eram meu coven.

Justin colocou a mão em cima do sofá como se precisasse dele para sustentar seu peso.

— Você acha que sou maluco? Que acreditaria... — Justin começou a dizer.

— É a verdade. Você me conhece. Sabe que não mentiria.

— Achei que conhecesse, mas parece que não sei de nada, porque agora tenho que acreditar que você é uma vampira. Uma vampira imortal, que chupa sangue. Que matou gente. Você matou gente? — O tom era sarcástico, até um pouco cruel.

Engoli em seco.

— Milhares. Eu era a vampira mais poderosa da espécie. Se você me conhecesse como vampira, eu não seria quem sou para você agora. Seria implacável. Teria usado qualquer tática e meio para te machucar. Fiquei magoada e triste pela vida que perdi. Rhode — apontei para a foto — acreditava que quanto mais um vampiro fosse apegado à própria vida antes de morrer, mais malvado seria como vampiro. E eu era horrível. Estes homens do meu coven foram especialmente escolhidos. Rapazes como você. Eu os escolhi pela força, velocidade e ambição.

— Você os encontrou? Para se juntarem a você? — O sarcasmo era doloroso.

— Eu não diria "encontrei".

— O que você diria?

— Eu os transformei... em vampiros.

— Isso é loucura! — Justin estava gritando agora. — Por que está mentindo?

Fui altivamente à cozinha e peguei as latas. Abri as tampas e mostrei as cabeças secas de dente-de-leão e as pétalas brancas de camomila no fundo das pequeninas latas redondas.

— Como você acha que sei tanto sobre ervas? Ou por que sou tão obcecada por plantas medicinais? Como acha que eu sabia que dava para colocar a flor na língua e comê-la?

— Sei lá — disse Justin e deu um passo para trás.

— Por que tenho uma espada de verdade na parede?

Suspirei e desviei o olhar de Justin. Ele queria me embrulhar nesse ideal perfeito, inocente. Lenah, da Inglaterra. Lenah, que não sabia dirigir. Lenah, que estava se apaixonando por um rapaz que a levava para lugares fora do comum para que ela se sentisse viva. Andei impetuosamente até a escrivaninha e peguei o jarro. Abri, e um pouco do pó cintilante voou no ar.

— Isto é um jarro cheio de pó. As cinzas de um vampiro. Por que eu teria isso se estivesse mentindo?

— Por que você está fazendo isso? — gritou Justin.

— Estou tentando proteger você! — gritei em resposta, abrindo os braços. O jarro caiu no chão com um baque, espalhando as cinzas de Rhode em uma pilha. Ao mesmo tempo, meu mindinho acertou a lateral da espada. Houve um zumbido agudo. Berrei e caí de joelhos. Dor, dor gloriosa, mortal, chocante. Fazia 592 anos desde a última vez que senti dor mortal.

Virei a palma da mão. Havia uma sensação quente, pulsante. Tinha cortado a ponta do dedo. O corte era minúsculo, mas saiu sangue. O sangramento era inofensivo, porém lá estava ela, a prova de que eu era humana por dentro.

Justin estava diante de mim e ficou de joelhos. Juntos, nos ajoelhamos sobre as cinzas de Rhode. Olhei para o pequenino corte e fiz o que mais desejava — levei a mão aos lábios, lambi o sangue e fechei os olhos. Antes, era o gosto da satisfação, um dos únicos sabores na minha vida. Inclinei a cabeça para trás e suspirei, aproveitando a maravilhosa dualidade do momento. Odiei o gosto metálico, ferroso, mas adorei me lembrar dele tão bem.

Abri os olhos, dividindo o silêncio com Justin. Olhei para o sangue, que agora mal saía, e a seguir para seu lindo rosto.

— O que foi? — perguntou ele.

— O gosto é diferente — sussurrei. Agora, nesta vida, o gosto de sangue era apenas uma curiosidade momentânea e uma pontada de familiaridade. O alívio se desfez em pequenas ondas de memórias, mal provocou um impacto na pessoa que eu era agora. A vampira tinha sumido. Foi dissolvida no ritual.

— Diferente?

— Tinha um gosto melhor antes.

Justin tentou pegar minha mão e, quando eu a puxei, o sangue sujou a parte interna de seu pulso. Apenas uma pequena linha ferrugem, que ia de uma ponta a outra. Então, naquele momento, quando meus olhos se distraíram na pele dele, a voz de Rhode ecoou nos ouvidos.

Você não percebe o que fez!

A seguir veio a de Vicken.

Suas feições, moça, não são daqui.

Então surgiu minha própria voz furiosa, que reconheci.

Que Deus me ajude, Rhode, porque se você não ajudar, vou andar ao sol até ele me queimar.

Depois Justin falou na minha cabeça, embora estivesse sentado na minha frente.

Todo mundo que você ama está morto. Isso deve dar uma solidão.

Quantas memórias são capazes de surgir ao mesmo tempo antes que virem apenas palavras desconexas e rostos misturados por anos de sofrimento?

Na noite em que encontrei Vicken, eu estava fascinada pela felicidade dele. Da mesma forma como estava fascinada pela felicidade de Justin. Voltei a prestar atenção ao seu pulso e ao meu sangue sujando a pele. Lá, debaixo da mancha, estava a veia, uma veia azul brilhante.

— Você teria sido perfeito — falei. Passei o polegar pela mancha de sangue. Ainda estava grudenta. — Eu teria te perseguido, teria visto você respirar com tanto detalhismo que poderia marcar os segundos entre cada inalação. Até mesmo agora faço esse tipo de coisa.

Encarei Justin. O olhar dele estava fixo, o corpo, imóvel. As mãos grandes continuavam nas minhas.

— Até mesmo agora, sei que você cruza os tornozelos quando está relaxado. Isso te dá uma sensação de poder. Aquela veia no lado direito do seu pulso direito serpenteia e depois segue pelo braço. Você respira a cada dois segundos e meio. Precisamente. Sei tudo isso e mil coisas mais. Eu teria te matado com prazer. Teria te matado e depois te levado comigo.

Olhei para o chão, mas sabia que Justin havia se levantado. Ele disse coisas do tipo "tenho que ir, a gente se fala depois" e vários outros comentários inúteis. A única coisa de que tive certeza foi que a porta bateu quando ele saiu.

Justin foi embora no início da tarde, mas eram 16h30 quando finalmente tirei os olhos do chão. Esfreguei os músculos da região lombar, estalei o pescoço e alonguei os braços. Abri a cortina e fui até a varanda. O céu começou a se preparar para o pôr do sol e novamente pensei no aviso de Suleen.

A caçada por você começou...

Então eu iria encarar o coven e morrer sozinha. Estava preparada. Era apenas uma questão de quando aconteceria. Eu me apoiei no parapeito e vi muitos alunos de Wickham aproveitando a tarde. Torci para ver Tony passando e para poder chamá-lo, mas sabia que ele evitava meu prédio. Na verdade, eu só o via na aula de anatomia. E, ainda assim, ele apenas falava sobre as experiências da aula. Sempre que eu tentava dizer alguma coisa diferente, Tony se levantava para ir ao banheiro ou fazia um comentário sarcástico sobre eu ser uma maria vai com os outras e líder das Três Peças. Balancei a cabeça e prestei atenção nas árvores. De qualquer forma, sentia falta dele.

— Você está indo embora? — perguntei... só que as palavras eram uma lembrança voltando à mente. Na verdade, eu não estava falando alto.

Hathersage, Inglaterra — Na época do rei Jorge II
1740

— Você é irresponsável — reclamou Rhode. Ele estava saindo da casa e indo em direção aos morros intermináveis. Foi quando perdi o interesse em tudo que não fosse uma existência "perfeita" que comecei a enlouquecer. Fiquei obcecada, só pensava em uma coisa. Eu me concentrei na perfeição quando o sofrimento ficou insuportável. Era a única maneira de me distrair. O que a perfeição significava? Sangue apenas de humanos, nada de animais. Apenas força.

— Sei o que estou fazendo — falei, juntando os pés e empinando o queixo.

— Sabe? Ontem à noite — Rhode se aproximou de mim e ficou a um dedo do meu rosto —, você matou uma criança. Uma *criança*, Lenah.

— Você sempre disse que sangue de criança era o mais doce. O mais puro.

Rhode estava horrorizado. Seu queixo chegou a cair. Ele se afastou de mim.

— Falei como um fato, não um convite. Você não é a mesma garota. Não é a garota de camisola branca no pomar de seu pai.

— Salvei aquela criança de uma vida de tristeza. Ela nunca terá que envelhecer. Sentir falta da família. Da mãe.

— Salvou? Com a morte? Você assassinou a criança após deixá-la brincar na sua casa!

Rhode respirou fundo e, por seu olhar embaçado, percebi que estava organizando as ideias.

— Eu te falei para se concentrar em mim. Se você se concentrar no amor que sente por mim, vai se libertar. Mas você não consegue. Agora percebi — disse Rhode. Tentei falar, mas ele continuou antes que eu pudesse começar. — Dizem que os vampiros enlouquecem depois de mais ou menos 300 anos. Que a maioria escolhe morrer sob a luz do sol em vez da insanidade gradual. A perspectiva da eternidade é demais para eles. E, no seu caso, a vida que perdeu te deixou louca. Viver neste planeta por toda a eternidade levou sua mente a um lugar que não posso mais alcançar.

— Não estou louca, Rhode. Sou uma vampira. Você podia tentar agir como um.

— Você fez com que eu me arrependesse do que fiz naquele pomar — Falou ele e se afastou de mim, começando a longa descida para o campo.

— Você se arrepende de mim? — gritei, olhando suas costas.

— Descubra a si mesma, Lenah. Quando conseguir, eu voltarei.

Se eu pudesse chorar, teria chorado. Naquele momento, meus dutos lacrimais foram tomados por uma dor causticante, como se ácido subisse até meus olhos. Cheguei a dobrar o corpo pelo impacto da dor quando Rhode desapareceu nos campos. Poderia tê-lo visto ir embora. Poderia ter acompanhado a figura dele até que sumisse de minha visão vampírica, mas a dor era demais. Em vez disso, voltei para casa e entrei no vestíbulo às escuras. No meio das sombras sobre as tapeçarias e cálices de prata, decidi que jamais seria abandonada outra vez. Foi quando decidi fazer o coven. Então fui para Londres e descobri Gavin.

Capítulo 20

Toc-toc-toc. Três toques simples na porta. Ergui o olhar do chão. Havia terminado de varrer as cinzas de Rhode de volta para o jarro. Como era estranho que toda a sua vida maravilhosa pudesse ser varrida em questão de poucas vassouradas. Andei até a escrivaninha e arrumei as fotografias para que ficassem em pé.

Então quem quer que fosse bateu novamente.

Não quis pensar que era Justin. Não seria ele. Seria alguém me procurando, para um dever de casa ou uma aula particular de línguas. Por um instante horroroso pensei que seria Vicken ou outro integrante do coven, apesar da fraca luz do dia. Não tinha mais ideia da força deles. Talvez todos pudessem andar ao sol.

Recoloquei o jarro sobre a escrivaninha e abri a porta. Justin estava parado com uma mão no bolso e a outra na ombreira da porta.

— Como vou saber que você não é maluca?
— Não tem como.

Ele entrou no apartamento e foi diretamente para as fotos na escrivaninha.

— Explique para mim por que passei as últimas três horas andando pelo campus, tentando me convencer a não acreditar em você. Explique para mim. Por que acredito em você?

— Não sei explicar.

— E esses homens são vampiros também? — Ele apontou para o coven.

Concordei com a cabeça.

— Você não é uma vampira agora? — Justin cruzou os braços e se encostou na escrivaninha. Seu olhar estava mais relaxado. Não havia testa franzida ou lábios tremendo. Em vez disso, seus olhos me encararam atrás de respostas.

— Definitivamente não — falei com o máximo de determinação possível.

— Vamos dizer que eu me arrisque a acreditar em você. Que em algum universo muito bizarro isso seja verdade. — Justin respirou fundo. — *Como* isso aconteceu com você? Os vampiros não... hã... vivem para sempre? — As palavras eram confusas. Deu para notar que tinha medo de passar a mensagem errada.

— Geralmente — falei com um tom de riso. Senti a tensão entre nós passando e o ar parecia estar mais leve. Uma pequena onda de alívio percorreu meu corpo, e meus ombros relaxaram. — Um ritual muito antigo — concluí, suspirando.

— Um ritual?

— Um sacrifício. Um ritual mais antigo que Rhode e eu juntos — falei e me sentei no sofá. Mantive as mãos perto dos joelhos, porém, depois de um momento, Justin se sentou ao meu lado.

— Rhode, o cara da foto? — Ele apontou a escrivaninha com a cabeça.

— Ele era meu melhor amigo — falei, embora a voz tenha falhado. Pigarreei. — Morreu para que eu pudesse ser humana novamente.

— Não entendi.

Nós nos entreolhamos por um instante, a pura incerteza do que viria a seguir pairando no ar.

— Uma coisa de cada vez.

Justin concordou com a cabeça e encostou sua mão na minha.

— Isso é loucura — sussurrou. Passou os dedos pela minha pele e provocou arrepios nos meus braços.

— Eu sei — respondi, enquanto apreciava a glória de realmente poder *sentir* meu corpo. Será que isso era prazer ou bem-estar? Talvez ambos. Sorri para nossos dedos entrelaçados. Nem sequer perguntei se ele estava irritado ou queria mais alguma explicação. Estava apenas contente que estivesse ali e não tivesse me deixado sozinha remoendo a vergonha e a confusão da minha antiga vida.

— A gente podia sair hoje à noite — sugeriu Justin. — Tirar isso da cabeça.

— É — falei, me animando imediatamente. Sentei com as costas retas e dei um sorriso radiante.

— Vamos, então. Vamos nessa.

— Para onde? — perguntei, ficando de pé.

— Meus irmãos vão jantar, depois sair. Acho que a gente *precisa* sair.

Fui até o quarto e estrategicamente deixei a porta aberta. Não fiquei totalmente pelada, mas dei uma saidinha apenas de sutiã e calcinha.

— Onde você costuma ir?

— Você vai ver — disse Justin. O queixo dele caiu um pouco ao me ver e eu voltei para trás da segurança da parede do quarto. — Só coloque sapatos confortáveis caso você decida usar o que está usando agora, no que dou o maior apoio, por sinal.

Para minha surpresa e alegria, acabamos em Boston. Assim que saímos do carro de Justin, andamos em um grupo grande por uma rua comprida, ladeada por prédios cinza. Claudia e Kate estavam ao meu lado. Era tão estranho como elas começaram a se vestir igualzinho a mim. E seria mentira dizer que eu não estava lisonjeada, de certa forma. Naquela noite, eu usava um vestido preto curto com salto alto preto. As meninas, assim que viram o que eu estava vestindo, voltaram correndo para os dormitórios para colocar vestidos.

Claudia me deu o braço.

— Espero que a casa esteja cheia hoje — disse ao andarmos pela rua. Nós nos aproximamos de uma longa fila de pessoas e paramos bem no fim.

— Que casa? — Eu me afastei das garotas e perguntei a Justin.

— A gente vem aqui quase toda sexta-feira. Não temos vindo ultimamente, mas costumamos vir para sair de Lovers Bay. — Justin gesticulou para um prédio ao lado.

— Que tipo de gente mora nessa casa?

Justin riu e beijou minha testa.

— Não é esse tipo de casa. — Ele colocou o braço no meu ombro. — É uma casa noturna, uma boate. Acho que na sua época era chamado de baile?

— Ah — falei. De repente, fez sentido. Justin passou o braço pela minha cintura e me aconcheguei no seu abraço. Eu estava radiante. Feliz além da conta. Adorava dançar, mesmo no século XV, quando fui humana pela primeira vez.

Ficamos na fila fora da casa noturna chamada Luxúria e esperamos que permitissem a entrada. Ao redor, homens e mulheres vestiam roupas justas. Algumas garotas usavam minissaias e blusinhas. Era início de novembro, e eu sabia que elas estavam tremendo de frio, apesar de estar quente para os padrões do outono.

Esse pensamento passava pela minha mente no momento em que senti uma pontada no fundo do estômago e uma onda de silêncio. Sim, eu estava sendo observada. Considerando o aviso de Suleen, não era surpresa. Eu me apoiei no braço quente de Justin em volta da minha cintura, mas meus olhos vasculharam a rua. Parecia normal. Homens e mulheres andavam de boate em boate. Uma barraca vendia cachorros-quentes e pretzels. Táxis e carros subiam e desciam a rua, e a música de várias casas noturnas enchia o ar de batidas e ritmos. Tudo parecia normal.

Sejamos realistas. Vampiros, como os que têm a idade de Vicken — por volta dos 200 anos —, conseguem enxergar até o horizonte. Eu podia estar a quilômetros de distância de onde ele estivesse parado. Virei o rosto para olhar o fim da rua. Embora minha visão vampírica tivesse praticamente desaparecido, calculei que conseguia enxergar a uma distância de 3 quilômetros. A cinco ou seis ruas, casais andavam juntos. Havia cheiro de cigarro, bebida e cachorro-quente. Vasculhei a paisagem, esperando cruzar com o olhar de Vicken, aqueles olhos castanhos que me fascinaram e desafiaram minha alma nos anos 1800. Talvez fosse Suleen de olho em mim? Essa ideia trouxe uma calma momentânea ao meu peito

— Algum dia você vai dizer para a gente o que significa sua tatuagem? — perguntou Claudia. Eu tinha tirado o casaco e me esqueci da tatuagem no ombro esquerdo. — Minha mãe não me deixa fazer uma.

— Ah, hã... — comecei, mas não precisei responder porque finalmente chegamos à porta e Justin me entregou algo duro, parecido com um cartão de crédito.

— Basta apresentar isso — sussurrou ele no meu ouvido. — É preciso ter 21 anos para entrar aqui.

Ah... que ironia.

Baixei o olhar. Minha foto estava em uma carteira de motorista de Massachusetts com uma data de aniversário falsa, para provar que eu tinha 21 anos.

— Foi Curtis que fez — acrescentou Justin. Entreguei a carteira ao segurança corpulento. Ele era enorme, como um fisiculturista. Gavin, da última vez que o vi, era maior. Sorri de maneira sincera e o segurança gesticulou para que eu entrasse na Luxúria.

Assim que entramos, senti o grave da música por baixo das costelas. Pulsava dentro de mim. Centenas de pessoas — não, devia ser perto de mil — lotavam o lugar. A Luxúria tinha dois andares. O térreo era na verdade o segundo andar, embora não tivesse pista de dança e sim um mezanino que dava uma volta completa. Quadros enormes decoravam as paredes, todos mostrando casais em momentos de paixão. Segurei a barra do parapeito do segundo andar. Justin parou à esquerda.

— Seu queixo caiu de novo — disse ele e, a seguir, olhou para baixo. Sua pele ganhou tons de verde, dourado, vermelho e preto por causa das luzes piscantes no teto.

— Nunca tinha visto algo assim antes — falei e depois também olhei para baixo

As pessoas dançando pareciam que estavam fazendo amor. Corpos tão pressionados uns contra os outros que eu não conseguia dizer de quem era o quê. Mãos entrelaçadas, pernas enroscadas, tudo ao ritmo da música bombando de enormes alto-falantes ao redor da boate. As pessoas da minha época jamais dançariam desta maneira. Então a música mudou. O ritmo era diferente daquele que estava tocando antes. A bateria era tão rápida que eu sabia que devia ser produto de alguma tecnologia. Música feita por máquinas?

Batida. Batida. Batida. A galera começou a pular. Todos os corpos na pista pularam para cima e para baixo, para cima e para baixo, juntos. Então houve uma disparada louca em direção à pista de dança.

Claudia, que eu não percebi que estava à minha direita, berrou de alegria:

— Ai, meu Deeeeeeeus!! Eu amo essa música!

Imediatamente, ela entrou em uma escada rolante que havia no meio do parapeito do segundo andar e desceu até a pista de dança abaixo.

— Vamos, Lenah! — chamou. Sorriu para mim, e senti uma pontada no peito. Claudia estava tão ansiosa em dividir aquilo comigo, mas eu não fazia ideia de como mexer o corpo do jeito que as pessoas faziam na pista de dança.

Curtis, Roy e Kate a seguiram. Na verdade, um monte de gente do segundo andar foi em direção à escada rolante (havia uma em cada ponta do mezanino) e desceu para a pista de dança.

Então Justin colocou a mão sobre a minha.

— Vamos.

Eu me afastei dele.

— Nem pensar. Não sei dançar daquela maneira.

— Ninguém aqui sabe — falou ele e me puxou para a escada rolante. Ao descer, tentei explicar.

— O último baile a que fui aconteceu antes de música poder ser tocada em um aparelho de som. Se a pessoa quisesse ouvir música, tinha que ir a um concerto, Justin!

Antes que eu percebesse, estávamos no meio da pista. O ritmo da música era rápido, depois lento, e então rápido novamente. Na hora em que a gente chegou na pista, ficou lento outra vez. Justin e eu estávamos cercados por pessoas, espremidos, todo mundo balançando, esperando pela hora em que a música esquentasse e entrasse em um ritmo que todos pudessem dançar. Naquele momento, era apenas uma série de batidas suaves.

— Só feche os olhos — disse Justin. — A música meio que fica lenta nessa parte e depois realmente esquenta. Quando isso acontecer, a pista vem abaixo.

Abracei Justin com força. Acho que eu devia estar dobrando um pouco os joelhos, mas, comparada a ele, estava basicamente imóvel. Justin era fantástico, sacudia e mexia o corpo no ritmo. A batida estava acelerando, a bateria ficou mais rápida e os corpos na pista de dança se mexeram em sintonia.

Uma garota ao nosso lado manteve os olhos fechados enquanto dançava com os braços levantados. À medida que o ritmo acelerou, ela também se agitou e se mexeu tão dramaticamente que seus quadris e braços me soltaram de Justin. Havia tanta gente entrando na pista naquela hora, e o grave estava ressoando tão forte, que fui empurrada para longe dele antes de perceber o que estava acontecendo.

— Lenah! — gritou ele, mas eu me entalei entre dois casais espremidos uns nos outros. Fiquei na ponta dos pés e consegui ver Curtis pulando, mas não Justin. O ritmo da música esquentou, tão forte que voltou a martelar dentro do meu peito.

Fui jogada no meio da pista, virando de um lado para o outro. As pessoas estavam dançando, mas fiquei parada. Então ouvi alguém sussurrando meu nome.

— Solte-se... — disse a voz, embora eu não tivesse certeza de quem estava falando comigo.

Talvez fosse tudo imaginação minha. Não sei. Mas respirei fundo. Senti o cheiro de bebida, de perfumes doces, de suor. Da última vez em que estive em um lugar tão cheio assim, eu estava soltando as pessoas em cima de uma pobre mulher indefesa. Alguém para matar.

— Seja livre... — repetiu a voz.

E eu me soltei. Estava no meio da pista de dança. Fechei os olhos, deixei o ritmo da música me possuir, e quando ela realmente esquentou e a pista bombou, acompanhei todo mundo. Minhas mãos estavam levantadas. Balancei. Pulei. Esfreguei as costas em pessoas que não conhecia e elas fizeram o mesmo comigo. Embora a música estivesse bombando, meus movimentos pareciam lentos. Rocei os ombros em estranhos e alguém até me deu as mãos. O suor escorria por meu nariz e minhas costas. Fiquei perdida em um mar de estranhos. Nem sabia mais como estava a minha aparência. Não me importava. Não foi o salto de bungee-jump. Não foi uma experiência solitária. Apenas algo assim podia me fazer compreender.

Eu era Lenah Beaudonte. Não era mais uma vampira da pior espécie. Não era mais a líder de um coven de seres noctívagos.

Eu me libertei.

Capítulo 21

Um vaso chinês se espatifou contra a parede de uma sala de estar mergulhada nas sombras. Vicken se acalmou e desmoronou em um divã.

Entre os dentes trincados, ele rosnou:

— Onde ela está?

— Talvez Rhode tenha tido problemas com o despertar. — Gavin tentou racionalizar.

— Besteira — disparou Vicken. — Ela nunca esteve aqui. Ou, se esteve, não foi por muito tempo.

Vicken se levantou e andou de um lado para o outro. Eles estavam na biblioteca. Todo livro nas estantes monstruosas era sobre ocultismo, história ou algum assunto que o coven considerava relevante aprender. Passei anos aumentando a biblioteca. Uma lareira ardia no canto da sala. Todos estavam sentados em um semicírculo, embora duas cadeiras estivessem vazias: a de Vicken e a minha.

Vicken andava de um lado para o outro. Seus passos eram elegantes e as mãos estavam atrás das costas. Ele parecia absolutamente decadentista com roupas de grife e corte de cabelo moderno. Segurava um pedaço de papel chamuscado com uma palavra: *Wickham*. Suas mãos estavam sujas de terra e também havia um pouco debaixo das unhas. Ele escavou a terra com as próprias mãos.

— Talvez esteja morta. — Gavin voltou a falar.

— Tolo. Você não acha que sentiríamos? — perguntou Vicken.

Heath fez que sim com a cabeça e Song resmungou, concordando.

— Terminamos a pesquisa? — indagou Vicken. — Quero que analisem de novo. Quero saber todas as definições possíveis sobre quem ou o que é este tal de Wickham.

— Acho que Rhode está morto. Sinto isso.

Foi a vez de Vicken concordar com a cabeça.

— E ninguém viu ou ouviu falar do Suleen? — perguntou.

— Ele ignorou todas as nossas tentativas de comunicação. Vocês honestamente acham que ele apareceria para nós? — indagou Heath. — Suleen não se envolve nesses assuntos.

— Ele é o único que pode responder às minhas perguntas.

— Não é o único — disse Song. — Existem outros que poderiam ajudar.

— Não quero apelar para mais ninguém a não ser que não tenha outra escolha — explicou Vicken. — Além disso, Suleen está intimamente envolvido. Ele *conhece* Rhode.

Houve um silêncio geral.

— Está na hora — falou Vicken e voltou a se sentar. — Vamos encontrá-la.

Arfei e abri os olhos. A brisa fria da janela tocou de leve minha bochecha direita. Eu tinha apoiado a cabeça na janela e dormido antes da entrada para a estrada. Então senti um apertão no joelho esquerdo. Olhei para Justin e as imagens do sonho pareceram evaporar.

— Você está dormindo há uma hora — disse ele. Quando olhei pelo para-brisa, vi que estávamos de volta a Lovers Bay. Entramos em uma das ruas internas de Wickham e Justin parou o carro na vaga em frente ao Seeker. Ele tinha deixado todo mundo em seus dormitórios e eu dormi enquanto isso.

— Você chegou a dançar? — perguntou Justin e abriu o teto solar do SUV. Ergui o olhar para o céu do início de outono.

— Essa foi uma das vezes em que mais me diverti na vida — falei e me reclinei no banco. — Queria que Tony tivesse ido — admiti e passei a mão no cabelo. Tentei freneticamente dar um jeito nas mechas desgrenhadas e suadas que grudaram nos meus ombros e na minha testa. Sorri após prender o cabelo. — Mas obrigada. A gente pode ir novamente na semana que vem?

Justin jogou a cabeça para trás e riu alto. Apertou meu ombro com a mão direita, depois ficamos calados por um minuto. Fiquei ouvindo os barulhos de Wickham à noite. Em algum lugar ao longe, pequenas ondas rolavam sobre a praia.

— Tem algo que quero te perguntar faz tempo. — Justin moveu a mão, que ainda estava sobre meu ombro, e empurrou minhas costas para que eu fosse um pouco para a frente. — O que significa sua tatuagem?

Sim, a pergunta veio do nada, mas se eu podia contar para alguém, essa pessoa era Justin. Creio que nunca tenha me perguntado antes por respeito. Ou talvez não quisesse saber a verdade. Tomei fôlego.

— Há muito tempo, Rhode, o vampiro que você reconheceu na foto, foi um integrante de uma irmandade de cavaleiros. Em certo momento do século XIV, homens estavam morrendo, homens saudáveis, por causa da peste negra. Pústulas enormes cobriam seus corpos. As crianças passavam por um sofrimento inacreditável. Ao ver a devastação da peste negra, Rhode decidiu virar um vampiro. Não sei a história inteira, mas, ao retornar, ele contou o que tinha feito a seu soberano, o rei Eduardo III. Não é fácil esconder a transformação em vampiro.

— Por quê? — perguntou Justin com a mão ainda nas minhas costas, só que agora seu polegar estava esfregando minha pele.

— Nós parecemos diferentes na forma de vampiro. Nossas feições ganham uma aparência etérea. A parte fantástica na história de Rhode é que o rei Eduardo o aceitou. Imagine descobrir que seu cavaleiro favorito, seu número um, decidiu se juntar às tropas do demônio. Quando voltou e resolveu contar ao rei o que tinha feito, Rhode disse "maldito seja aquele que pensa o mal" e assim a frase foi cunhada. Para Rhode, a morte era algo definitivo...

Parei. Minha voz estava falhando. Engoli em seco e meus olhos arderam. Pestanejei algumas vezes e a ardência passou. Olhei para Justin, cujo sorriso tinha desaparecido, embora suas feições cansadas me encarassem com calma.

— A morte era algo que ele não podia enfrentar. Então se protegeu contra ela — terminei de dizer.

— Ele virou um vampiro para nunca morrer?

Olhei pela janela. O longo caminho tortuoso à direita do Seeker estava escuro e as árvores balançavam. Havia muita paz do lado de fora da janela.

— Mas ele morreu por você — disse Justin.

— Sim, morreu. De qualquer forma, a frase "maldito seja aquele que pensa o mal" virou o bordão da Ordem da

Jarreteira, que existe na Inglaterra até hoje. Também virou o lema do meu coven. Embora eu tenha corrompido a frase incessantemente.

Recolhi as pernas no peito e apoiei o queixo nos joelhos. Olhei para o painel do carro até perder o foco nos pequenos controles e luzes.

— Rhode realmente acreditava naquilo: para ser mau, a pessoa tinha que pensar o mal. De verdade. Do fundo da alma.

— Você pensava?

— Sim.

Na minha imaginação, eu olhava Rhode no sofá da minha sala de estar. Seu rosto encovado e seu maxilar forte e másculo estavam muito ossudos, tão frágeis. E o azul dos olhos dele já tinha impresso a cor no meu sangue havia anos. Mas, naquele noite, seus olhos estavam esmaecidos. Eu reconheceria aquele azul em qualquer lugar, nas flores, no céu e em todos os detalhes do mundo. Tentei engolir em seco, mas descobri de súbito que não conseguia. Tinha que sair — o SUV de Justin era pequeno demais. Eu ia estourar.

— É melhor eu ir — falei, abrindo a porta. Pisei no estacionamento do Seeker.

Justin abaixou a janela e gritou às minhas costas:

— Ei, Lenah! Espera.

Ouvi o motor ficar em silêncio, a porta do motorista ser aberta e se fechar e os passos de Justin na terra atrás de mim. Dei meia-volta para encará-lo e cerrei os punhos. As luzes do dormitório iluminavam os bancos e a entrada do prédio atrás de mim.

Eu devia ter feito uma cara assustadora porque Justin parou a dois ou três passos de mim. Minha mandíbula estava trincada, meus olhos franzidos voltados para o chão e eu respirava como um touro, pelo nariz.

— O que foi? — perguntou ele. — O que eu disse?

— Você não fez nada. Sou eu. Quero estourar. Arrancar minha mente e jogar em outro corpo. Quero esquecer tudo o que fiz até dois meses atrás. — Falei tudo isso entredentes. Babei, mas não me importei.

Os olhos de Justin expressaram pânico puro. Seu queixo caiu um pouco, ele observou o chão e disse:

— É como pular de bungee-jump.

— ... O quê? — Isso foi desconcertante, no mínimo.

— A pessoa fica parada em uma ponte e sabe que vai fazer algo extremamente estúpido. Mas, de qualquer forma, faz. Tem que fazer. Para sentir alguma coisa. Porque fazer uma loucura assim é melhor do que viver a vida com todos os seus erros e responsabilidades idiotas. A pessoa pula porque sabe que tem que pular, porque tem que sentir aquela emoção. Sabe que vai enlouquecer se não fizer.

— Você está dizendo que decidir ser humana novamente depois de 600 anos como uma vampira implacável é parecido com pular de bungee-jump?

Ficamos calados por um momento.

— Você não percebe que tem a ver?

Não consegui parar de rir. Como ele fez isso? Como conseguiu que eu percebesse a situação desta maneira? No momento de maior confusão, ele me fez perceber que esta vida, a que eu tinha agora, era cheia de risos e alegria.

Abracei o pescoço de Justin e o beijei tão intensamente que, quando ele gemeu, senti a vibração do som e um arrepio desceu pelo meu corpo. Senti nos dedos dos pés. Beijei sua nuca e o espacinho entre seu pescoço e seu ombro. Então me afastei para que houvesse um dedo ou dois entre nós.

— Suba comigo — sussurrei antes mesmo que eu soubesse o que estava dizendo.

Justin arregalou os olhos. Sorriu e suas covinhas ficaram mais fundas do que eu já tinha visto antes.

— Tem certeza?

Concordei com a cabeça. Tinha certeza.

Depois de passar de mansinho pela segurança, Justin me encontrou no topo da escadaria. Eu estava parada em frente à porta. Enfiei o dedo no ramo de alecrim e tirei uma única folha. Entreguei a ele.

— Dobre e guarde na carteira. Quando olhar para ela... vai se lembrar da noite de hoje.

Logo estávamos face a face no meio da sala de estar. Ao redor haviam os talismãs da minha vida: a espada, as fotos, o frasco com as cinzas de Rhode no pescoço.

— Estou contente que você saiba a verdade — sussurrei. — Você não entende, não tem como entender, o que a noite de hoje significou para mim na pista de dança.

Justin deu um passo à frente e colocou a mão na minha bochecha direita. Ondas de arrepios desceram pelos meus braços. Um toque glorioso. O toque de Justin — um que eu agora não tinha certeza se poderia viver sem.

— Eu te amo, Lenah — disse ele. Fiquei chocada ao ver seus olhos tão lacrimosos.

— Eu nunca disse isso para um humano antes — falei e olhei para o chão. Não tive coragem de olhar para a escrivaninha, onde os olhos de Rhode encontrariam os meus. Este era um amor diferente, um que eu era capaz de sentir com o coração batendo.

— Tudo bem, você não precisa dizer — Justin falou e se inclinou para a frente a fim de me beijar. Coloquei a mão no peito dele para impedi-lo e dei um passo para trás. Tinha que retirar as cinzas de Rhode do pescoço. Uma atitude de respeito. Talvez uma atitude de vampira. Coloquei o colar na mesinha de centro.

Quando Justin me beijou e depois me levantou para que minhas pernas se enroscassem na sua cintura, eu sabia que ele estava indo para o meu quarto. Assim que entramos, Justin deu um chute para trás e fechou a porta.

Capítulo 22

— Lenah? — sussurrou Justin. Ele estava alisando minha cabeça, apoiada em seu peito. Ouvi o coração dele batendo, voltando a uma velocidade normal. Lá fora, o céu estava coberto de estrelas.

— Sim? — respondi. Eu estava cochilando, quase dormindo debaixo do edredom quente e macio.

— Você quer ir ao baile de inverno comigo?

— Claro — sussurrei, certa de que cairia no sono em instantes. — Justin?

— Humm? — disse ele, quase dormindo também.

— O que é um baile de inverno?

Ele riu tanto que meu rosto quicou em seu peito.

A luz do meio da manhã brilhou através das cortinas da janela do quarto. Algo parecia diferente. As coisas ali pareciam obscuras — esfreguei os olhos e saí da cama o mais calmamente possível. Justin continuava dormindo de bruços, apenas com a metade inferior do corpo coberta pelo edredom. Tirei uma camisola de um cabide do armário.

Passei o algodão preto pela cabeça e esfreguei os olhos até me aproximar da janela no estilo *bay window* do quarto. Foi então que notei como o meu mundo ficou diferente em uma noite.

As árvores pareciam sólidas. Eu não conseguia distinguir as fibras dos caules. As folhas de grama se moviam com o vento aos milhares, mas agora meus olhos não percebiam o balanço e a vibração individuais. Era possível ver a praia ao longe, mas os detalhes da areia estavam indefinidos e embaçados. Eu não conseguia mais enxergar as falhas na pintura da capela do outro lado do campus. Esfreguei os olhos novamente, mas a imagem permanecia a mesma. Rhode estava certo: perdi a visão vampírica e finalmente me tornei a humana que ele havia sonhado que eu fosse.

Acho que se passaram horas enquanto fiquei sentada no banco da janela, olhando para o campus. Em dado momento, coloquei um cobertor sobre os ombros e fiquei apenas olhando sem parar. Então ouvi o farfalhar de lençóis atrás de mim.

— Lenah? — perguntou Justin, mas ele estava sonolento.

Virei o corpo para vê-lo na cama. Seu cabelo estava desgrenhado e seu peito, nu. Ele segurou os lençóis sobre a parte inferior do corpo e se juntou a mim no banco. Virei o rosto e voltei a olhar pela janela. Justin olhou por ela e depois para mim.

— O que foi?

Virei a cabeça para encontrar o olhar dele.

— Se foi — falei, voltando o olhar para a janela.

— O quê? O que se foi?

— Minha visão vampírica.

Justin suspirou.

— Uau. — Fez-se um momento de silêncio. — Foi... hã... culpa minha?

Quase ri alto, mas não ri. Em vez disso, sorri e falei:
— Não.

Voltei a prestar atenção ao oceano reluzente e às ondas rolando, indistintas.

— Talvez seja por isso que os humanos ficam tão envolvidos com os próprios pensamentos — falei, ainda olhando para a frente. — Eles não conseguem ver como o mundo realmente é. Se conseguissem, iriam enxergar além dos próprios sonhos e preocupações.

Olhei para Justin quando ele não disse nada. Seus olhos, aqueles olhos verdes e frenéticos que sempre procuravam a próxima aventura, estavam parados e calmos.

— Eu te amo, Lenah.

Respirei fundo; agora amar era uma escolha minha. Escolha de decidir se eu tinha ou não essa intenção. Não havia maldição me prendendo por toda a eternidade.

— Eu te amo também.

Dito isso, Justin se inclinou para a frente e tirou o cobertor do meu corpo.

Nas três semanas depois do Halloween, o outono virou inverno muito rapidamente. Quando todo mundo se recolheu para se aquecer, Justin e eu fizemos o mesmo. Viramos praticamente inseparáveis. Meus pensamentos sobre o coven ficaram cada vez mais distantes. Talvez Suleen estivesse errado. Talvez não tivessem prestado atenção às cinzas na lareira. Talvez ele tivesse recebido a informação errada.

É fantástico como a pessoa se convence de uma coisa quando quer esconder a verdade.

Eu estava assistindo ao treino de lacrosse do fim da temporada. Faltavam poucos dias para o feriado do Dia de Ação de Graças, e em breve os treinos seriam transferidos para o ginásio. Música ecoava dos dormitórios. Os alunos cruzavam o gramado, saindo e entrando da estufa. Eu não guardava mais flores nos bolsos. A única quinquilharia que mantive era o frasco com as cinzas de Rhode no pescoço. Naquele dia, estava sentada à beira do campo de lacrosse. Apoiei um caderno nos joelhos enquanto terminava o rascunho de um trabalho de inglês. Justin percorreu o campo de um lado ao outro, jogando e recebendo a bola da rede para os companheiros.

Claudia, que estava voltando do prédio da Union com um café para mim e um chá para ela, sentou-se ao meu lado.

— Tony Sasaki está encostado no Hopper. Tipo assim, olhando para cá.

Peguei o café e me virei para ver.

Havia um grande carvalho perto da porta do Hopper. Só que agora, como as demais árvores do campus, estava começando a perder as folhas, e apenas alguns galhos mantinham algumas murchas, verdes e laranjas. Lá estava Tony, com um gorro preto enfiado na cabeça. Ele captou meu olhar e fez um gesto rápido com a mão, me chamando para ir até lá.

Fiquei de pé.

— Volto já — falei para Claudia. Pelo olhar, ela sabia que, seja lá o que Tony quisesse falar comigo, provavelmente não seria boa coisa. Ele tinha mantido a atitude fria por semanas até agora.

— Ei — falei, apesar de ter olhado primeiro para o café antes de encarar Tony.

— Posso falar com você sobre um assunto? — perguntou, mas sua boca estava crispada e seu olhar fixo no meu.

— Você não fala comigo há mais ou menos um mês. — Uma rajada de vento gelado jogou meu cabelo no rosto e na boca. Segurei firme o copo de café. — Há três semanas, na verdade.

— Entre — falou Tony e se virou para o Hopper. Olhei para o campo. Justin estava virado para mim e, como resposta, dei de ombros. Segui Tony.

Seus pés fizeram o ritmo costumeiro enquanto subia a escada em espiral da torre de arte. Eu conhecia o arrastar pesado das botas dele e o som que faziam na madeira. Segui fazendo bem menos barulho, embora também estivesse de botas.

Quando entramos na torre de arte, Tony atravessou a sala e virou à esquerda. Meu retrato agora estava emoldurado e pendurado na parede. Tony ficou à direita de um cavalete. Atrás dele estavam os grandes cubículos abertos onde os estudantes guardavam canetas e utensílios. Seu cubículo estava escondido atrás do cavalete.

— Então, o que você queria falar? — Entrei apenas um pouco na sala e cruzei os braços.

— Eu tinha que saber. Não justifica, mas eu tinha que saber. Quero dizer, esse tempo todo havia alguma coisa diferente em você — disse Tony, como se estivesse racionalizando a questão para si mesmo.

— O quê?

— Quando começou a passar todo aquele tempo com as Três Peças e o Justin. Não era você. Pelo menos, eu não achava que gostasse do tipo de gente que debocha de todo mundo. Que debocha de mim.

— Eu passei a conhecê-los, Tony. Você saiu com eles. Não são más pessoas, especialmente o Justin.

— Você me obrigou a sair com eles. Eu não queria.

Meu rosto ardeu e eu não quis olhar para Tony. Seus dedos, sujos de tinta e carvão como sempre, empurraram o cavalete. As pernas de madeira fizeram um som de arranhão sobre o piso. Atrás do cavalete, uma cortina vermelha encobria o cubículo dele.

— O que é isso? — perguntei.

Tony puxou a cortina para a direita. Dentro do cubículo havia uma pilha de oito ou nove livros. No topo, havia um volume grosso, de capa dura, que parecia muito familiar. A capa de metal, as páginas douradas. Era o livro da biblioteca sobre a Ordem da Jarreteira e, em cima dele, estava a minha foto com Rhode.

— Você que me diz, Lenah. Eu sei que é errado. Sei que é. E não sou maluco ou coisa assim. Mas quando você saiu correndo naquele dia, depois de eu dizer que te amava — falou ele, tirando o livro e a foto do cubículo e colocando sobre uma mesa de arte —, há algumas semanas, eu estava organizando minhas fotos, arquivando, tanto faz. Em todas elas, você está muito branca. Quer dizer, você se esconde da luz do sol. Essa foi minha primeira pista. Então, fui ao seu quarto e bati na porta. Mas você não tinha trancado. Daí virei a maçaneta, pensando que talvez não tivesse me escutado. Entrei para te esperar. Sentei no sofá e esperei para pedir desculpas por ter surpreendido você quando disse... — Ele fez uma pausa. — Quando disse que te amava. E foi... foi então que vi isso.

Havia um marcador de páginas vermelho no livro. Quando Tony abriu o volume, senti o coração disparar no peito. Ele usou o indicador para abrir na página com a gravura de Rhode. Eu arfei, um soluço ofegante do tipo em que a pessoa não consegue respirar rápido o suficiente porque o choque é forte demais.

— Este livro estava aberto sobre a mesa. Eu já tinha visto antes, mas nunca havia ligado uma coisa à outra. Então, olhei a página que você deixou aberta. E daí, por pura coincidência, olhei sua escrivaninha. Lá estava o mesmo cara em uma foto me encarando.

— Você roubou isso tudo de mim? Quando?

— Há apenas alguns dias. Eu estava desesperado. Queria falar com você, voltar a ser seu amigo, mas assim que vi isso, as coisas fugiram ao controle. Não conseguia parar de pensar no assunto.

Tony apontou para a gravura.

— Explique para mim, Lenah. Como pode um cara que viveu em 1348 aparecer em uma foto com você? E a espada na parede. O frasco de pó no pescoço. Você mora no velho apartamento do professor Bennett. Odeia a luz do sol.

— Como você pôde? — sussurrei. Minhas orelhas ardiam. Meus dedos tremiam. — Você nem fala comigo. *Você* parou de ser meu amigo.

Tony disparou sintoma atrás de sintoma... todos os meus segredos. Depois tirou o gorro e passou os dedos pelo cabelo. Eu estava na porta. Minha respiração ficou pesada, meus olhos se arregalaram. Senti o suor se acumular debaixo do meu chapéu.

— Você é... Jesus... — Ele tomou fôlego. — Você é uma vampira?

Não falei nada; nossos olhares estavam fixos. Em algum lugar lá fora, a música tocava e os alunos conversavam entre si. Lambi os lábios. Tudo parecia seco.

— Ora, vamos, Lenah. Você passou o outono sentada na sombra; ainda faz isso. Entende de corrente sanguínea, biologia e sobre dissecar gatos.

— Para.

— Você gosta de facas. No dia em que te conheci, você disse que sabia 25 línguas. Eu te ouvi falar pelo menos dez.

— Eu falei para parar.

— Você é! Admita!

Existia uma fúria em mim esperando para sair havia tanto tempo que, quando corri pela sala e empurrei Tony sobre os cubículos atrás dele, eu sabia que ele não estava preparado para isso. Eu o prendi pela garganta com meu antebraço. Ele provavelmente podia ter me empurrado, mas, em vez disso, me encarou com seus olhos castanhos e abriu a boca, chocado.

— Você quer saber a verdade? Quer saber o que eu acho? Acho que você é um garoto apaixonado e ridículo que está com ciúmes. Você é cheio de superstições. Essa situação só alimenta isso. Você me ama? Acha que me conhece?

Eu o soltei e me afastei, sem tirar os olhos dele. Peguei a foto sobre a mesa. Tony esfregou o pescoço onde eu o pressionei contra a parede.

— Você era meu amigo — falei. Continuei a olhar fixo, depois dei meia-volta e corri da torre de arte o mais rápido que pude.

Capítulo 23

A praia de Wickham estava deserta, porém mesmo assim eu me sentei no muro de pedra. As ondas eram baixas, mas batiam na praia em um ritmo reconfortante. Elas formavam cristas espumantes na baía. Eu sabia o que realmente havia acontecido. Se Tony tinha descoberto meu segredo, seria apenas uma questão de tempo até que todo mundo descobrisse. No tempo que levei para correr do Hopper à praia, decidi que iria a um banco e guardaria as fotos de vampira e os tesouros em um cofre. Era hora de redecorar o apartamento.

Soltei o frasco com as cinzas de Rhode do pescoço e segurei contra o sol. Cintilavam e brilhavam tanto quanto no dia em que ele morreu. Por um instante, considerei a ideia de guardar o colar no bolso, mas não estava preparada para abandonar um pedaço de Rhode. Ainda não. Então prendi o frasco no pescoço. Redecorar o apartamento teria que servir por enquanto.

Alguém se sentou ao meu lado.

Eu estava completamente distraída pelos pensamentos, portanto não percebi que alguém tinha vindo na direção do muro da praia. Há alguns meses, teria sido capaz de sentir a aproximação, mas tudo havia mudado.

Era Tony.

— Eu... sou um grande babaca — disse ele.

Não falei nada.

— Uma vampira? — Tony fez um som de deboche. — Que diabos eu estava pensando?

— Não sei — falei, embora a sensação de vergonha ardendo no peito fosse inevitável. Eu odiava mentir tantas vezes para ele.

— Acho que fiquei desesperado. E você tem razão. Sou muito supersticioso.

Concordei com a cabeça.

— Mas e quanto àquele cara na foto? Ele parece com o sujeito no livro.

Deixei a foto no bolso de trás.

— É um desenho, Tony. Uma coincidência, talvez.

— Coincidência.

— Deixe para lá, OK? Sou apenas uma garota comum

Tony fez que sim com a cabeça.

— Aceita um café? — ofereceu ele.

— Sim — falei e Tony se levantou. Estendeu a mão e me puxou do muro frio.

Eu queria contar para Tony, acredite. Porém, diante do aviso de Suleen e do coven na minha cola, tinha que manter silêncio. Por mim.

Tony e eu nos sentamos em uma mesa no meio do Grêmio.

— Eu já pedi desculpas? — perguntou ele e pousou a bandeja do outro lado da mesa. Sobre ela havia um pedaço fumegante de peru com molho e salada.

— Umas quatrocentas vezes.

Tony deu uma mordida enorme na carne, parecendo um menininho tentando colocar coisas demais na boca.

— Senti saudades — disse ele, depois de engolir. Suas bochechas ficaram vermelhas ao falar.

Sorri e olhei para o meu prato. Quando desviei o olhar, vi de relance as botas de Tony debaixo da mesa.

— Ei, quero perguntar uma coisa para você — falei.

— O quê? — indagou e um pedaço de alface caiu de sua boca para o prato.

— Suas botas são novas? Há quanto tempo você tem? Sempre quis ter coturnos.

Tony engoliu.

— É engraçado, na verdade. Perdi uma bota no verão passado, fiquei *muito* puto. Mas dei sorte. Voltei à loja de calçados e eles estavam vendendo os mesmos coturnos com 50 por cento de desconto. Comprei de novo e coloquei a bota velha no aquário, em casa. Os lebistes adoraram.

De repente, Tony travou. Ele deixou o garfo cair e olhou fixo atrás de mim. Eu me virei e acompanhei seu olhar. Tracy entrou com um grupo de meninas do último ano que geralmente me olhavam de lado por causa da minha nova relação com Justin Enos.

— Tony? — falei.

Ele continuou olhando fixo. Então aconteceu uma coisa em que eu não podia acreditar. Tracy virou a cabeça e sorriu para Tony. Não foi um sorrisão, mas um sorriso maroto. Um que dizia, bem, *chega mais*.

Eu me inclinei para a frente e sussurrei:

— Tony!

Os olhos dele dispararam para o prato.

— Você está saindo com Tracy Sutton?

— Não — disse ele com a boca cheia de comida.

— Mentiroso! — falei com um sorriso e comecei a atacar minha própria comida. Havia um ar de travessura nos olhos de Tony. O mundo parecia um pouco mais justo.

— Bem, digamos que ela passou por mim e disse oi outro dia. E alguns dias depois desse!

— Você confia nela?

— Ela não é tão ruim — disse, dando de ombros e pegando outra garfada de comida.

— Vocês passam muito tempo juntos? E chegam a *conversar* de verdade?

Tony continuou olhando para o prato.

— Você está apaixonado! — falei e sorri.

Ele pousou o garfo.

— Nem pensar.

Ri e dei uma garfada na minha própria comida.

— Lenah, cala a boca. Não estou.

— Claro... — falei, ainda rindo.

Houve um momento de silêncio, e então Tony disse:

— Eu ainda tenho fotos dela de biquíni.

Quase cuspi a comida no prato. Sim, finalmente havia justiça no mundo.

Capítulo 24

Uma bola de neve veio zunindo na direção do meu rosto e acertou bem em cheio minha testa. Claudia e Tracy caíram de costas nos montes de neve que cobriam o campus de Wickham. Elas estavam com a mão na barriga de tanto que riam. Tony fez outra bola de neve enquanto eu limpava o rosto com as luvas quentes. Era 15 de dezembro, a noite do baile de inverno de Wickham. Em algumas semanas, as aulas seriam interrompidas e eu passaria as festas de fim de ano no campus. Não era seguro ficar muito longe dali. Agora que a *Nuit Rouge* tinha acabado, e depois daquele sonho agradável ao voltar da boate, eu tinha que permanecer o mais perto possível de Wickham.

À direita, Justin lançou uma bola de neve em Tony e depois se aproximou de mim. Ele sussurrou:

— Mas você não ouviu nada?

Fiz que não com a cabeça.

— Aquele cara... Sul...?

— Suleen — falei.

— Isso. Ele disse que eles viriam. A gente não teria que se preparar?

Eu fiz um som de deboche e nós dois nos abaixamos de uma bola de neve que passou zunindo.

— Como você acha que a gente se prepara para se defender de quatro dos vampiros mais poderosos do mundo?

Justin fez uma expressão desanimada. Entendi o lado dele. Eu ficaria completamente indefesa contra eles. Não haveria nada que pudesse fazer.

— Se o coven vier, será atrás de mim.

— Se vierem atrás de você, vão ter que vir atrás de mim. Eles vão tentar te matar?

— Minha intuição diz que não. Eles não sabem exatamente que sou humana.

Eu tinha explicado o ritual da melhor maneira possível havia alguns dias. Embora não fosse algo que Justin pudesse compreender facilmente.

— Você falou que o ritual de Rhode era segredo. Tem alguma ideia de como ele fez?

— Um pouco — falei. — Primeiro, a pessoa tem que ter 500 anos e, segundo, tem que permitir que o outro vampiro acabe com todo o sangue dela. A magia do ritual está dentro do vampiro. É a intenção. Se as intenções não são puras, o ritual falha e os dois vampiros morrem.

A expressão de Justin era difícil de ler.

— Então, o que faremos?

— Vamos tentar não pensar a respeito a não ser que seja preciso — falei. A verdade era que, se o coven viesse, o que eu começava a achar que não aconteceria, a questão seria entre mim e eles. Eu deixaria Justin para trás, se precisasse, a fim de protegê-lo. E Tony.

Uma bola acertou em cheio a cara de Justin, cobrindo seus olhos e nariz com neve semiderretida.

— Isso aí! Sou um deus da neve! — gritou Tony e começou a correr em volta do gramado do Quartz. Esbarrou em Tracy e depois pulou em cima dela, derrubando-a no chão.

— Tony! — berrou ela, do chão. Tony ajudou Tracy a se levantar e ela deu um beijo em seu rosto.

— Vamos, Lenah! — chamou Claudia. — Temos que fazer nosso cabelo.

— É, ser jogada no chão pelo resto da tarde deve bastar para mim — acrescentou Tracy.

Assim que Tracy e Tony ficaram juntos, as coisas entre mim e as Três Peças meio que se consolidaram. Não virei a melhor amiga de Tracy, mas éramos cordiais. Nunca cheguei à conclusão se ela estava realmente interessada em Tony ou se apenas sentia falta do grupo. Acho que ela notava como eu me sentia porque nunca mais foi grossa comigo novamente. De qualquer forma, se Tony estava feliz, eu estava feliz. Tracy deu um beijo de despedida nele, e ela, Claudia, Kate e eu deixamos os rapazes em frente ao dormitório Quartz jogando bolas de neve um no outro.

Claudia me deu o braço enquanto andávamos.

— Deixe-me adivinhar, Lenah. — Ela sorriu como quem sabia de alguma coisa, com um olhar fixo. — Seu vestido é preto, certo? — Eu a puxei para perto delicadamente enquanto seguíamos pela trilha em direção aos dormitórios.

Assim que chegamos ao quarto de Tracy, eu me vesti. O vestido era preto e chegava aos pés. Tony havia me ajudado a escolher. Segurei um par de brincos compridos diante do rosto. No reflexo, olhei para a mão que segurava os brincos perto das minhas bochechas. Meu olhar se fixou no anel de ônix de Rhode.

— Estes são perfeitos, Lenah — comentou Claudia, distraindo meus pensamentos. Ela parecia uma estrela de cinema com seu vestido rosa-shochking.

Quando Claudia saiu para ajudar Kate e Tracy com a maquiagem, fiquei um minuto sozinha. Olhei para o espelho de corpo inteiro atrás da porta de Tracy. Estava de vestido e com o salto mais alto que já tinha visto. Soltei o cabelo, acentuando o corpo longo e magro. O vestido acompanhava minhas curvas. Olhei no fundo dos meus próprios olhos. Coloquei a mão atrás do pescoço e soltei o frasco. Segurei no ar e prestei atenção nos pequenos brilhos de ouro em meio às cinzas.

Aonde quer que você vá, eu irei... ecoou na minha cabeça.

— Desculpe — falei para as cinzas e coloquei o colar delicadamente na bolsa. A seguir, olhei de volta para o reflexo. Toquei o ponto do peito onde o colar ficou durante todos esses meses. Como um tambor distante, senti o coração bater debaixo dos dedos.

Alguns minutos depois, desci a escada do dormitório feminino e esperei no vestíbulo os rapazes chegarem. Curtis e Roy viraram a esquina, de smoking e segurando uma caixa com uma flor dentro. Tony veio a seguir e, ao ver Tracy, abriu um sorrisão bem ao estilo dele que produziu um calorzinho no meu peito. Ele olhou para mim, embora estivesse abraçando Tracy. O amor que sentia por mim era evidente pela expressão no rosto, mas era o tipo de amor que duraria até o fim dos nossos dias. O tipo de amor que dois melhores amigos sentem. Daí veio Justin, com seu jeito alto e lânguido, fazendo a curva e entrando no vestíbulo.

Andamos devagar um na direção do outro. Ele estava de smoking, com o rosto de alguma forma ainda bronzeado. Sorriu para mim e eu me enchi de amor, de admiração por sua vontade de viver, pelo desejo de me amar e por mostrar como eu podia me abrir novamente.

— Você está... — falou a poucos centímetros de mim. — Tão linda que não consigo, não consigo explicar.

Baixei o olhar. Justin segurava uma caixa com uma orquídea que estava presa a uma pulseira. Todas as outras garotas tinham uma igual.

— É um buquê — falou Justin ao abrir a tampa de plástico. — Hã... você disse... — Ele estava nervoso; era tão fofinho. Olhou de um lado para o outro. Estava realmente envergonhado. — Você disse que as flores simbolizam coisas diferentes. Então escolhi uma orquídea porque simboliza...

— Amor — concluí.

O baile de inverno aconteceu no salão de banquetes de Wickham.

— Qualquer um imaginaria que eles abririam o bolso. Levariam a gente para um hotel ou algo assim — reclamou Tony.

Fomos em grupo pela trilha tortuosa e coberta de neve até o salão de banquetes de Wickham. Era um prédio moderno com janelas panorâmicas voltadas para o oceano.

Na frente da entrada principal, carros de entrega saíam e entravam no campus. Abrimos as portas e descemos por um longo corredor. Já havia música tocando de uma cabine de DJ no salão. Quando entramos, ergui os olhos. O lugar estava cheio de flocos de neve brancos e cintilantes, feitos de vários tipos de material diferentes. Globos prateados jogavam luz ao redor do salão. No lado direito, havia um painel de janelas por onde pude ver quilômetros e mais quilômetros de oceano. Bem, não conseguia mais ver quilômetros de oceano, mas ele estava lá, e a lua brilhava sobre a água gelada.

— Você gostou? — perguntou Justin, segurando minha mão.

— É perfeito — falei.

Logo o jantar acabou e dançamos tanto que minhas pernas doeram. Todos nós dançamos em um grande círculo. Éramos impenetráveis. Tony começou a chutar o ar, fazendo um passo de dança ridículo que dava a impressão de que estava tendo um troço. Ao redor estavam a srta. Tate e outros professores, incluindo o insuportável professor Lynn. Eles nos observavam do entorno do salão. Todo mundo estava muito bonito e a música mantinha quase todos de pé.

Era tarde da noite e eu estava suando como uma louca. Parte do cabelo tinha saído dos grampos e deixei o círculo de dança frenética para me arrumar.

— Vou ajeitar meu cabelo! — gritei para Justin com um sorriso. Ele estava brilhando de suor. Concordou com a cabeça e eu me virei para sair.

— Não, espere, Lenah! Sem parada para mijar ou ir ao banheiro. Você ainda não viu meus melhores passos de dança! — disse Tony, empinando o traseiro para Tracy. Ela estava usando um vestido brilhante azul-royal. Tracy bateu na bunda de Tony ao ritmo da música e logo eu estava rindo histericamente.

Ri tanto de Tony e Tracy que, assim que cheguei à porta do salão de banquetes, tive que parar um instante para recuperar o fôlego. Olhei de volta para dentro do salão e joguei um beijo para Justin. Ele sorriu e continuou a dançar com o grupo. Teve que se afastar para dar mais espaço para Tony.

Dei um passo no corredor e a alma vampírica dentro de mim despertou. Eu não a sentia havia muito tempo, desde aquela manhã fria de outubro em Rhode Island, quando Suleen veio até mim. Imediatamente, meu cabelo se eriçou. Até mesmo minha visão ficou mais aguçada. Cada respiração pareceu quente.

Havia um vampiro no prédio.

Parei bem do lado de fora do salão. Estava no corredor e devagar, muito devagar, olhei para a direita.

Lá, encostado na parede no fim do corredor, estava Vicken. Seu cabelo estava curtinho, como o de um jovem dos dias de hoje — seu rosto pálido e branco me fez prender a respiração.

Meu corpo inteiro tremeu. A ardência nos olhos que me incomodou por centenas de anos finalmente surgiu de maneira inconsolável, rolando sobre as bochechas. Levei os dedos ao rosto, sem acreditar que finalmente era o momento de chorar. Afastei a mão e olhei para os dedos; eles brilhavam sob a intensa luz fluorescente. Lindas gotas minúsculas rolavam por eles até a palma da mão. Minhas mãos tremeram, meus olhos se arregalaram; eu não tinha visto minhas próprias lágrimas em 600 anos. Vicken andou tão devagar na minha direção que meu corpo inteiro estava tremendo quando me alcançou.

— Então os rumores são verdadeiros — disse ele.

Eu quase havia me esquecido do som da voz dele. O forte sotaque escocês e o tom grave costumavam possuir meu corpo, mas agora gelaram alma. Os rumores a que se referia era de que tinha virado humana, e minhas lágrimas entregaram a verdade.

Ele apoiou o cotovelo na parede acima de mim e se inclinou para a frente, de maneira que seus lábios carnudos e sua grande boca ficaram a milímetros da minha.

— Um colégio? Você se presta ao ridículo, alteza — sibilou ele.

— Se veio me matar, então mate logo — falei entre os dentes batendo. Não desviei a vista de seu olhar negro.

Ele se inclinou para perto da minha orelha direita e sussurrou:

— Vinte minutos, Lenah. Lá fora. Ou o rapaz morre.

Desmoronei no chão ali mesmo. De joelhos, virei para ver Vicken descer pelo corredor e desaparecer ao sair pelas portas duplas sem olhar para trás. A música tocava no salão. As pessoas estavam se divertindo e eu chorava, de costas para a porta do salão de banquetes. Ficou claro o que fiz após o aviso de Suleen. Coloquei a mim, Justin, Tony e todos nós em risco, de maneira irresponsável. Deveria ter contado para todos eles — ter protegido todo mundo. Será que não tinha aprendido nada? Por que sempre me colocava em primeiro lugar?

Respirei fundo algumas vezes. Precisava me controlar. Só tinha vinte minutos. A música do baile estava muito alta e eu precisava pensar. Fazer escolhas. A ideia da morte de Justin era a pior imagem possível que podia imaginar. Eu já tinha perdido Rhode e agora talvez Justin? Não podia pensar nisso.

Fiquei de pé e sequei os olhos. Eu me despediria e me entregaria ao destino. Fiz tantas coisas incompreensíveis que era hora de pagar pelo derramamento de sangue que causei. Sairia perdendo desta vez.

De alguma forma, consegui voltar pelo corredor aos tropeços. Não fui capaz de conter as lágrimas agora. Era tarde demais. Segurei na porta do salão de baile para me apoiar. O DJ tocou uma música lenta e, enquanto Curtis e Roy fizeram par com Kate e Claudia, olhei para Tony e Tracy já abraçados. O nariz dela estava enfiado na nuca dele. Do fundo, notei a maneira como os longos cílios de Tracy apontavam para o chão. Talvez eu estivesse errada sobre ela — talvez o que todos nós precisávamos era de alguém que gostasse de nós. Justin se levantou da cadeira na nossa mesa. Quando viu meu olhar, seu sorriso desapareceu imediatamente. Ele correu pela pista de dança até mim.

— O que foi? — perguntou.

— Dance comigo — falei. Não queria fazer escândalo e sabia que só tinha alguns minutos sobrando.

— OK... — disse. Andamos até a pista. Estávamos cercados por casais, e eu fiquei momentaneamente aliviada ao sentir as mãos fortes dele em volta da minha cintura.

Começamos a dançar e as lágrimas caíram de novo.

— Ouça. Tenho que te contar algo muito importante — falei. Cada minuto valia.

— Lenah, o que foi? — Ele tentou enxugar as lágrimas, mas agora eu chorava copiosamente e não teria conseguido parar por nada nesse mundo. — O coven? — sussurrou.

— Você tem que me ouvir com muita atenção, OK?

Justin concordou com a cabeça.

— Se for o coven...

— Xi. Tenho que pôr isso para fora. Tudo o que aconteceu. Encontrar você. O que fez por mim.

A expressão de Justin era trágica. Ele manteve a boca franzida. Não fazia ideia de por que eu estava chorando. Eu não podia explicar. Não iria explicar. Não queria despertar sua ira e determinação contra um coven de vampiros que o matariam em instantes.

— Você me mostrou como viver. Sabe o que isso significa para um vampiro? Sabe?

— Não compreendo.

— Você me trouxe de volta à vida. — Eu estava chorando horrivelmente agora e quase não tinha mais tempo. Soltei o corpo de Justin e coloquei as mãos em seu rosto. Olhei no fundo dos olhos dele por um momento, depois o beijei com tanta intensidade que torci para que isso me desse a força para me afastar. — Tenho que pegar um ar, OK? Volto já. Rapidinho.

— Lenah...

—Volto já. — Mal consegui dizer.

Eu me virei e não olhei para trás. Não consegui. Saí do salão e entrei no longo corredor. Ao me afastar, levantei a cabeça, cerrei os punhos e saí para a noite congelante. Diretamente em frente estava o meu carro, o carro azul de luxo que esteve estacionado do lado de fora do dormitório por semanas. Vicken estava dirigindo *meu* carro. A janela desceu e ele falou:

— Entre. — O som daquela voz era gelado.

Fiz o que Vicken mandou e ele se afastou do salão de banquetes, atravessou o campus como se estivesse lá havia anos e saiu do colégio. Olhei pela janela com saudades do Seeker antes de virarmos à esquerda para entrar na Main Street de Lovers Bay.

Eu me recusei a olhar para ele. Em vez disso, coloquei a mão no vidro frio ao ver meus lugares favoritos passarem voando. A confeitaria, a calçada vazia onde havia feira, os restaurantes e lojas.

— Temos muita coisa a discutir — disse ele.

— Para onde está me levando? — perguntei. Minha voz estava um pouco mais forte. Eu não iria deixá-lo me ver chorar novamente. De alguma forma, naquele momento, sabia que Justin estava fora do salão de banquetes chamando meu nome.

— Ora, querida. Nós vamos para casa.

Em questão de duas horas estávamos em um jato particular e eu fui embora.

Parte II

Minha bondade é como o mar:
sem fim e tão funda quanto ele.
Posso dar-te sem medida, que muito
mais me sobra: ambos são infinitos

— JULIETA, ROMEU E JULIETA,
ATO 3, CENA 2

Capítulo 25

Dois dias depois de voltar a Hathersage, eu me encostei na ombreira de uma janela em um andar alto e olhei para os campos lá fora. Os flocos de neve mal cobriam o topo da grama. Atrás de mim, lençóis escarlates e um edredom combinando cobriam a cama de pés em forma de garra. Havia um decantador de cristal sobre a mesinha de cabeceira, mas estava vazio. Eu sabia o que iria enchê-lo em breve.

Era um dia nublado, porém uma luz lúgubre entrava no quarto. Subi completamente as persianas brancas e modernas. Tinha considerado escapar pela janela, embora, quando vampira, nunca tivesse instalado um jeito de abrir ou fechar as janelas da casa. Elas estavam trancadas. O ar-condicionado central mantinha a mansão em agradáveis 18 graus.

Como disse, se passaram dois dias do baile de inverno. Enquanto olhava a paisagem, pensei em Tony dançando com Tracy e na expressão em seus rostos sob a luz cintilante do salão. Pensei na luta na neve e no gosto de café descendo pela garganta. Fui bem alimentada nos primeiros dois dias em Hathersage, mas não me permitiram sair da mansão. A comida foi pedida em restaurantes da avenida comercial do centro da cidade. Eu nem sabia que tínhamos uma avenida comercial. Acho que foi uma coisa que surgiu nos cem anos em que dormi. Após retornarmos do aeroporto, Vicken me conduziu à cozinha e mandou que eu ligasse para o colégio e dissesse que não voltaria até a primavera. Só então eu poderia recolher meus pertences. Ninguém em Wickham pareceu se importar quando ele ofereceu uma considerável quantia de dinheiro, que a administração não poderia recusar. Imaginei se Justin tinha batido na minha porta, esperando, torcendo para que eu respondesse de alguma forma.

Continuei a olhar pela janela. Os campos cheios de grama ainda se estendiam até onde era possível enxergar. Meus preciosos campos foram poupados do avanço imobiliário dos dias de hoje.

— "Maldito seja aquele que pensa o mal" — disse Vicken parado na porta atrás de mim, embora eu não tivesse me virado. — Você ainda acredita nisso? — Ele entrou calmamente no quarto. Eu estava vestindo jeans e camiseta, embora pela qualidade do tecido soubesse que eram de primeira linha. Vicken nunca economizava com moda.

Eu me virei e apoiei as costas no vidro frio da janela. Era difícil negar o poder de Vicken. Ele mantinha sua força sob controle — os movimentos lentos, o olhar premeditado. Eu tinha me esquecido do ângulo acentuado do maxilar e do queixo duro dele. Costumava adorar passar a mão pela sua coluna e pedir que dissesse o nome das constelações — para que eu esquecesse a vida por um momento. Não, nem mesmo naquele instante, parada em frente à janela, eu esqueci por que escolhi Vicken.

— Eu disse, se vai me matar, então mate logo — falei.

Fiquei surpresa ao ver que o restante do coven parou na entrada. Gavin à direita, Heath à esquerda e Song no corredor.

— Rhode sempre guardou a papelada dele aqui — disse Vicken. Olhei feio para todos eles, apesar de cada molécula no meu corpo pulsar de medo. — No entanto, não havia nada naquele aposento, a não ser o pedaço de papel que encontramos na lareira. — Vicken esfregou o edredom entre o polegar e o indicador. — Ele realmente não tinha intenção de retornar... — Do jeito que Vicken falou, era quase uma pergunta, embora eu jamais fosse responder.

Vicken se voltou para o coven.

— Saiam — falou calmamente. Eles obedeceram à ordem e fecharam a porta. Vicken se apoiou no outro lado da janela. — Ele não deixou rastro. Nenhuma informação de como despertar você da hibernação. Eu devia ter percebido. — Vicken passou a mão pelo cabelo. Como não respondi ou sequer parei de encará-lo, ele me atacou, pegou a parte de trás da minha cabeça e me beijou. Achei que fosse perder o fôlego. Seus lábios fizeram força contra os meus. Sua língua, gelada e sem gosto, se enroscou na minha. Pensei em Justin e na noite depois da boate, na facilidade com que ele me levantou para eu enroscar as pernas em sua cintura.

Vicken me afastou e eu bati com as costas no vidro gelado da janela.

— Você ousa pensar naquele humano patético? — disparou ele.

Meu coração batia no peito como se quisesse me lembrar de que queria permanecer lá dentro. De que meu coração precisava que eu me mantivesse viva. Esqueci que o amor que Vicken sentia por mim era uma maldição — uma ligação que o tornava incapaz de me matar. Ele poderia me transformar em vampira facilmente e isso me mataria, mas não poderia me machucar em benefício próprio. Esta era a magia, e Vicken tinha sido traído por ela.

— Ah... — Ele riu, embora soasse mais como um cacarejo. — Humano patético. Minhas desculpas. — Ele olhou feio para mim novamente enquanto andava de um lado para o outro.

Eu me sentei na cama e olhei para meus pés. O salto do sapato de Vicken fez barulho no piso de madeira e, a seguir, ele parou diante de mim.

— Meu Deus, olhe para você. Não sei o que fazer. A vampira mais poderosa do mundo sequer consegue encarar seus seguidores. Patético.

Eu conhecia essa tática. Abater o lado emocional para que cedam. Vão querer se livrar do sofrimento. Esta era apenas a primeira fase. Mas eu não me importava. Estava anestesiada. Rhode não teve a intenção de deixar pistas. Ele tinha feito isso para me proteger. Chegou até a apagar todas as provas do ritual.

— Diga alguma coisa — ordenou Vicken, aumentando o tom de voz.

— Não tenho o que dizer. — Finalmente ergui o olhar.

— Por que você não tem medo? — Vicken gritou tão alto que o lustre tremeu. — Reaja!

— A morte é inevitável — falei, embora a voz traísse minhas intenções. Vacilou um pouco. Vicken andou devagar e se sentou à minha direita na cama. Sustentamos o olhar um do outro e a escuridão por trás dos olhos de Vicken me lembrou de que não havia alma no homem à minha frente.

Eu só torcia para que o amor que sentia por mim tornasse a situação menos dolorosa do que precisava ser, de alguma forma.

— Você não está com medo de morrer? — perguntou. Notei que ele estava olhando para a base do meu pescoço e depois voltou a me encarar.

Fiz que não com a cabeça e uma única lágrima desceu pela minha bochecha direita. Vicken a observou rolar pelo queixo, com desejo no olhar. O que todos os vampiros não dariam para deixar cair uma lágrima; a liberdade para extravasar o sofrimento, mesmo que por um instante.

— Por que não? — perguntou.

Olhei para Vicken. Quero dizer, olhei realmente para ele. Em algum lugar debaixo do monstro estava o rapaz que adorava mapas e explorar. Que lutou em uma guerra e cantou canções de bar em uma taverna.

— Porque eu finalmente vivi.

Vicken rompeu o contato visual comigo, se inclinou para a frente e pressionou os lábios contra o meu pescoço. Ele começou a me beijar, pequenos beijos na nuca, depois na garganta, até olhar fundo nos meus olhos. Em uma fração de segundos, rasgou minha nuca e chupou meu sangue com tanta força que eu não consegui respirar.

Meus batimentos cardíacos ressoaram nos ouvidos. O ritmo era tudo o que eu conseguia ouvir até as batidos diminuírem. Não houve dor, apenas um bafo quente e nojento no pescoço onde Vicken chupava minha força vital. Em breve, eu seria uma vampira e desejaria somente sofrimento e ódio. Meus dedos começaram a formigar e ficar dormentes, os músculos do meu pescoço se retesaram de maneira muito dolorosa — eu mal conseguia manter a cabeça erguida.

Então começaram as golfadas, o sangue subiu e entrou nos meus pulmões.

Comecei então a me concentrar. Quero dizer, enquanto ainda tinha mente. Era a última parte a ir embora.

O rosto de Justin no baile de inverno. O balanço de seus quadris no ritmo dos meus enquanto dançávamos uma música lenta. O cheiro constante de grama nova na pele e o biquinho nos lábios. Minha visão falhou em seguida e vi as imagens apenas na mente. Vi Vicken na noite em que o peguei na Escócia. Observei o pai dele colocar a mão em seu rosto. Devia tê-lo deixado ficar com a família. Embora estivesse me matando, desejei paz e liberdade para ele. Finalmente, a audição morreu e o som da chupada se calou. No silêncio, vi Rhode. Desejei, mais do que qualquer coisa, que onde quer que sua alma se encontrasse, estivesse protegida. Que Rhode estivesse livre de preocupações e sofrimento.

Torci para que todas as almas fossem para o céu, mesmo vampiros que eram vítimas do próprio mal. Talvez, um dia, eu fosse para lá também. E, naquele momento de morte, pensei que talvez jamais fosse absolvida de minhas atrocidades, que talvez morresse e a transformação desse errado. O inferno não seria tão ruim, não é? Mandei milhares para lá. Se morresse, não seria capaz de machucar mais ninguém. Não mataria ou corromperia.

Então tudo ficou escuro.

Quando acordei, pestanejei duas vezes. Onde quer que estivesse, estava deitada. Pensei que estivesse no quarto com Vicken, mas acima de mim havia o céu. Ele era azul demais, quase como se fosse pintado de tinta azul-marinho — a cor do fundo do oceano. Não havia sol, embora fosse obviamente dia. Minhas mãos estavam ao lado do corpo. Olhei para baixo. Havia grama ao redor, mas era nítida e verde demais. Olhei para as pernas. Eu estava usando o vestido verde, o modelo da última *Nuit Rouge*.

Fiquei sentada rapidamente — minha visão vampírica tinha *voltado*. Eram os campos da minha casa na Inglaterra, mas eles estavam diferentes. Etéreos. Eu estava na base da colina em Hathersage e, mais ou menos 1,5 quilômetro à frente, uma conhecida manada de cervos corria pelo campo aberto. Se os animais estavam aqui, o vestido verde... será que era possível que...

Naquele momento, meu coração devia ter se despedaçado. Dei meia-volta na hora.

No topo da colina estava Rhode. Sorri; todos os dentes e as laterais da boca doíam. Lágrimas correram para os olhos, porém, como esperado, não caíram. Não havia dor, talvez isso fosse o céu.

Lá estava ele. Rhode usava um longo sobretudo e seu cabelo estava curto e espetado como da última vez que o vi no colégio Wickham. Ele parecia saudável e vivo.

Segurei o vestido pelas laterais e subi correndo a colina. Embora Hathersage devesse estar atrás dele, havia apenas um campo que se espalhava até onde o olhar alcançava. Parecia muito com o gramado em frente ao dormitório Quartz.

Eu estava fascinada. Não conseguia tirar os olhos dele. A alegria que tomava conta de mim, o puro espanto de vê-lo ali em frente, era um universo que não conseguia entender. Será que havia uma maneira de permanecer aqui para sempre? Eu gostaria disso.

— Vivendo uma aventura? — perguntou Rhode quando ficamos cara a cara. A meros centímetros um do outro.

— Você está mesmo aqui? — Minha voz era puro sussurro.

Ele colocou uma mão quente na minha bochecha direita. De repente, meu peito se encheu de vergonha.

— Você deve estar muito desapontado comigo — falei, sem deixar de encará-lo.

— Desapontado? — Rhode esclareceu com um sorriso nos olhos. — Pelo contrário.

— Eu falhei. Vicken me transformou de novo em vampira. Tenho quase certeza disso.

— Nosso tempo é curto, então tenho que ser breve — continuou ele.

Rhode começou a andar e o acompanhei pela beira da colina, onde os campos e o gramado parecido com o de Wickham se encontravam.

— Diga-me. No que pensou quando Vicken estava te transformando de novo?

— Não sei. Não quero falar sobre isso. Você está aqui. — Peguei a mão de Rhode enquanto andávamos. Não queria largar nunca.

— Tem que falar, Lenah. Pense.

Fechei os olhos e tentei me lembrar dos meus pensamentos. O rosto de Justin surgiu na minha mente, o sorriso no baile. Tony dançando e dando chutes. Depois pensei na família de Vicken e em sua casa na Escócia, e, claro, em Rhode no pomar dos meus pais. Não imaginei falar sobre Justin para Rhode. Era estranho cogitar falar para ele sobre amar outra pessoa.

— Pensei em você. Desejei que, onde quer que estivesse, estivesse a salvo.

O olhar de Rhode disse para eu continuar.

— Depois pensei em Vicken. Que queria tê-lo abandonado naquela noite. Vicken devia ter vivido a vida dele.

Parei de novo. O sorriso maroto de Rhode revelou que ele já sabia sobre Justin.

— Na verdade, pensei em Justin primeiro. Senti muito pelo sofrimento que o fiz passar. Na verdade, em todos os meus amigos, por magoá-los. Por que está me perguntando isso?

Rhode suspirou aliviado.

— Porque você conseguiu. E fez toda a diferença do mundo.

— Não entendi. Onde a gente está? Todos os vampiros vêm aqui?

— Não. Eu te chamei. Embora soubesse que o chamado não seria respondido a não ser que você conseguisse passar por esse teste. E você passou, melhor ainda do que eu imaginava que seria possível — disse Rhode e, a seguir, fez uma pausa. Estava me encarando tão intensamente que deixou todo o mundo embaçado. Nada mais existia naquela hora a não ser o azul dos olhos dele. — Eu trago um aviso. Os próximos meses serão cheios de mudanças inacreditáveis. Você vai ganhar certas — hesitou — habilidades. Algumas serão poderosas e perigosas. Não tenha medo de usá-las, faça o que quiser. Elas vão salvar sua vida.

— Serei uma vampira quando despertar disso aqui. Má novamente. — O ar ficou preso na minha garganta. — Vou matar aqueles que amo? Justin? Tony? — Apertei o peito ao pensar nisso.

— Você tem que se lembrar do que falei. Não importa o que aconteça, é a intenção que conta.

— Mas serei má. Não importa.

— Acho que você vai descobrir que desta vez é impossível. — Rhode passou a mão no meu rosto, parecendo perdido em um novo pensamento. — Senti saudades — sussurrou. Ele voltou a prestar atenção. Depois olhou para o céu, vendo algo que eu não consegui enxergar. — Por que acha que perguntei no que pensou durante o ritual de Vicken? — Rhode voltou a olhar para mim.

Balancei a cabeça. Pelo canto do olho, notei que a manada de cervos estava próxima, talvez a apenas 6 metros de distância.

— Vicken estava tomando sua vida, mas você pensou na tragédia *dele*. Sentiu pena dele. Então pensou em mim, não para me culpar, mas na esperança de que eu estivesse em paz, de alguma forma. E Justin, este rapaz? Você queria poupá-lo de sofrimento e tristeza. Não pensou em si.

— Já fiz isso demais.

— É a intenção — disse Rhode, se inclinando para a frente. — Jamais se esqueça disso. — Ele beijou minha testa. Nesse momento, fechei os olhos por um breve segundo. Quando abri, Rhode estava se afastando em direção ao gramado do Quartz.

— Vou permanecer humana?

Rhode parou.

— Não, amor. Nem mesmo eu consigo controlar uma magia tão antiga. — Ele apontou para o gramado. — Olhe. Cervos. — Quando me virei, um deles estava tão perto que eu poderia ter acariciado o topo de sua cabeça. Ao voltar a olhar para a frente, Rhode estava muito mais longe, embora eu ainda conseguisse ver seu rosto.

— Você está indo embora? — Arregalei os olhos e dei um passo adiante.

— Pelo contrário, você é que está.

Ele se afastou um pouco mais. Corri na direção de Rhode, mas de alguma forma ele ficou mais distante do que eu conseguia alcançar, então parei após alguns passos.

— Tem tantas coisas que quero dizer. Sinto sua falta.

Rhode deu um sorriso maroto como resposta. Ele estava quase fora de vista.

— Eu verei você? — Minha voz falhou.

— Não fique surpresa com sua grandeza, Lenah Beaudonte — gritou Rhode. — Fique surpresa por ninguém esperar isso de você.

Capítulo 26

Uma piscadela. Depois, outra.
Com os olhos fechados, passei a língua pelos dentes — eles estavam lisos como gelo. Abri os olhos. Os ladrilhos pretos do teto brilhavam. Virei a cabeça para a direita a fim de ver o criado-mudo. Sobre ele havia um decantador de cristal cheio de sangue vermelho-escuro. Peguei o decantador, ignorei a taça do lado dele e bebi diretamente do gargalo. Bebi rápido. O sangue era espesso, mais espesso que seiva de árvore, e cheio de ferro. Tinha cheiro de ferrugem e um gosto divino. Deixei que me preenchesse. Mas depois de dois ou três goles, descobri que estava cheia. Estourando, na verdade, de forma que não conseguia beber nem mais um gole. Estranho. Antes, como vampira, eu precisava de taças e mais taças, pelo menos o sangue de um corpo inteiro para me sentir saciada assim, geralmente em um intervalo de poucos dias. Agora bastavam três goles?

Recoloquei o decantador no criado-mudo. Minha percepção extrassensorial tinha voltado. Estava tudo quieto e eu sabia que o coven esperava meu despertar. Mexi os braços devagar e toquei em tudo delicadamente para não fazer barulho. Precisava apenas de alguns instantes sozinha para me reacostumar com o ambiente.

O que Rhode quis dizer com habilidades? Enquanto deixei minha mente girar com perguntas sobre o breve encontro com ele, abaixei o corpo gentilmente sobre a cama para impedir que o colchão rangesse. Reconheci meu velho armário; tinha certeza de que Vicken o havia enchido de roupas para mim. Na parede em frente à cama havia uma televisão de tela plana e, sobre o criado-mudo, um controle remoto. Eu era capaz de enxergar as fibras no piso assim como as microscópicas bolhas de ar na tinta do teto. Havia um laptop, uma mesa feita do mais fino mogno e o brilho do piso de madeira quase queimava meus — ah... *meu Deus*. A inspeção do quarto parou imediatamente. Percebi... que estava *completando pensamentos humanos*. Mantive a alma! Rá! Dei um risinho com a boca aberta e depois a tapei com as mãos. Precisava de um tempo sozinha para avaliar essa situação. Era noite, provavelmente 20 ou 21 horas. Dava para dizer pela claridade das estrelas lá fora. Eu me sentei e fechei as cortinas. Notei que minha bolsa estava no chão, do lado esquerdo da cama. Nem precisei olhar. Dentro havia dinheiro, a entrada do baile, o frasco de Rhode e o tomilho seco que Suleen tinha me dado. Enfiei o tomilho debaixo do travesseiro. Minhas pernas estavam firmes, o abdome duro. Eu estava rígida e com aspecto de vampira. Porém, minha mente era cem por cento humana.

Deitei na cama e estiquei as pernas. Nada mais tinha textura. Nenhum tecido podia passar por meu braço e afetar meus nervos, provocando arrepios. Eu era insensível de novo, mas, pela memória, sabia que esta cama era macia. Esperei e escutei, mas meu coração estava silencioso. Prestei atenção nos ladrilhos do teto.

Não fique surpresa com sua grandeza, Lenah Beaudonte. Fique surpresa por ninguém esperar isso de você.

O que isso queria dizer? Eu era uma vampira que aparentemente precisava de pouco sangue para sobreviver e que era capaz de manter pensamentos humanos. Eram essas as minhas habilidades? Parecia uma estranha combinação. Estiquei a mão para ligar o abajur no criado-mudo quando um raio de luz brilhou sobre a cortina fechada. Fiquei sentada com as costas rígidas. Olhei à esquerda para uma penteadeira com um espelho em cima e depois olhei à direita para a o criado-mudo. A mobília estava envolvida pela escuridão. Havia apenas um abajur, aquele ao lado na mesinha, e estava desligado. De onde veio aquela luz?

Meti a mão no abajur para ligá-lo outra vez. A palma da minha mão estava virada para a janela e os dedos, dobrados no abajur. Outro raio de luz iluminou a cortina!

Foi quando senti o calor emanando da palma das minhas mãos.

Eu me sentei na beirada da cama e olhei para elas. Minha visão vampírica tinha voltado com força máxima e eu conseguia enxergar todos os minúsculos poros da pele. Porém, quando os aproximei dos olhos, eles estavam diferentes. Os poros cintilavam. Um estranho reluzir, como se estivessem cheios de... luz.

Fiquei de pé. A ansiedade fluía pela minha pele. Com o sangue me dando energia, olhei fixamente para as palmas das mãos e abri os braços com o máximo de força possível. Estiquei os dedos para as mãos ficarem bem abertas. Uma luz saiu das minhas mãos e pontas dos dedos para a parede e as cortinas. Fiz de novo. Uma luz tão brilhante quanto o sol da manhã.

Então bateram na porta.

Dei meia-volta, cruzando os braços e escondendo as mãos.

— Lenah? — ouvi a voz de Gavin e a maçaneta do quarto girou. Ele sempre foi o mais gentil dos quatro. Respirei fundo, lembrando-me de manter a guarda. Eles não podiam saber que eu havia mantido a alma. Se soubessem, eu seria morta instantaneamente. Isso era parte da elaboração da magia do coven. Se um integrante mantivesse um traço sequer de humanidade, significava que era fraco. A fraqueza tinha que ser eliminada e depois substituída. Construí o coven para que ele fosse poderoso, para que *nada* nos segurasse. Eu tinha que ser má, como eles. Afinal, estavam esperando sua rainha.

— Entre — falei, virando-me para encarar a porta. Meu cabelo caiu solto nas costas e eu continuei de braços cruzados, com as mãos protegidas debaixo deles. Gavin tinha pelo menos 1,82 metro e feições de menino. Eu o transformei em vampiro em 1740, na Inglaterra.

Ele deixou a porta aberta ao entrar. Curvou-se, discretamente, e pude ver o topo de sua cabeça e o cabelo castanho curto.

— Como se sente? — perguntou.

Andei até ele, sem deixar de encará-lo. Parei e dei um beijo em seu rosto.

— Perfeita — falei com um sorriso cruel e saí pela porta.

Mantendo a mente focada, desci. Admito que, enquanto estive em Wickham, esqueci a glória da minha mansão.

Tinha quatro andares, cada um com um tema diferente. Este era para meu uso particular. Eu tinha alguns aposentos decorados apenas com veludo, outros com ônix. Possuía um quarto privativo, um escritório, uma sala de estar e um banheiro, embora nunca tenha usado. Meu aposento favorito era a sala de armas alguns andares abaixo.

Enquanto andava, pude ouvir os passos de Gavin atrás de mim. Vicken estava parado de braços cruzados ao pé da grande escadaria e, de cada lado, como se montassem guarda, estavam Heath e Song. Uni as mãos por trás dos ombros de Vicken e o puxei na minha direção. Nós nos abraçamos enquanto os outros observavam. Ele me afastou apenas o suficiente para olhar nos meus olhos. O amor que sentia por mim subiu por seus braços e se espalhou pelo meu novo corpo como um calor reconfortante. Mas eu sabia que, do meu lado, o amor estava partido. Quando Rhode me transformou em humana, a ligação entre nós se rompeu. Torci, enquanto nossos olhares estavam fixos, para que ele não fosse capaz de perceber.

— Bem-vinda de volta — disse Vicken, se afastando e pegando meus antebraços. O toque era sincero e eu senti que todos estavam felizes de verdade. Abracei cada vampiro, fazendo questão de olhar todos nos olhos para garantir que eu era a malvada vampira Lenah novamente. Mantive a concentração e o olhar fixo. Ao entrar na sala de estar, dei uma espiadela na neve que caía do outro lado da janela e senti um aperto no coração. Eu não podia permitir isso. O coven e eu estávamos novamente unidos pela magia, e eles seriam capazes de captar o que eu estava pensando.

Vicken cutucou minha mão e me deteve.

— É você mesma? — perguntou ele enquanto os demais acendiam a lareira e organizavam as cadeiras na sala de estar. Vicken tinha um olhar carente. Ele realmente havia me transformado em vampira para si próprio. Algo que eu teria feito.

— Tolo — falei, peguei a mão dele e o conduzi para a sala de estar. Vicken gargalhou e apertou minha mão de volta.

Não havia nada. Nenhuma ardência no rosto. Nenhum desejo de comida. Apenas um desejo implacável de voltar. Se Rhode conseguiu realizar o ritual, por que eu não conseguiria? Precisava de alguma coisa para me manter ocupada, para descobrir um jeito de voltar para casa. Para Wickham.

Passei os dias pesquisando o ritual de Rhode. Isso ajudava a passar o tempo e me dava uma desculpa para ficar sozinha. Inventei todo tipo de informação para despistar o coven. Menti sobre o quanto eu sabia a respeito do ritual. Aleguei ter acordado em Wickham e que Rhode já tinha morrido — falei qualquer coisa para confundi-los. Vicken tinha um interesse especial no assento e passou muitos dias ao meu lado enquanto eu trabalhava na biblioteca.

Dias se passaram, daí semanas... a neve caía e o coven deu festas em minha honra. Eu não me arrisquei a sair de casa. Verdade seja dita, não tenho muita certeza se era permitido. O coven coordenava meus horários. Um dia eu descia e descobria corpos espalhados pela sala de estar, e no seguinte encontrava o coven lendo, cercado de livros. Será que eu realmente era feliz antes?

Claro que poderia ter rejeitado as regras a qualquer momento. Eu os criei, criei a magia que os unia, embora não testasse meus limites, nem eles. Se fizesse isso, minha verdadeira natureza seria revelada e a hierarquia teria sido quebrada. Era a regra. Se um vampiro em nosso coven mantivesse sua humanidade, a capacidade de pensar racionalmente, teria que ser morto. Não importava se eu era a rainha deles ou não. Se mantivesse a humanidade de alguma forma, enfraquecia a corrente.

Eu não tinha muita certeza do que havia acontecido comigo naquele campo com Rhode. De início, bebia uma taça de sangue de poucos em poucos dias. Não perguntava aos rapazes onde conseguiam. Permitia que providenciassem para mim. Sim, era egoísmo, mas eu sabia do que precisava e não tinha interesse em matar alguém. Com o tempo, o desejo por sangue diminuiu. Eu só precisava uma vez por semana, depois uma vez por mês. Quando chegou o dia 1º de abril, tomei uma taça e me senti cheia. Apenas uma taça no mês *inteiro*. O coven continuava a trazer sangue, mas eu jogava fora na pia.

Como disse, tudo estava ampliado — a visão, a habilidade de compreender pensamentos; minha leitura era rápida e fácil. Eu era uma supervampira.

Foi no fim de abril que comecei a me preocupar que Vicken suspeitasse que eu não era a mesma pessoa. Eu estava na biblioteca, que ficava no térreo da mansão, sentada em uma mesa comprida, e a lareira estalava atrás de mim. Estaria silêncio, não fosse a chuva batendo nas janelas. Velas antigas em castiçais altos de ferro espalhavam-se de ponta a ponta da mesa.

O livro que eu estava lendo era em hebreu. Li da direita para a esquerda e acompanhei o texto:

> ... *O vampiro só pode quebrar os grilhões da existência vampírica no quinquacentésimo ano...*

Eu já sabia disso. Rhode descobriu que um vampiro precisava ter 500 anos de idade ou o ritual não daria certo. Fechei o livro com força, levantando poeira da capa antiga. Partículas de pó foram para as chamas das velas. Em três meses, não tinha descoberto nada que já não soubesse.

— Lendo de novo?

Ergui o olhar. Vicken saiu da porta, percorreu a mesa comprida e se sentou à minha frente.

— Deu sorte? — perguntou com um sorriso maroto.

— Se eu dissesse que sim, que descobri o ritual, o que você faria?

Vicken entrelaçou as mãos sobre a mesa e depois se inclinou para a frente.

— Eu iria aonde quer que você estivesse. É por isso que estou aqui, na biblioteca.

— Bem — falei, voltando a olhar para o livro à minha frente —, mesmo que eu tivesse achado alguma coisa, não conseguiria realizar o ritual. É preciso que o vampiro tenha 500 anos.

— Você era bem poderosa. Talvez idade não seja um problema para você.

— O que está dizendo?

— Não acha que daria certo, de qualquer forma?

Eu me inclinei para a frente.

— Está sugerindo que eu tente, apesar da chance de ter uma morte dolorosa se não der certo?

Vicken não disse nada. De alguma forma, minha resposta tinha negado sua sugestão e ele não ousava me desafiar.

Abri o livro novamente em uma página qualquer. Olhei a tinta, mas não me concentrei nas palavras.

— Não encontrei nada — falei.

— Talvez você não esteja procurando nos lugares certos — disse ele, olhando as chamas das velas e depois para mim — Instalamos lâmpadas quando descobriram a eletricidade, sabe?

— E televisores e computadores — falei, reclinando-me na cadeira.

— Conte para mim o que descobriu. Sei que achou alguma coisa. Você está procurando há meses. — Mantive o olhar fixo em Vicken. — Um palpite — confessou ele, sem que eu sequer perguntasse. Ser a criadora de Vicken o impedia de esconder essa informação de mim. Algo mais acompanhou a confissão, uma emoção que eu não esperava sentir nele... anseio.

— Por que está tão interessado? Levaria séculos até que pudesse usar o ritual.

— Como era sua vida em Wickham?

Admito que fiquei chocada com a honestidade da pergunta. Minha reação imediata veio em imagens: o campus verde, Justin nadando após vencer a corrida de lanchas e o quadro de Tony.

— Você está com raiva por eu não ter te levado comigo? — perguntei.

O olhar dele era fascinante e eu soube imediatamente como Vicken se sentia. Suas emoções passaram por mim como ondas. Ele não estava com raiva, estava arrasado porque não foi informado do plano de me tornar humana.

— Você quer ser humano? — indaguei. — Nunca manifestou isso antes.

— Você foi embora — disse Vicken, reclinando-se na cadeira. — Eu não havia pensado na minha humanidade até perceber que você não estaria aqui comigo todo dia. Só então tive vontade de voltar.

— Não podemos voltar, Vicken. Nem mesmo com o ritual. Não exatamente. Toda época sempre será um mundo de que não devíamos fazer parte.

Fez-se um silêncio entre nós. Embora houvesse algo no ar, parecia pesado. Talvez fossem as memórias e intenções vivenciadas dentro daquela biblioteca. Ou todos os anos invisíveis que Vicken e eu passamos lado a lado.

— Você não é como era antes — disse ele. — Está diferente.

Eu me inclinei para a frente de novo, apesar da ansiedade que tomava conta do meu coração morto.

— Eu te avisei que havia mudado durante a existência humana. Você se enganou pensando que eu seria a mesma.

— Você não se alimenta nem deseja provocar sofrimento. Como é capaz de lidar com seus pensamentos? — perguntou Vicken.

Eu me levantei e guardei o livro. Peguei outros dois no lugar daquele e pousei na mesa enquanto Vicken me observava.

— O que escolho fazer de acordo com meu próprio ritmo, Vicken, não lhe diz respeito.

Vicken se reclinou, as feições sombrias atentas à mesa.

— Claro — sussurrou ele ao se levantar. Antes que chegasse à porta, falou: — Hoje à noite, haverá uma surpresa especial para você, Lenah.

Eu o observei ir embora e, a seguir, abri outro livro.

À noite, fiquei na minha. Ignorei as batidas na porta ou meu nome sendo chamado na escadaria. Era na hora em que o coven estava ocupado que eu podia pensar no campus de Wickham. As árvores. O rosto de Justin. Como doía meu coração. Como queria atravessar as janelas e correr pelos campos até não poder mais. Tentei sonhar com Rhode novamente, mas aquela visita, ou seja lá o que tenha sido, foi um acontecimento único. Precioso, até. Eu sabia, agora, que ele tinha ido embora para sempre.

Quando ficava sozinha no quarto, eu praticava. Esticava bem os dedos abertos e a luz emanava de mim em um raio possante. Certa vez bati palmas acidentalmente e a rajada foi tão grande que caí de costas no chão e rachei o espelho da penteadeira. Por sorte, o coven não estava em casa quando isso aconteceu.

Naquela noite, Vicken tinha me prometido uma "surpresa especial". Observei o carro de luxo que eles dirigiam sair da entrada da garagem. Aproveitei a oportunidade para olhar o quarto de Rhode, pois não tinha sido possível até aquele momento. Ali seria um lugar onde eu não conseguiria manter a concentração. Agora, com o coven momentaneamente fora, em um compromisso, subi as escadas para o último andar.

O quarto era o único naquele piso, no fim de um longo corredor. Andei, pé ante pé, e finalmente fiquei diante dele. Empurrei a porta e ela abriu rangendo. O estrado de ferro da cama de Rhode tinha apenas um colchão listrado. As paredes estavam nuas e a única coisa sobre o piso era um tapete oriental. Andei na ponta dos pés, como se fazer um barulho fosse perturbar a paz do quarto desolado.

Eu me sentei no colchão.

Mas ele não deixou nada para trás.

Será que Rhode foi tão tolo a ponto de não considerar a possibilidade de que talvez Vicken me encontrasse?

Do outro lado do quarto tinha um armário. Havia apenas cabides no cabideiro. Espere aí... sim, havia *alguma coisa* no armário. Um entalhe na madeira do fundo. Um desenho de um sol e uma lua. Fiquei de pé e me aproximei.

Entrei pela porta e parei a centímetros do entalhe. Sabia que o coven tinha visto esses desenhos. As imagens de Gavin e Heath passando as mãos pelas paredes veio à minha mente imediatamente. Parei e observei, apesar de saber que, se houvesse algo de especial quanto ao entalhe, eles já teriam descoberto. Talvez a crença de Rhode em relação à intenção fosse relevante aqui também. Se a intenção deles fosse encontrar o ritual e usá-lo — jamais encontrariam. Mais magia.

Instintivamente, ergui a mão e bati na parede. Primeiro, o sol. Parecia sólido. Assim que minha pele tocou a madeira, percebi que Vicken também havia parado nesse mesmo ponto, examinando os entalhes.

Fique... disse uma voz na minha mente. Uma voz que parecia a de Rhode.

Bati no entalhe do sol novamente. Desta vez, quando os nós dos meus dedos acertaram o sol, ele mudou de lugar na madeira como um jogo infantil de formas geométricas. Usei a ponta dos dedos para pegar a forma circular e tentei arrancá-la da parede. Um movimento errado e o sol poderia cair dentro da parede ou ficar preso.

Quando finalmente enfiei as unhas na forma de madeira, a puxei para fora. O pequeno sol com a borda cheia de pontas ficou na palma da minha mão. Atrás dele, na escuridão do interior da parede, havia uma folha de pergaminho, enrolada com uma fita vermelha.

A sensação arrepiante da presença do coven entrou na minha mente. Eles estavam voltando. Pude enxergá-los. Eu me concentrei no pergaminho. Desenrolei e descobri duas folhas. A primeira era uma receita.

INGREDIENTES.
Resina de âmbar
Velas brancas
Sangue de um vampiro com pelo menos 500 anos...

Li a receita. Precisaria de várias ervas, tomilho e uma faca de prata para completar o ritual. No pé a receita dizia, em negrito, com a letra de Rhode: INTENÇÃO.

Na segunda página havia um poema — não, olhando bem, percebi que era um cântico. Aquele que Rhode devia ter entoado enquanto completava o ritual.

Eu te liberto ——————— (nome do vampiro)
O vampiro deve agora cortar o pulso com uma faca de prata.
Eu te liberto ———————
Sou seu guardião. Descarto minha existência por você.
O vampiro deve permitir que o outro beba o seu sangue.
Descarto minha vida. Beba este sangue.
Acredite... e seja livre.

Debaixo do cântico, que era muito fácil, havia instruções especiais sobre as velas e ervas que eu deveria queimar antes do ritual. No rodapé da página havia mais uma frase e percebi que Rhode não tinha falhado comigo.

Lenah, proteja-se.

Não sabia se Rhode queria que eu lesse essas palavras ou se foram apenas pensamentos que surgiram na hora e ele escreveu no papel. Espero que tenha sido intenção dele.

— Lenah!

Era Heath me chamando do térreo. Enfiei os papéis de Rhode no bolso da calça.

— Lenah!

Respondi e desci

Capítulo 27

— Venha — mandou Heath. Assim que cheguei ao térreo, percorremos um longo corredor em direção ao salão de bailes. Era o mesmo salão onde matei a holandesa. A porta estava fechada e o corredor tinha uma aura cinzenta. Não havia luzes acesas. Heath pegou a maçaneta, que ainda tinha a forma de uma adaga apontada para o chão. Assim que a porta se abriu, o salão estava escuro, iluminado apenas por velas nas colunas que sustentavam o teto. Velas vermelhas, luzindo sobre o brilho do assoalho parquete.

Lá, encolhida como uma bola no centro do salão, estava uma menininha, uma criança com cabelo da cor da grama da praia esbranquiçada pelo sol. Parados em um semicírculo, sorrindo para mim, estavam meus vampiros. A menininha estava encolhida em posição fetal no chão. Precisei de todas as minhas forças para não correr até ela e segurá-la junto ao peito.

Vicken, Gavin e Song formavam uma meia-lua. Engoli em seco quando Heath fechou a porta atrás de mim. Olhei para os olhos escuros de Vicken; ele tinha feito isso de propósito. A fúria vampírica cresceu dentro de mim. Pensamentos intensos e irracionais confundiram minha mente por um instante. Então andei, rebolando. Andei alegremente em direção à menina. Isso agradou o coven. Ao me aproximar, vi que ela não tinha mais do que 5 ou 6 anos de idade. A garota havia urinado no vestido de noite rosa. Apontei para ela.

— Esse é o meu presente de boas-vindas?

Os integrantes do coven, incluindo Vicken, ergueram as cabeças em um gesto confiante.

— Quatro meses atrasado — disparei.

Isso causou uma mudança. Song engoliu em seco. Fiz questão de manter as mãos nos bolsos.

— Não tínhamos certeza, Lenah. — Song tentou dizer. — Você esteve tão afastada.

— Deixem-nos — ordenei. O coven não se mexeu.

A menininha continuou cobrindo os olhos com as mãos.

— Deixem-nos! — gritei de maneira que não teriam outra escolha a não ser obedecer. Eu os criei, era a rainha deles. Os vampiros se viraram obedientemente. Vicken foi o último a sair. Dei meia-volta com os dentes cerrados; queria poder ter cuspido fogo neles.

— É minha — rosnei e arreganhei as presas. — E que eu não te ouça embromando perto da porta — ordenei.

Esperei até ouvir os passos e resmungos baixos. Apenas Gavin parecia contente com minha súbita raiva. Assim que eles realmente foram para o terceiro andar, corri para o lado da menina.

— Olhe para mim — sussurrei. A menininha estava tremendo tão incontrolavelmente que a abracei até que parasse.

— Quero a mamãe e o papai. — Ela chorou no meu peito. Senti as lágrimas molharem minha camiseta. Eu teria derramado rios de lágrimas com a menina. Ergui o rosto dela e, quando vi seus pequenos olhos azuis examinarem meu rosto, ela passou a chorar ainda mais.

— Você parece esquisita — choramingou. — Parece com eles.

— Qual é o seu nome?

— Jennie.

— Bem, Jennie, vou te levar para casa agora.

Os olhos dela brilharam e a menina parou de chorar por um instante, ficou apenas soluçando em silêncio.

— Em que cidade você mora? — perguntei.

— Offerton.

Ótimo. Offerton era o nome de uma cidade perto de casa. Os idiotas nem foram para outro país.

No momento em que pegasse essa criança e saísse correndo de carro, ficaria óbvio o que fiz. Ficaria absolutamente claro que não era uma vampira comum. Um ato relevaria que eu não era mais a rainha deles e tinha mantido minha humanidade. Significaria a morte instantânea, mas não importava. Eu tinha que fazer isso. Fiquei de pé e Jennie me seguiu, recolhendo o vestido. Seus sapatos de couro envernizado fizeram barulho no piso.

— Jennie, você vai precisar me ajudar. Quando eu mandar, vai ter que gritar a plenos pulmões. O mais alto que puder. Como se tivesse caído no playground. OK?

Ela concordou com a cabeça.

— Vou quebrar a janela e vamos sair rastejando.

Ela fez que sim novamente.

Peguei uma cadeira de metal na lateral do salão. Uma das muitas usadas durante a *Nuit Rouge*.

— Pronta, Jennie? Quando eu jogar isso aqui pela janela, você grita.

Minha esperança era de que eles pensassem que eu estava torturando a menina, voltando aos "velhos hábitos". Mas eu só podia ter esperança. Levantei a cadeira e joguei contra o vidro duplo. Jennie gritou o mais alto possível e senti o interesse do coven. Eles estavam descendo do terceiro andar para o salão de bailes. Afastei o vidro da janela com uma cortina na mão. A menina passou as pernas pela minha cintura e saí. Nós corremos, juntas, para a escuridão da noite.

— Por que aqueles homens me tiraram da mamãe e do papai?

Estávamos no bosque, andando ao longo da periferia de uma estrada principal. Jennie segurou minha mão.

— Aqueles homens são perigosos, e se você um dia os vir novamente, fuja correndo.

— O que eles pensavam que você fosse fazer? — perguntou ela. Não respondi.

Nossos passos nos trouxeram ao fim da estrada principal. Já fazia quatro horas que eu havia escapado da mansão. Quando fizemos a curva com a estrada, demos de cara com uma rua e uma dúzia de carros de polícia em frente a uma pequena cabana. Duas pessoas de meia-idade em roupas de noite andavam de um lado para o outro na frente da casa. A mulher, de cabelos louros como Jennie, estava sentada no chão, balançando com os joelhos recolhidos ao peito, seus sapatos de salto alto espalhados diante da porta de entrada.

— Jennie, escute. Vá agora. Você me promete uma coisa?

Ela concordou com a cabeça.

— Não conte a ninguém sobre mim, OK?
— Aonde você vai? De volta para casa?
— Acho que nunca mais vou voltar lá.

A menina me abraçou, deu um beijo delicado no meu rosto e correu pela rua comprida. O vestido batia no chão ao se aproximar da casa.

Após alguns instantes, a mulher no jardim gritou:
— Jennie!

A polícia cercou Jennie e a mãe dela, e eu me virei para encarar o bosque. Entrei na mata, nos arbustos e árvores do bosque sombrio. A polícia iria verificar a rua e eu tinha que sair de lá. Adentrei ainda mais o bosque. Eu acabaria achando a saída, não me importava. *Talvez encontre Suleen*, pensei quando surgiu um farfalhar à direita, mais próximo, em direção à estrada.

Eu me virei. Ali, debaixo da sombra de frondosos arbustos, estava Vicken. O bosque jogava sombras sobre o maxilar pronunciado e as curvas carnudas de sua boca. Seu cabelo e longas costeletas eram negros como piche. Notei o sofrimento dele pela maneira como trincou o maxilar.

— O que é você? — rosnou entre os dentes cerrados.
— Uma pessoa mudada.
— O que aconteceu?
— Mantive minha mente. A capacidade de sentir e pensar — falei, sem encontrar motivo para mentir. — Não sofro.
— Quando?
— Quando você me transformou de novo.
— Você está abrindo mão da vida de vampira — disse Vicken calmamente, sem emoção.
— Sei as regras.

Ele se aproximou, de maneira que ficamos a poucos passos de distância, debaixo da copa de galhos e folhas.

— Lenah, meu amor por você me impede de te machucar. Mas não posso mentir para eles, nem te salvar do que farão. Você sabe o que vai acontecer. Serão obrigados a matá-la.

Vislumbres dos pensamentos de Vicken entraram e saíram da minha mente: o litoral escocês, o vestido violeta que usei na noite em que o transformei, meu perfil realçado pelo luar ao ficarmos deitados sob as estrelas em milhares de ocasiões diferentes.

Depois meus próprios pensamentos surgiram: o rosto de Justin sorrindo para mim no baile. Outra noite, aquela depois da boate e a aparência dos braços dele ao me levantar para me levar ao quarto. Uma nova memória veio em seguida — uma imagem perigosa, o pergaminho no bolso entrou nos meus pensamentos, o ritual escrito pela letra lânguida de Rhode.

Balancei a cabeça e prestei atenção novamente nos olhos de Vicken.

— Você — disse Vicken. O olhava chocado e seu maxilar ficou subitamente rígido. — Você tem o ritual — sussurrou.

Os galhos negros da copa acima de nós esconderam a beleza do céu noturno, mas consegui enxergar a traição nos olhos de Vicken. Nenhum humano seria capaz de entender o sofrimento dele.

Tentei falar, mas não encontrei palavras para responder. Abri os lábios, mas nada saiu. Em vez disso, o rosto de Justin voltou aos meus pensamentos e eu sabia que Vicken veria e sentiria o que eu estava vivenciando.

Clarões vermelhos e azuis dos carros de polícia iluminaram a lateral do rosto de Vicken.

— Não importa se você tem o ritual. Eu sei aonde vai — disse ele.

— Eu iria não importa o que acontecesse.

Vi no tom castanho dos olhos de Vicken que ele tinha que voltar para os homens no castelo. Um lugar a que eu me recusava a retornar. Sabia para onde iria naquele momento, onde provavelmente teria ido, de qualquer forma, na hora em que escapei daquela mansão.

— Então sugiro que se prepare — disse ele. Não tive certeza se os próximos pensamentos que surgiram eram de Vicken ou meus, mas o peitoral largo de Justin e a forma como ele reluzia ao sol apareceram em primeiro plano na minha mente. Palavras conhecidas ecoaram na minha cabeça: *Vinte minutos ou o rapaz morre.*

Se Vicken estava planejando matar Justin, eu não arriscaria a vida dele. Esta luta era minha, não de Justin.

— Está feito — falou Vicken, usando uma frase que empreguei certa vez, na noite em que o transformei em vampiro. O que ele queria dizer é que era o início do fim, o fim de todas as escolhas que fiz e que me levaram até aquele momento no bosque. Soltar uma menininha que não tive a maldade de matar era a prova de que seja lá o que aconteceu comigo durante a segunda transformação era real e permanente. Vicken se afastou de mim e se juntou à escuridão antes que eu pudesse responder.

Talvez sempre tivesse que ser assim, pensei. *Uma luta até a morte.*

Não me demorei. Dei meia-volta e corri para a escuridão do bosque.

Era fim de tarde em Lovers Bay, Massachusetts. Fazia 14 horas desde que tinha entrado correndo no bosque, fugindo de Vicken. Segui a estrada e, quando cheguei ao aeroporto, peguei um voo cedo e cheguei a Wickham de noite. Agora que o coven sabia que eu estava viva, tinha acesso ao dinheiro novamente. Não me importei que pudessem rastrear o voo. Eles sabiam aonde eu estava indo de qualquer forma.

Parei do lado de fora dos portões do Internato Wickham. Podia ver o terreno, os gramados e os conhecidos tijolos vermelhos dos prédios. Tudo tinha um tom de rosa, com o pôr do sol da primavera que acendia uma chama no gramado e em tudo dentro de mim. Toda folha de grama tinha um brilho amarelo, depois verde. Com uma rajada de vento, um dourado ondulante. *Se um dia eu for para o céu*, pensei, *vai ser igualzinho a isso.*

A hora era essa, então passei pelo arco de Wickham. As fachadas de metal e as pontas no topo dos portões indicavam o céu. Meus movimentos tinham que ser calculados. Cada árvore de Wickham era um esconderijo propício. Vampiros têm uma capacidade natural para encontrar lugares onde possam se misturar à paisagem e o campus de Wickham tinha muitos a oferecer.

Algumas horas se passaram e as estrelas começaram a brilhar no céu azul-cinzento. Alunos passaram por mim, mas não os encarei. Estava procurando por Justin, apenas ele. Por volta das 22 horas, comecei a me preocupar. Sabia que o coven iria me seguir. Eu não era capaz de ouvir os pensamentos deles, mas sabia que Vicken havia contado para os outros que eu tinha mantido a natureza humana. Isso era uma quebra das regras do coven, regras que eu havia criado. Eu não era uma vampira confiável e, portanto, precisava morrer. Sabia que Vicken não era capaz de me matar por causa da ligação de amor entre nós, mas os outros integrantes do coven podiam, e matariam, com facilidade.

Passei pelo prédio do Grêmio. Estava fechado e às escuras. Atravessei a trilha iluminada e entrei no gramado entre o Quartz e o Grêmio. Um grupo de alunos do último ano correu, todos juntinhos, tentando cumprir o toque de recolher da meia-noite. Esperei nas sombras ao lado da Union.

Nunca vou encontrar Justin dessa maneira, pensei.

Atravessei o gramado e fiquei a poucos passos da trilha iluminada em frente ao Quartz. Parei no gramado para que minha nova aparência continuasse escondida na escuridão. Curtis Enos saiu do arco e acendeu um cigarro. Ele puxou um celular e fez uma ligação. Enquanto Curtis ia na direção do Seeker e do estacionamento dos alunos, eu o segui silenciosamente.

— Fala, cara — disse ele para a pessoa ao telefone. — Vocês ainda estão na Lovers Bay Tav? Vão perder o toque de recolher outra vez.

Ele quis dizer a Lovers Bay Tavern, um bar no fim da Main Street. Eu sabia que muitos dos estudantes mais velhos iam lá para beber se tivessem identidades falsas. A fumaça do cigarro subiu em espiral da mão esquerda de Curtis. Nunca soube que ele fumava. Imaginei quando tinha começado.

— O idiota do meu irmão ainda está lá? — perguntou Curtis. No estacionamento, ele virou à direita. Vários estudantes estavam saindo de seus carros e andando em direção à trilha do Seeker. Se reconhecesse algum deles, não saberia como explicar minha nova aparência. A última coisa que ouvi Curtis dizer foi "ele está lá quase todas noites, agora". Voltei para as sombras das árvores.

Na cidade, a noite era minha amiga. Tornava fácil andar pelos cantos. Fiquei à margem da multidão, na maioria das vezes me esgueirando pelo muro de pedra. Tentei não chamar a atenção. Para qualquer um que me visse, pareceria mais etérea do que qualquer outra coisa. Agora eu tinha pele branca e olhos azuis que eram como bolas de gude. Passei pelas lojinhas que adorava: a loja de roupas, a confeitaria, a biblioteca pública e, finalmente, no fim da rua, dei de cara com o bar. Verifiquei a área que, tirando alguns frequentadores assíduos fumando cigarros, estava basicamente deserta. Quando eles voltaram ao bar, rock ecoou pela rua silenciosa. Assim que a porta se fechou, saí da sombra das árvores e atravessei a rua.

Mal peguei a maçaneta quando Justin irrompeu na calçada. Eu me afastei assim que ele saiu. Atravessei a rua correndo e o observei da proteção sombria do muro.

Fiquei escondida debaixo das árvores. Havia um poste de luz à direita, distante o suficiente para me manter na escuridão. Continuei observando. Justin ainda estava maior do que da última vez que o vi. Tinha o peitoral mais definido, mas a barba não estava feita e o cabelo não estava curto nem aparado. Longas mechas caíam de qualquer maneira e o estilo era meio revolto, sobre os olhos. Não vi em nenhum lugar o rapaz feliz e controlado que abandonei no inverno. Ele estava segurando o estômago com a mão, com o corpo dobrado, e vomitou em um canto perto da porta.

Justin se sentou em frente ao bar com as pernas esticadas. Cuspiu para o lado no chão e reclinou a cabeça para encostá-la na parede do prédio atrás dele. Fechou os olhos. Saí da sombra novamente e atravessei a rua depressa. Ele fungou um pouco, torcendo o nariz fino.

Fiquei de cócoras diante de Justin. Ele abriu os olhos, mas as pupilas verdes viraram para dentro. Justin tentou levantar a cabeça e, quando finalmente conseguiu, seus olhos viraram para a frente. Ele fixou o olhar em mim e se concentrou. Franziu as sobrancelhas. Jogou o queixo para a frente a fim de tentar olhar melhor. Arregalou os olhos e depois começou a rir — de maneira histérica.

— Que engraçado. — Justin apontou para mim, riu, e apontou de novo.

Estávamos separados por centímetros; eu podia ter lambido os lábios dele se quisesse.

— O que é engraçado? — Inclinei a cabeça para a direita. A conexão entre nós parecia um raio dourado de luz nos unindo como um pavio em chamas.

— Você está aqui, mas sei que não está. — Ele riu e reclinou a cabeça novamente contra a parede. Estava rindo tanto que as bochechas ficaram muito vermelhas.

— Tudo bem, vamos nessa — falei, pegando Justin por baixo dos braços. Como vampira, especialmente nesse estado, eu era consideravelmente forte. Não super-humana, mas forte. Eu o levantei. Ele balançou, mas ajudei a manter o equilíbrio.

— Roy, valeu, cara. — Justin mal conseguia andar, mas eu o estabilizei. — Cara, vou vomitar de novo.

Ele cambaleou até a rua e vomitou. Apoiou a mão em um carro e, quando terminou, sentou-se no chão. Eu me encostei no capô e cruzei os braços. Era muito tarde e estava me lixando sobre o que alguém ali pensaria da minha nova aparência vampírica. Justin estava aqui comigo e era tudo o que importava.

Ele ergueu o olhar e apertou a vista.

— Roy, cara, não consigo enxergar. Mas, agora, você parece a Lenah.

Eu o levantei do chão novamente e fomos nos arrastando em direção ao campus de Wickham.

O quarto de Justin no dormitório parecia o mesmo. Havia tacos de lacrosse espalhados, o melhor deles ainda guardado e protegido no fundo do armário. Dezenas de pares de tênis misturados em frente ao armário. Uniformes do time e capacetes estavam sujos de grama e empilhados em todo espaço disponível. Em algum lugar do primeiro andar, música ecoava por uma janela aberta. Imaginei onde estavam os monitores do dormitório àquela hora? Ergui o olhar: havia alguma coisa nova. Justin tinha colado no teto pequenas estrelinhas que brilham no escuro. Olhei para ele na cama e o observei por um momento. Ainda não tinha dormido, mas estava imóvel. Levou a mão à cabeça e gemeu. Eu me deitei ao lado dele com cuidado e em silêncio, para que não percebesse. Mas Justin virou de lado e abriu os olhos. Fiquei chocada ao perceber que estavam lacrimejando. Sabia que ficaria horrorizado se eu o visse assim, então não falei nada. Ele examinou meu rosto e as lágrimas escorreram.

— Sei que você não está aqui — falou. — Mas sinto sua falta.

Estiquei as mãos para pegar no rosto dele, mas rapidamente as trouxe de volta para o corpo.

— Lenah... — sussurou com a voz bêbada. E daí, no próximo segundo, Justin dormiu.

Capítulo 28

A maneira como o sol entrava pelas persianas no Quartz era completamente diferente do Seeker. O Quartz ficava em um gramado e não era tapado por nenhum prédio alto, então a luz era forte e intensa. Eu me sentei no banco sob a janela, com os joelhos recolhidos junto ao peito. Reclinei a cabeça enquanto a luz entrava no quarto. A sensação era *ótima*. Como campos infinitos repletos de grama. Como dias de verão em um pomar. Como a voz de Rhode no meu ouvido. A luz me fez sentir como se estivesse em casa. Não precisava mais ter medo. Rhode falou que eu teria habilidades que não possuía antes e lançar luz das mãos era uma delas. Uma arma pouco provável, porém um talento oportuno.

Continuei vigiando o terreno, mas não havia sinal do coven. Eu só tinha um dia para explicar tudo a Justin e afastá-lo do perigo. Não havia dúvida de que o coven já estava em Lovers Bay. Eu só não sabia aonde. A mente deles era bastante protegida. Bem na hora em que pensei que teria que acordar Justin, ele se mexeu.

— Ugh. — gemeu e meteu a mão na cabeça. Passou as pernas lentamente para fora da cama e apoiou os cotovelos nos joelhos. Olhou para o chão.

— Quanto você bebeu ontem à noite? — perguntei, sem tirar os olhos dele.

— Jesus! — Justin deu um pulo e se jogou contra a parede. Ele fez uma expressão horrível de compreensão.

Seu queixo caiu, ele riu por alguns segundos e depois seu rosto ficou totalmente inexpressivo. Eu não tinha notado antes, mas no criado-mudo havia um pequeno frasco com um líquido transparente. Ele retirou a rolha e jogou o líquido em mim, acertando o chão com força. O frasco rachou e o vidro se espatifou no chão.

— Você está doido? — perguntei, olhando para o vidro quebrado e depois para Justin. Ele arrancou um colar com um crucifixo no pescoço e o segurou diante de mim.

— Afaste-se.

— Perdeu o juízo?

Foi como um massacre de todos os clichês sobre vampiros. Ele se inclinou para a esquerda e puxou de supetão a persiana para iluminar o quarto inteiro e me banhar de luz do sol. A sensação foi a de um banho morno após uma manhã fria. Ele jogou um dente de alho em mim, que passou assobiando e se espatifou na parede oposta.

— Justin, pare!

Justin ficou acuado contra a parede, com as mãos abertas e retesadas sobre a madeira. Estava arfando. Tateou dentro da gaveta do criado-mudo mesa de cabeceira e retirou outro frasco com líquido transparente. Com uma mão trêmula, arrancou a rolha, enquanto o colar do crucifixo balançava entre os dedos. Jogou o conteúdo do frasco novamente e molhou o meu rosto. Limpei devagar com as costas da mão. Dei um passo para trás.

Justin estava balançando na ponta dos pés.

— Afaste-se — ordenou.

— Isso era água benta? Não vai funcionar. Vampiros são mais velhos que Cristo.

— Você disse que se voltasse a ser vampira seria má, abominável.

Justin andou na ponta dos pés, de lado como um caranguejo, em direção à porta do quarto.

— É verdade, eu disse mesmo isso. Mas fiquei diferente.

— O que quer dizer?

— Alguma coisa aconteceu na transformação. Mantive a humanidade, a alma.

Justin parou de andar, mas manteve as mãos erguidas com um crucifixo estendido.

— Como?

— Não faço ideia.

Justin franziu os olhos e examinou meu rosto.

— Eu juro — falei. — A única coisa que você pode fazer é confiar em mim.

Ficamos calados. As vozes dos que acordaram cedo ecoaram no corredor. Justin deixou cair as mãos.

— Você parece diferente — murmurou ele. Os olhos dispararam do chão para mim e de volta para o piso.

— Os poros se fecham durante a transformação. Os dutos lacrimais também. Isso nos dá uma aparência reluzente, encerada.

Do jeito que a luz entrou no quarto, um raio de sol da manhã brilhou sobre o piso de madeira. Todos os pertences de Justin pareceram suspensos no tempo, congelados.

— Temos pouco tempo, e preciso dizer por que estou aqui — falei e apontei para a cama.

Justin, ainda com as costas contra a parede, correu até chegar novamente à cama e se sentou. Apoiou as costas na parede. Eu me sentei a meio metro dele, quase no fim da cama. Não falei de imediato.

— Eu pensei na sua volta — disse ele. — Pensei que talvez tivesse sonhado toda essa situação. Mas outras pessoas se lembravam de você e eu sabia que o internato inteiro não tinha enlouquecido. Mesmo assim, achei que talvez eu tivesse enlouquecido.

— Você não enlouqueceu.

— Queria que tivesse.

Essa doeu.

— Naquela noite, no baile... — comecei a dizer.

— Eu tinha acabado de dar um jeito na minha vida — interrompeu Justin.

— Nunca foi minha intenção arruinar sua vida — sussurrei.

— Sua ausência arruinou minha vida. — A vergonha fez meu peito arder. — Aonde você foi?

— Voltei à Inglaterra.

Houve um momento de silêncio, mas continuei:

— Existe um motivo para eu estar aqui. O fato de ter mantido a alma é um pequeno problema no mundo dos vampiros.

Contei para Justin sobre Vicken, o coven, toda a situação. Falei da menininha na Inglaterra e que, assim que minha verdadeira natureza foi descoberta por Vicken, fugi imediatamente.

— A ligação entre o coven une Vicken a mim através da magia. Ele não pode me machucar.

— Porque vocês se amaram há 100 anos?
— Sim.
— Mas você pode machucá-lo?
Fiz que sim com a cabeça.
— Logo que me tornei humana, os laços de amor foram rompidos. Entenda — falei, ousando pousar a mão na cama perto do pé de Justin. Ele não deu um pulo, então deixei ali e continuei. — Assim que vampiros se apaixonam, eles formam uma ligação. Pela eternidade.
— Vocês formam ligações com, hã, humanos? — perguntou Justin. As maçãs do rosto dele ficaram vermelhas.
— Não. Apenas vampiros são amaldiçoados com esse tipo especial de magia.
— Então você não está ligada?
— Não, dessa forma não — expliquei.
Justin colocou os dedos nas têmporas com força e esfregou em movimentos circulares.
— Que dia para uma ressaca — falou e se levantou da cama. Ele olhou pela janela para o campus sonolento.
— Estou aqui para a sua proteção — expliquei.
— Então eles estão vindo? Atrás de mim? — O tom de Justin era factual, sem medo, quase superficial.
— Não, estão vindo atrás de mim.
— Não entendo. Por que viriam aqui?
— Na noite do baile de inverno, tenho quase certeza de que salvei sua vida. Vicken falou que, se eu não fosse com ele, você morreria. Alguns dias atrás, na noite em que minha verdadeira natureza foi descoberta, ele leu meus pensamentos. Pelo menos acho que leu. O primeiro lugar que pensei em vir foi aqui. Vicken sabe que eu faria qualquer coisa para te proteger. Se não viesse aqui, eles viriam de qualquer

forma, só para verificar e matar você enquanto isso. É um beco sem saída.

Uma expressão de pânico tomou conta do rosto de Justin. Ele engoliu em seco.

— OK — disse, pegando um taco de lacrosse do fundo do armário enquanto andava de um lado para o outro. Inconscientemente, segurava como se houvesse uma bola na rede. — Então precisamos de um plano. Como podemos matar um vampiro? — falou, parecendo mais com o Justin que eu conhecia.

— É possível através da luz do sol. As outras maneiras clássicas são decapitação ou uma estaca no coração.

— Nunca entendi esse lance da luz do sol.

— Os vampiros não podem ficar ao sol porque não são completos. Como te disse, nossos poros são fechados para proteger a magia no interior. Quando a luz clara atinge a pele, surgem pequenas chamas. O sol queima e abre os poros, expondo a magia negra ao dia claro, extinguindo a magia como se nunca tivesse existido. Somos frios como gelo, preservados na escuridão. A luz do sol rompe esses laços.

— Parece muito científico.

— Todos nós viemos da terra. Faz sentido que algo natural mate vampiros.

— E quanto aos dentes de alho e dormir em caixões?

— Os escritores gostam de se divertir com vampiros — expliquei. — Só elementos naturais conseguem nos matar. E podemos matar uns aos outros.

Ficamos calados novamente.

— Então isso é você como vampira? — Justin se sentou na cama ao meu lado, com o taco de lacrosse ainda na mão. — Não parece tão ruim.

Os olhos dele brilharam daquela maneira que acontecia quando falava baixinho. Justin colocou a mão direita sobre meu joelho esquerdo. Com a outra mão, tocou minha bochecha e virou meu rosto para ele. Nós nos entreolhamos. Senti através da percepção extrassensorial, e do coração também, que ele queria me beijar. Justin chegou para a frente, e eu também. Somente na hora em que abriu os lábios, eu me afastei.

— Não podemos — falei, olhando para o chão.

— Porque você voltou a ser vampira?

— Resumindo, é isso — falei e fiquei de pé. Eu me virei. — Tem outra coisa. — Estava encarando Justin. — Outra coisa que você precisa saber.

Juntei as palmas da mão de maneira que o lado esquerdo da mão direita tocasse o lado direito da esquerda. Se tivesse combinado as linhas de vida da mão esquerda com a direita, elas ficariam perfeitamente conectadas. Retesei as mãos e os dedos tremeram como se estivessem vibrando. Então, com um zumbido baixo, os poros se abriram e saiu luz. Uma pequena luminosidade branca virou um raio intenso que brilhou das mãos para o teto.

Vi os braços de Justin ficarem arrepiados. Ele ficou de pé e franziu os olhos para minhas mãos abertas. Sem desviar a atenção da luz que emanava das palmas, ele falou:

— Os vampiros não morrem sob a luz do sol?

Abaixei as mãos ao lado do corpo, quebrando a conexão e devolvendo o quarto à luz da manhã.

— Esta é uma habilidade bem especial.

Justin engoliu em seco e não falou nada.

— Durante o dia, você está a salvo — expliquei, tentando acalmá-lo. — Vicken é o único vampiro forte o bastante para aguentar a luz do sol. Ele não arriscaria se expor em um lugar que não conhece bem. Se por alguma razão a gente se separar, por volta das 6 horas você tem que dar um jeito de estar no interior de um aposento trancado.

Vi os braços de Justin ficarem arrepiados novamente. Os olhos dele dispararam para a janela e para o dia nascendo sobre as árvores verdes que enfeitavam a vista.

— É manhã agora — disse Justin. — Tudo mudou.

E assim foi.

Capítulo 29

Eu levei uma hora para convencer Justin de que ele precisava seguir adiante com o dia como se eu não estivesse lá.

— Eu te encontro no treino de lacrosse. No bosque que separa o campo da praia. Basta chegar ao limite do mato. Verei você.

Quando finalmente fui embora naquela manhã, tentei não atrair atenção. Usei um dos bonés pretos de beisebol de Justin e uma camiseta preta. De tempos em tempos, eu tocava no bolso do jeans para garantir que o ritual ainda estava guardado a salvo. Eram 6 horas da manhã e eu sabia, assim como qualquer um, que o campus estava quase deserto.

Flores de cerejeira pendiam dos galhos das árvores que ladeavam as trilhas. Margaridas e tulipas cresciam em cada jardim bem cuidado e a grama estava mais verde do que nunca. Passei pela estufa de Wickham; estava quase estourando com tantas plantas.

Enquanto Justin tomava banho e se preparava para o dia, tinha uma coisa que precisava ver. A torre de arte no Hopper.

A questão não era que não tinha pensado em Tony enquanto estava em Hathersage. Pelo contrário. Mas, se pensasse nele, teria perdido a concentração e relevado minhas verdadeiras intenções para o coven. Já era uma luta não pensar em Justin toda vez que piscava os olhos.

Subi a escadaria familiar do estúdio de arte, segurando o corrimão da escada de madeira em espiral. Olhei pelas janelinhas quadradas com uma dor no coração. Pisei de mansinho. Sabia que havia um corrimão debaixo da mão, mas não conseguia sentir a textura da madeira ou o ar fresco do interior da torre. Só que havia ar na escadaria e que ele entrava e saía do meu corpo.

Finalmente cheguei ao topo da escada e entrei pela porta do estúdio de arte. Lá, do lado oposto da sala, e no mesmo lugar do inverno passado, estava meu retrato. Fui até ele e parei do outro lado do estúdio. Ao contrário do meu olfato anterior, que era limitado a sangue, carne e ocasionalmente ervas, agora todo odor era aguçado. Por exemplo, eu conseguia sentir o cheiro de cada ingrediente nas tintas. Podia dizer quais eram as cores apenas ao tomar ar. A tinta verde-pinho tinha mais amônia que a vermelha. Os pincéis tinham cheiro de limpeza, de sabão. Havia exatamente 5.564 ranhuras na parede de madeira atrás do quadro. Ultimamente, a precisão da visão e a força do olfato estavam insuportáveis. Era apenas mais um sofrimento que eu tinha que aguentar.

Olhei o retrato. Era fantástico como Tony foi preciso ao pintar os músculos das minhas costas e a curva exata da minha boca. Assim como a tatuagem nas costas. Tony tinha captado a caligrafia de Rhode. Meus cílios também e o tom dourado da minha pele.

Tum-tum. Tum-tum. Alguém estava subindo a escada da torre de arte. Por causa do passo, eu sabia que o lado direito do corpo pesava mais que o esquerdo e me lembrei das botas de Tony, que não combinavam. Ele entrou pela porta.

Deu um suspiro de susto. Permaneci de costas para ele, mas virei o rosto para que confirmasse que era eu. Voltei a olhar para o retrato. Ele, por outro lado, ficou encarando minhas costas. Senti a intensidade do olhar. Embora humanos normais não conseguissem ver a aura de um vampiro, eram capazes de senti-la.

O ar estava parado. O único som veio de uma lufada de brisa pela janela aberta. Um zumbido, depois o silêncio.

— Rhode Lewin — falei.

Tony não se mexeu.

— Ele era um vampiro do século XIV. — Olhei para as feições do meu retrato. — Integrante original da Ordem das Jarreteiras. Um conclave de cavaleiros a serviço de Eduardo III.

Tony avançou em minha direção. Um instante depois, parou ao meu lado e ambos olhamos para o retrato. Não nos encaramos.

— Ele cunhou a frase "Maldito seja aquele que pensa o mal". Era o homem da gravura do livro e na foto. Morreu em setembro.

Virei para a direita e encarei os olhos de Tony. Eles ficaram arregalados ao examinar meu rosto. A aparência vampírica devia tê-lo assustado — a pele vedada e a aura radiante. Como um fantasma reluzente. O azul dos meus olhos era como um mar de vidro, duro e plano. Tony engoliu em seco e não tirou os olhos dos meus. Neste estado, em um ambiente escuro, minhas pupilas estavam quase inteiramente fechadas, como as de um gato em plena luz do sol.

Examinei o rosto de Tony pela primeira vez em quatro meses, desde que o vi dançando música lenta com Tracy no baile de inverno. Ele parecia o mesmo, exceto pelo cabelo mais curto e alargadores maiores nas orelhas. Eles deixavam os lóbulos parecendo ainda mais largos que uma moeda de 25 centavos.

Voltei a olhar para o retrato, desta vez notando o declive do ombro. Tony tinha pintado exatamente igual. Com a pequena covinha bem na junta do ombro. Senti a energia irradiando dele, seu calor, as mudanças bruscas no corpo. Eu não estava assustando Tony de forma alguma; ele estava ansioso.

— Certa vez, Rhode me contou que, quando os vampiros surgiram, éramos apenas cadáveres repletos de sangue. Encantados por seja lá que magia negra que nos amaldiçoa. — Fiz uma pausa e olhei novamente para Tony. — Mas evoluímos, como fazem todas as coisas. — Trocamos um sorriso discreto, reconfortante. Houve um instante de silêncio enquanto eu observava as feições da minha antiga versão. Ao me virar para ir embora, acrescentei: — Quem são eles para julgar os malditos?

Assim que fiquei de costas para ele, Tony me chamou:

— Então é isso? Você simplesmente vai embora?

Eu me virei novamente para ele, que permanecia diante do retrato.

— Vim contar a verdade, como deveria ter feito há meses.

— Você era uma vampira naquela ocasião?

— Não. Quando fui embora naquela noite em dezembro, fui transformada novamente.

Tony engoliu em seco. Andei em sua direção, mas percebi que, assim que parei a centímetros dele, Tony finalmente ficou com medo. Deu um passo para trás, mas coloquei as mãos em seus ombros e o encarei diretamente.

— Olhe para mim — sussurrei, deixando que as presas saíssem da boca. Elas não eram compridas; eram pequenas, porém mortais.

Tony encarou o chão.

— *Olhe* para mim — repeti.

Os olhos de Tony dispararam das minhas botas para o chão, subiram aos meus olhos por uma fração de segundo e depois voltaram para o chão.

— Você merecia a verdade. Sobre mim, sobre Rhode... sobre tudo isso.

Os olhos de Tony, os olhos castanhos que me mostraram bondade quando realmente precisei, pareciam que iriam transbordar em lágrimas.

— Você parece tão diferente. — Foi tudo o que conseguiu dizer. Fez uma careta, provavelmente para impedir que chorasse. Cerrou os dentes e arreganhou as narinas.

— Eu sei. — Suspirei.

— Por que não me contou antes?

— Não sabia o que aconteceria. Você parecia tão determinado a descobrir a verdade. Parecia perigoso demais.

— Você vai ficar? — perguntou Tony.

— Não. Tenho que ir embora assim que for seguro.

— Aonde vai? Eu vou te visitar.

Uma onda de pânico passou por mim.

— Não. Não, Tony. Queria que fosse possível. Mas tem que me prometer que não vai procurar por mim. Você vai acabar morrendo por me conhecer. Não vou arriscar isso.

— Quero te ajudar. Quero proteger você — falou Tony. Uma lágrima conseguiu escapar e descer pelo rosto dele. Eu sabia que deveria esperar por isso. Peguei seus ombros sem muita força, apenas o suficiente para que parasse de tentar falar.

— Você não entende! Será que posso ser mais clara? Estou aqui para proteger Justin — falei em tom urgente — e a mim mesma.

— Por quê?

— Eu fazia parte de um coven de vampiros. Eles me viram com Justin na formatura de inverno. Eu os traí e agora eles estão vindo aqui atrás de mim.

— Aqui? — A voz de Tony falhou. — Em Wickham?

— Sim. Neste exato momento.

De repente, a imagem de Tony estendido no chão, coberto por marcas de mordidas e com todo o sangue sugado, me deixou sem palavras. Esperei um momento para pensar com cuidado no que iria dizer.

— Não há como me proteger contra eles, Tony. Você será morto, e sua morte... Deus, nem quero pensar nisso.

As palavras pareciam grudar na boca. As lágrimas, a maldição, tudo isso veio do fundo da minha alma. No lugar de lágrimas, as chamas do inferno subiram pelo meu corpo. O alívio das lágrimas jamais escorreria pelo meu rosto. Soltei os ombros de Tony e dobrei o corpo. Segurei o estômago por causa da dor. Esta era a maldição do vampiro. Castigo por querer alguma coisa além de puro desespero.

Assim que passou, fiquei de pé. Tony secou as lágrimas do rosto com os dedos. Fui tomada por uma vontade protegê-lo. Eu gostava de tantas coisas a respeito dele: que seus dedos estavam sempre sujos de tinta ou carvão; seu senso de humor casual; e sua lealdade até o fim — mesmo quando eu havia mentido tantas vezes. Ele franziu os lábios, deixando evidentes as maçãs do rosto altas e proeminentes.

— Isso não é algum segredo que estou tentando esconder de você — falei. — Um grupo de homens perigosos estarão aqui ao anoitecer com um único objetivo. Me matar. Não quero que fique no meio.

— O que vai fazer? Como vai detê-los?

— Tenho alguns truques na manga. — Olhei para a janela quando fachos de luz se moveram pelo piso escuro de madeira. — Tenho que ir.

— Mas está cedo. — Ele também olhou para a janela.

— Na hora em que o sol nasce, ele também começa a se pôr. Na hora em que nascemos, começamos a morrer. Tudo na vida é um ciclo, Tony. Quando você perceber isso, que os vampiros estão fora do âmbito da vida natural, vai entender. Sinto muito, mas realmente tenho que ir.

— Não compreendo. Por favor, fique...

— Eu prometo, vou voltar e contar tudo: meu nascimento, minha morte e como vim parar em Wickham. Desde que prometa não se meter no que vai acontecer hoje à noite.

— Quando vai voltar?

— Quando você for velho o suficiente para acreditar que tudo isso talvez tenha sido coisa da sua cabeça.

— Nunca vou esquecer isso — disse Tony. — Nunca vou esquecer você. — Sustentei o seu olhar e, assim que me virei para ir embora, ele perguntou: — Doeu? Ser transformada de novo?

— Isso dói mais.

Tony contorceu a boca e lágrimas escorreram pelo rosto dele. Eu queria pegá-lo pela mão, correr lá para fora e subitamente voltar à minha vida.

— Você ainda é a minha melhor amiga, Lenah. Não importa o que acontecer.

— Vou confessar algo para você. Não creio que tenha dito essas palavras nem para mim mesma. Mas posso te contar. Porque você é você. — Sorri novamente, por um breve instante. O silêncio me deu força e disparou as palavras no ar. — Queria nunca ter saído para o pomar naquela noite. — Respirei fundo apenas para ganhar forças para dizer as palavras. — Eu queria ter morrido no século XV, como era para ser. Mas, em vez disso, cá estou, recolhendo os cacos. novamente.

Embora Tony nunca fosse entender o que isso queria dizer, não importava. Era irrelevante o fato de ele não saber a história da minha transformação em vampira. Tony me compreendia e foi por isso que falei. Olhei nos olhos dele o máximo que pude antes que tivesse de puxar conversa fiada. Dei as costas para Tony e desci a escadaria de madeira, de volta ao mundo.

Capítulo 30

— Alecrim — falei para a mulher atrás da barraca de ervas e flores. Eu estava na Main Street por volta das 13 horas.

Após reunir o alecrim em um ramo bem apertado, ela amarrou tudo com uma fita vermelha. Peguei e andei pela sombra dos galhos da Main Street de Lovers Bay. Os humanos passavam por mim e ninguém sabia, ou pelo menos não se comportava como se reconhecesse que eu era diferente. Eu usava um boné de beisebol e mantinha o olhar abaixado.

Assim que saí da feira, verifiquei a posição do sol novamente para garantir que tinha tempo suficiente antes que o coven surgisse. Comecei a sair da área comercial da Main Street. Fui em direção ao cemitério de Lovers Bay, segurando o ramo de alecrim na mão esquerda. Segurei com mais força, cruzei a rua e entrei no cemitério.

Estava muito quieto, embora houvesse carros passando atrás de mim na rua. Algumas lápides eram esculpidas e estavam desgastadas, enquanto outras eram lisas e modernas.

Passei pelas alamedas de grama. Pensava no rosto de Justin, na promessa de Tony e na esperança de que agora, com o ritual no bolso, eu pudesse voltar. Talvez...

Apesar de tê-la encomendado muito antes da minha partida apressada no inverno passado, eu ainda não tinha visto a lápide de Rhode com os próprios olhos. *Lá*, pensei. Andei devagar até o fim de uma fileira. De frente para mim, na direção do extenso terreno, havia uma laje horizontal de granito. Estava pousada no chão e não se projetava para o alto como as lápides próximas. À direita havia um bosque fechado cheio de carvalhos de troncos finos. Alguns galhos se projetavam e pendiam sobre a pedra — como se estivessem protegendo a lápide da chuva ou da luz direta do sol.

Rhode Lewin
Data de morte: 1º de setembro de 2010
"Maldito seja aquele que pensa o mal."

Os pássaros cantavam, o vento era leve e jogava mechas de cabelo no meu rosto. Meus olhos prestaram atenção no nome de Rhode. Um silêncio sinistro tomou conta dos meus ouvidos e eu sabia que um vampiro estava por perto. Aquele silêncio assustador. Aquela noção inerente de que algo antigo e morto estava próximo. Meu olhar vasculhou lentamente o cemitério. Fiz questão de manter as mãos nos bolsos por medo do meu novo "poder". Vasculhei o perímetro do bosque novamente.

Através do mato espesso e do conjunto denso de verde, Vicken surgiu das árvores. Embora eu o tivesse visto em roupas modernas em Hathersage, fiquei surpresa com sua aparência contemporânea em Lovers Bay; ele se encaixava, com óculos escuros e camisa de manga comprida. Não importava a circunstância, seus ombros fortes e estrutura poderosa o tornavam deslumbrante. Voltei a olhar para a lápide como se a presença de Vicken não significasse nada para mim. Ele se aproximou em silêncio e ficou à minha direita. Juntos, por um instante, olhamos para a lápide de Rhode.

Os únicos sons eram os pássaros cantando e o farfalhar das folhas ao vento. Daí ele falou:

— Então, veio proteger o rapaz.

Estudei os entalhes da lápide, sem dizer nada. Vicken virou o rosto para me encarar.

— Isso é uma estupidez monstruosa.

Novamente, não falei nada.

— Você sabe tão bem quanto eu que, apesar de todas as minhas intenções, não posso te matar. Embora o coven tenha vindo para fazer exatamente isso.

Eu me virei para encará-lo.

— Então você se encontra em um tremendo impasse — falei friamente.

Vicken cerrou os dentes.

— Você está me pedindo para trair meu coven? — disse ele.

— "Meu coven"? "*Meu* coven"? Não, seu ingrato — berrei. — É o *meu* coven, nascido da mais sombria das ideias. Do mais baixo dos princípios. E do medo.

— Eles vão te matar, não percebe? Não vê o que está fazendo comigo? O que fez comigo há apenas poucos dias, com aquela criança? O vudu de Rhode libertou você da nossa ligação, mas não a mim!

— Não me importo.

Agora foi a vez de Vicken gritar.

— Eles vão te matar e eu serei forçado a assistir! — A voz dele ecoou pelo cemitério silencioso e ensolarado. — Você ainda é má, se deseja tal tortura para mim.

Não falei nada. Ele tinha razão — sobre tudo.

— Certa vez — continuou Vicken —, você me disse que ficaria comigo. Sempre, foi o que disse. Como esqueceu rápido quando Rhode voltou. Eu aguardei. Esperei que despertasse.

Concordei com a cabeça, mas foi um gesto rápido. Vi meu próprio reflexo no reflexo nos óculos de sol.

— Por que está aqui? Você é muito corajoso em se arriscar à luz do sol.

— Não tenho mais medo disso.

— E o coven?

— Eles sabem que não podem ficar ao sol.

A onda de alívio momentâneo que senti foi a compreensão de que se Vicken estava aqui, então não estava com Justin.

— Se eles vão me matar, por que veio?

— Você tem duas escolhas. Morrer pelas próprias mãos ou deixar que te matem — disse Vicken calmamente.

Voltei a olhar para a lápide de Rhode, mantendo as mãos novas e poderosas nos bolsos.

— Pelo menos tenho uma escolha — falei, embora escorresse sarcasmo de todas as sílabas.

Vicken virou o corpo para mim.

— Estou tentando fazer um acordo com você, Lenah.

— Vampiros não fazem acordos — disparei.

— Use o ritual, me transforme em humano e morra pelas suas próprias mãos. Ou o coven vai matar você e o rapaz. Sua morte é inevitável. Você não pode retornar ao mundo dos vampiros.

Senti o calor do fogo dentro de mim, a claridade da luz que agora residia na minha alma e o amor que sentia por Rhode, Justin e, algum tempo atrás, por Vicken. Respirei bem fundo. Eu não deixaria que eles machucassem Justin. Vicken levantou os óculos e eu encarei seus olhos cor de cobre. Eu conhecia a verdade por trás deles e, por um instante, compreendi Vicken completamente. Poderíamos estar nos campos de Hathersage. Eu poderia ter sido Rhode.

— Essa humanidade que você deseja não pode ser passada por mim. Lembra o que eu falei? O ritual exige que o vampiro que o executa tenha 500 anos de idade ou mais.

— Mas você é poderosa. Talvez funcione.

— Não acho — respondi.

— Faça, de qualquer forma.

— Para alguém que diz me amar, você abre mão da minha vida muito facilmente.

— Eles vão te matar de qualquer maneira.

— Rhode morreu por isso! — gritei. Ficamos calados novamente. — O ritual envolve abnegação total. Você sabe o que isso significa?

— Fomos amantes um dia. — Vicken olhou para mim. Em algum lugar debaixo da escuridão, meu coven estava se preparando para lutar comigo.

— Por que você quer isso?

Vicken me observou por um momento.

— Eu me tornei este monstro por *sua causa*. Mas você foi embora. Sou forçado a amar seu fantasma em qualquer estado.

— Então, se eu morrer, você se livra completamente de mim?

— Eu mereço, Lenah. Não mereço?

— Merece... mas o ritual é claro. Vai além da minha idade. A pessoa que realiza o ritual tem que querer morrer. Não posso te dar isso sozinha. Meu coração está partido em muitos pedaços.

Vicken realmente pareceu desapontado. Os olhos escuros, o olhar familiar que me deu... Ele me queria e me odiava, tudo ao mesmo tempo. Vicken recolocou os óculos escuros.

— Faça suas despedidas, então — falou e deu meia-volta. Desapareceu entre as árvores.

Pensei em chamá-lo, gritar para o interior dos galhos e flores que eu sabia que cheiravam tão bem. Se a situação fosse diferente, se fosse como gostaria, eu teria sentado com meu amigo e contado para Vicken como a terra em Lovers Bay tocava meus pés de uma maneira que nenhum outro lugar fazia. Mas não podia. Para a minha surpresa, ele gritou para mim novamente:

— Vá em frente — falou de alguma lugar na floresta, na escuridão e na luz.

O campo de lacrosse estava banhado por uma luz cor de pêssego, o tipo de luz de fim de tarde que fazia o campo inteiro brilhar. Mas eu observava da sombra das árvores. As folhas me protegiam e, embora não tivesse medo do sol, eu jamais me arriscava a ficar sob ele diretamente. Olhei para os trechos do céu entre os ângulos geométricos das folhas. Pela posição do sol, fui capaz de dizer quer eram quase 16 horas. Apoiei as costas no tronco de um grande carvalho. Depois de falar com Vicken ficou claro que tipo de batalha seria. Song tentaria lutar comigo fisicamente, Gavin tentaria me atingir com uma faca, Heath usaria as palavras para tentar me distrair. Vicken observaria a luta — imobilizado pela ligação entre nós. A luz era a resposta — a única resposta.

Voltei a atenção para o campo.

Justin suava debaixo do capacete e fui capaz de ver pequenas gotinhas de transpiração em cima de seu lábio superior. Ele estava com os braços levantados, de maneira que os bíceps se flexionavam e saíam da manga curta do uniforme de lacrosse. Uma fileira de garotas, incluindo as Três Peças originais, estavam sentada em bancos para observar o treino. Senti uma pontada de ciúme, mas balancei a cabeça rapidamente. Isso, mais do que qualquer coisa, era irrelevante agora.

Atrás do campo, depois de uma trilha, pude ver a estufa. Imaginei se, em algum mundo mágico, eu poderia entrar, me esconder e dormir entre as conchinhas e as rosas. Então Justin passou correndo pela minha linha de visão. Ele não estava com o uniforme do time. Usava uma camiseta e ombreiras. Pegou a bola, desviou de outros jogadores e finalmente disparou para o gol adversário. Quando ele deu pulos em comemoração, o treinador apitou indicando o fim do treino.

No momento em que tirou o capacete, Justin olhou para as árvores. Ele saiu correndo do campo com o equipamento de lacrosse no ombro. Parou na borda do arvoredo que ladeava o perímetro do campo. À minha direita havia mais bosques e depois a praia.

Ele entrou no bosque e, enquanto a luz do céu brilhava sobre o solo, eu me lembrei da primeira vez que o vi. A corrida de lanchas, a praia, o jeito como Justin reluzia. Ele continuava reluzindo, eu só não fazia mais parte disso. Assim que deu alguns passos dentro do matagal espesso, ele me viu encostada em um carvalho.

— Está na hora — falei.

— Qual é o plano? O que você fez o dia inteiro?

— Sua lancha está disponível? Quero ir ao porto perto de Wickham.

— Por quê? — perguntou Justin.

— Quero ficar de olho no campus. Acho que a gente pode ficar um passo à frente dessa maneira. Mas explico tudo depois. Temos que ir. O tempo é realmente fundamental nessa situação.

Dei alguns passos dentro do bosque em direção ao campo de lacrosse.

— Eu... hã. — Justin ficou perto do carvalho e ajeitou o equipamento nas costas. Seu olhar era hesitante. — Estou com fome — confessou.

— Ah, é claro, esqueci... — falei, me sentindo um pouco idiota.

— Vai ser rapidinho — Justin interrompeu e apontou com o rosto para a direita. Vi que ele apontou na direção Grêmio. — Vou pegar um sanduíche e sair.

— O pôr do sol é às 8 horas, o que significa que temos que estar na sua lancha às...

— Eu sei, vai ser rápido, Lenah — disse ele com um sorriso.

Como ele podia sorrir para mim? Eu era um monstro.

— Certo — falei e cheguei ao limite do bosque. — Vamos nessa.

Capítulo 31

— Por aqui — indicou Justin.

Verifiquei a posição do sol novamente; ele tinha um tom laranja intenso e estava quase perto do horizonte; eram quase 18h30. O sol iria se pôr em uma hora e eu já queria estar há muito tempo no porto antes que ele sumisse. Assim que se apagassem as luzes, o coven começaria a caçada. Saí do carro. Justin trancou a porta e colocou a chave no bolso. A brita rangia debaixo do solado firme das minhas botas. Andamos na direção das docas.

— Ele quer ser humano? — perguntou Justin, referindo-se a Vicken.

— Isso é o que a maioria dos vampiros quer — expliquei.
— Voltar. Sentir o toque, o cheiro; sentir. Ter pensamentos racionais. Quase sempre passa tempo demais e todo mundo que eles amam morre. O desejo de voltar a ser humano diminui. É aí que a loucura toma conta.

— O que acontece quando um vampiro enlouquece?

— Explicar quem são aqueles vampiros seria muito assustador para você. Prefiro não falar sobre isso.

Justin não perguntou mais nada. Corremos pelas docas e entramos na lancha dele, onde ele havia guardado algumas bebidas para si em um pequeno isopor. Enquanto Justin virava a chave e ligava os motores, eu desci para o confortável interior do barco. Concordamos que o porto voltado para Wickham era a maneira mais eficiente de eu vigiar o colégio e, mesmo assim, me manter longe o suficiente do coven. Eles jamais suspeitariam do porto. Eu estava torcendo que pudesse vê-los bem de longe e ficasse um passo à frente.

Desci o corredor da cabine em direção ao quarto nos fundos. Eu me sentei na beirada da cama. Tudo estava do mesmo jeito como da última vez que eu tinha visto. A única coisa diferente era o meu reflexo no espelho acima da pequena pia. Senti o balanço da água debaixo do barco e olhei para perto dos pés. Uma pequena mancha tinha descolorido o carpete azul e deixado um tom intenso de safira. Era a mancha do filtro solar. O óleo havia sujado as fibras do espesso carpete.

Os motores diminuíram a velocidade e os rugidos elétricos intermitentes viraram um simples ronronar.

— Chegamos — anunciou Justin. Eu o ouvi abrir a escotilha e lançar âncora. Subi ao convés.

Estávamos de volta ao porto, onde tínhamos ido para mergulhar. Com minha visão vampírica, observei os detalhes da praia de Wickham, os minúsculos brilhos de areia no cenário bege e as garrafas vazias de refrigerante transbordando da lixeira perto da trilha. Vasculhei o campus.

Fiquei simplesmente esperando sem parar pelo momento em que o coven sairia de onde quer que estivesse se escondendo. Uma hora mais ou menos se passou e nada. Eu sabia que Vicken estava andando de um lado para o outro. Sabia que estava esperando pelo momento certo quando o coven começasse a caçada por mim e Justin. Se eu fechasse os olhos e tentasse me conectar a Vicken, o elo entre nós permitiria que eu visse exatamente onde ele estava. Através da magia de ligação, ele seria forçado a se revelar. Mas a conexão também podia ser revertida, portanto não arrisquei.

Justin ficou sentado na proa e eu mais uma vez vasculhei o campus até onde consegui enxergar. Vi os portões de entrada vazios e os carros da segurança patrulhando o campus. A maioria dos gramados e trilhas estavam vazios, embora alguns estudantes andassem aqui e ali em direção aos dormitórios ou à biblioteca. Decidi que sentar um momento com Justin não faria mal, desde que ficasse voltada para o campus. Eu me dirigi até ele e sentei. A água estava parada, mal movia o barco. Senti o cheiro dos detalhes da pele de Justin.

— Então a gente está aqui...? — começou ele.

— É praticamente impossível sermos rastreados por eles na água — expliquei. — Temos que surpreendê-los. Eles jamais vão esperar que a gente venha da praia. Além disso, tenho que preparar você para o que vai acontecer quando atracarmos.

Justin ergueu o olhar. A lua lançava um brilho oscilante sobre a água.

— O que você vai fazer?

Eu hesitei, então falei.

— Nós os seguimos e depois os atraímos para um espaço fechado. Pensei no ginásio. Se provocarmos uma perseguição, é mais provável que a gente leve o coven para onde quiser.

— Mas quando fizermos isso, o que acontece? Com você?

Olhei para a ondulação da água por um instante.

— Não sei o que vai acontecer comigo.

Refleti por um momento o que isso significava para Justin. Senti o olhar dele sobre mim.

— Sabe, achei que eu tinha uma chance ao voltar aqui. Mas agora percebo que não é possível.

— Voltar? Como?

— O ritual — falei.

Justin arregalou os olhos por um momento assim que se lembrou disso.

— Ele sabe que você tem o ritual?

Concordei com a cabeça.

— Isso não importa. Tenho que matar todos eles. Até mesmo Vicken.

— Mas você disse que existe uma ligação.

— Ela foi rompida da minha parte. Como Vicken é um vampiro, ele está preso a essa ligação para sempre.

— Sorte dele — disse Justin. Dei um sorrisinho que sumiu com os instantes de silêncio que se seguiram. — Então nós vamos lutar com todos eles ao mesmo tempo? — perguntou.

— "Nós?"

Justin me encarou diretamente. — Claro, não pense que simplesmente vou ficar parado enquanto você combate aqueles psicopatas.

Eu sorri.

— Como você viu no seu quarto, não estou exatamente desarmada.

Passei o indicador pelo guarda-corpo de metal do barco, deixando um rastro de luz debaixo do dedo.

— A luz? — perguntou Justin.

— Uma rajada intensa deve resolver.

Justin esticou a mão na minha direção, e senti a temperatura do corpo dele irradiar sobre o lado direito do meu corpo. Os dedos tremeram e ele hesitou apenas por um milissegundo antes de tirar a minha mão direita do guarda-corpo e segurá-la.

— Quente — sussurrou, com um toque de surpresa.

Ele aproximou minha mão dos olhos e examinou. Seu olhar era tranquilo e reconfortante. Depois fez o que eu menos esperava: levou o indicador e o dedo médio aos lábios e beijou as pontas.

Meu corpo foi tomado por uma agonia. Os músculos se retesaram e os nervos se contraíram. Justin soltou a mão e pegou minhas bochechas. Fechei os olhos. Eu mal podia suportar seu exame de todas as alterações vampíricas que passei.

— Você ainda é você — sussurrou Justin, como se lesse meus pensamentos. Finalmente abri os olhos e notei que um filete de lágrimas saía dos olhos dele e descia pelo rosto. Talvez Justin pensasse que as lágrimas o tornassem menos homem de alguma forma, mas ele era o melhor humano que já conheci. Justin tremeu o lábio inferior e as narinas se arreganharam um pouco.

— Eu queria que você voltasse — disse ele, embora a voz falhasse. — Precisava disso.

Então passou as mãos pelo meu cabelo.

Embora não pudesse senti-lo, estava me envolvendo novamente pelo toque familiar que tanto amava. Mesmo neste estado, eu amava Justin mais do que conseguiria expressar com palavras. Ele pegou minha cabeça por trás e enfiou a boca na minha. Sua língua abriu os meus lábios e nos mexemos em um ritmo perfeito — isto é, até o grito de um homem ecoar do campus de Wickham.

Assim que Justin assumiu o timão, voamos em direção à praia de Wickham.

Use a cabeça..., a mente disparou. *Onde está a vítima?* Meu próprio plano estava trabalhando contra mim. Eu sabia que era uma isca. Eles estavam me atraindo para a vítima apenas para que eu fosse a próxima. Assim que a lancha parou ao lado da doca, passei uma bota por cima da beirada e comecei a correr.

— Justin! Você tem que ficar comigo! Não posso te perder de vista!

— Lenah!

Não houve tempo para responder. A batalha tinha começado. Justin passou mais um cabo por um cunho para amarrar a lancha. Olhei para trás e por um momento fiquei aliviada ao ver que me seguia. Ele me alcançaria. Como vampira, não precisava me preocupar com o coração batendo ou tomar fôlego. Mas corri muito rápido pela trilha, passei pelos prédios de ciências, pela estufa, pelo gramado. Justin correu ao meu lado, passo a passo. Corri o mais rápido possível. A grama estava amassada por pegadas pesadas. Estiquei as palmas abertas, iluminando o chão. Com minha visão vampírica, consegui ver o formato da pegada de Song.

Corri em direção ao prédio Hopper porque foi o que mandou meu instinto. Quando cheguei à porta do Hopper, imediatamente dei um puxão e entramos. Deixamos que a porta batesse atrás de nós com um baque ensurdecedor.

O vestíbulo estava escuro. Uma iluminação fraca surgiu da luz acima de nós.

Ofegante, Justin tentou recuperar o fôlego.

— Como — falou entre um fôlego e outro —, como você sabe que aconteceu aqui?

— Eu simplesmente sei — sussurrei secamente. Vasculhei o longo corredor do térreo do prédio Hopper. Não tinha a menor dúvida de que o coven estava no fim daquele corredor. Então uma sensação tomou conta de mim. Pavor.

Ah, não...

Não. Não. Não. Não. Não lá em cima. Mas o coven permitiu que eu visse. Eles deixaram, talvez tenham feito questão, que eu soubesse que haviam matado alguém na torre de arte. Alguém que eu amava.

Olhei para o último patamar. Eu sabia que tinha que subir até lá porque cada fibra da minha essência doía por saber que Tony estava no topo daquela escadaria.

Vinte minutos ou o rapaz morre.

Como pude ser tão idiota? Eles estavam pensando em Tony? Não em Justin?

Subimos degrau por degrau. Estiquei o braço para trás e Justin pegou minha mão. Então o cheiro metálico passou eletrizando minha alma vampírica. As presas começaram a descer. Balancei a cabeça para me livrar do efeito esmagador do cheiro de sangue fresco.

Ah, seu rapaz idiota, muito idiota, pensei. *Por favor, que seja outra pessoa.*

— Não! — gritei.

Tony cambaleou pela sala. Tropeçou nos próprios pés e caiu sobre a parede de cubículos. Estava coberto de sangue. Dos pés à cabeça. Sua camisa azul estava vermelha e grudenta, desabotoada, exibindo o torso. Ele estava cheio de furos.

— Lenah! — gritou Tony, com os olhos arregalados de alívio ao me ver. Tossiu sangue e em seguida desmoronou sobre um cavalete, derrubando o móvel. Caiu de joelhos.

Deslizei pelo chão. Tony ficou deitado de costas como eu o vi fazer tantas vezes pegando sol. O bobo tinha um crucifixo na mão. Por que não pensei em avisá-lo quanto a isso?

Eu me virei para Justin e apontei.

— Fique aí. Não entre.

— Lenah! Tony é meu amigo...

— Eu vivo nos dias de hoje há tempo suficiente para saber que a criminologia moderna vai acusar você se encontrarem suas digitais. Fique aí.

Abaixei o olhar. Tony mal estava respirando. Seu peito se encheu e depois tremeu ao tentar soltar o ar. Ele estava coberto por marcas de mordidas. Por toda parte. Pelas costelas, pelos braços e pelos belos dedos. Tony tossiu tão forte que mais blocos de sangue coagulado saíram da boca e grudaram no pescoço e peito. Eles não o tinham transformado em vampiro. Aquela ideia passou pela minha cabeça. Ser transformado em vampiro implica em um ritual — eles teriam levado Tony.

Ficou claro que era simplesmente um assassinato — em minha honra. O coven tinha avançado contra ele e o destruído. Só pararam porque eu estava chegando. Levantei a cabeça dele e passei meu corpo por baixo para apoiá-la sobre o colo.

— Len...

— Não. — Coloquei os dedos sobre a boca de Tony.

— Eu... — Um pouco de sangue escorreu do pescoço dele para as minhas calças. — Pensei em te ajudar a lutar contra eles, mas me encontraram primeiro.

— Você foi muito corajoso.

Coloquei as mãos nas costas dele e levantei seu corpo moribundo para mais perto de mim. Ouvi um pranto vindo da porta e sabia que Justin estava olhando. Tony soluçou e mais sangue escorreu da boca, descendo pelo queixo. Filetes jorravam das mordidas no pescoço. Era o fim.

— Sinto tanto frio, Lenah — sussurrou Tony, aninhando a cabeça mais perto de mim. Ele estava tremendo demais agora.

Coloquei os dedos sobre os olhos de Tony e meu calor interno se irradiou e aqueceu a cabeça dele. Era tudo o que eu podia fazer para confortá-lo nos últimos momentos de vida. E daí, em um último suspiro trêmulo, ele arregalou os olhos e ergueu o olhar para mim. Abriu a boca para dizer alguma coisa e então... então morreu.

Passei tantos meses pesquisando o ritual. Para *me* trazer de volta. O que realmente devia ter feito era ter pensado em uma maneira de proteger aqueles que eu amava quando o coven, meu coven, avançasse contra eles. Por que me importar em voltar? Outro gesto egoísta. Outra pessoa que eu amava — morta.

Eu me inclinei sobre Tony e beijei sua testa.

— *Gratias ago vos, amicus* — falei e esfreguei o polegar na testa dele. Eu tinha dito obrigada, amigo, em latim.

Apoiei a cabeça por um breve instante no peito de Tony. Não haveria nenhum batimento cardíaco, eu sabia disso. Mesmo assim, pousei o rosto contra os músculos encorpados, que em breve enrijeceriam, endureceriam e não iriam mais parecer com Tony.

— Ele está morto? — sussurrou Justin, chocado. Estava parado na porta.

Ali, no silêncio, na torre de arte cheia de correntes de ar, com o zumbido das máquinas no interior do prédio, com os barulhos de Wickham e do agito dos estudantes, um vampiro chamado Vicken Clough riu histericamente. A risada ecoou pelo corredor do Hopper e subiu a escadaria de forma que eu ouvisse em alto e bom som. A morte de Tony seria uma onda de alívio na agonia do sofrimento de Vicken.

A vampira dentro de mim despertou rugindo. Fiquei de pé de supetão, ereta, com as costas rígidas. Pousei o corpo de Tony no chão e olhei para cima subitamente. E, quando a fúria dentro de mim extravasou, as presas desceram tão depressa que Justin arregalou os olhos e colocou as mãos contra a parede.

— Vamos — falei, com a visão mais clara do que nunca. Notei os minúsculos grãos de giz no chão perto da lousa. Cabelos soltos caídos no piso. Os poros de Justin e o formato da pele sobre os ossos. Eu era letal.

— Lenah, não podemos simplesmente deixá-lo aqui.

— É preciso — respondi. Já estava na porta, descendo a escada em espiral. Saí dos degraus e percorri o imenso corredor, afastando-me da torre de artes. O coven estava próximo; eu sentia isso.

— O que vai acontecer? Lenah? — perguntou Justin.

Parei de andar no meio da escada.

— Shhh — falei baixinho para Justin e depois tomei fôlego para soltar a voz. — Matar um adolescente — gritei para a escuridão do corredor. — Ele estava sozinho e despreparado. Ora, ora, como ficamos frouxos. — Eu os provoquei de propósito. Podia sentir, enxergar a movimentação deles.

O coven estava vindo até mim. Eu ainda não conseguia sentir precisamente se estavam no prédio Hopper. Seus pensamentos eram abstratos. Sabia que queriam me encontrar, me rastrear. E conseguiriam.

— Vamos — falei para Justin e peguei a mão dele, precisando de seu calor mais do que nunca.

— Mas e quanto ao espaço fechado? — perguntou Justin, me lembrando do meu plano. Mas eu não precisava que me lembrasse. O ginásio ficava no fim do corredor e seria usado a meu favor; era o lugar perfeito. Olhei para o longo corredor vazio atrás de nós, mas eles estavam perto — ou eu estava perto deles. Abri as portas do ginásio, olhei o interior e empurrei Justin para que entrasse primeiro.

— Vá para o meio. — Apontei para o centro do ginásio. O lugar estava escuro exceto por uma faixa de luzes que dava a volta no teto e irradiava um brilho fraco. O ginásio era um grande salão quadrado com arquibancadas dos lados opostos de uma quadra de basquete. Uma fileira de janelas dava para a praia de Wickham. No lado esquerdo e direito das paredes, atrás das arquibancadas, havia paredes de espelhos. Quando não ocorria um jogo, a equipe de dança usava os espelhos para os ensaios. Era exatamente o que eu precisava.

— Encoste suas costas nas minhas — ordenei.

Ficamos de costas, com minhas mãos na cintura de Justin e as mãos dele na minha. Nossos olhos vasculharam, esperando que a perseguição continuasse.

— Prometa que, não importa o que eu faça, vai escutar o que eu disser — falei, ainda vasculhando o ginásio.

— Prometo — disse Justin, embora tenha sido inevitável notar a hesitação na voz dele. — Lenah. — Nós nos viramos para encarar um ao outro. — Tenho que dizer isso. Eu te amo mais do que qualquer coisa no mundo. Se eu não sobreviver a essa noite. Se um de nós morrer...

Justin me agarrou em um abraço. Nossas bocas se juntaram e os lábios dele fizeram força contra os meus. A língua de Justin entrou na minha boca e nosso beijo foi ritmado e perfeito. Tinha gosto de lágrimas, de suor, de sangue, e foi um alívio momentâneo da tristeza. Eu veria o rosto de Tony pelo resto dos meus dias no planeta. Porém, naquele momento, só havia Justin e eu, e como ele tinha me salvado. Como tinha me ensinado a viver. Daí surgiu um som de reprovação, seguido por um silêncio e eu me dei conta...

— Justin? — sussurrei. Nossos lábios ainda se roçavam.

— Sim? — respondeu ele, com os olhos ainda fechados. Estava silêncio.

— Eles estão aqui.

Justin deu meia-volta e ficamos novamente de costas.

Vicken, Gavin, Heath e Song estavam parados formando uma lua crescente. Eles entraram pelas janelas. Como e por quê, eu jamais saberia. Estavam vestidos de preto, alguns de couro, outros com camisas. Ainda assim, lá estavam eles, meu poderoso coven. Gavin, com o cabelo preto e olhos verdes; Song, com o corpo robusto e muito musculoso; Heath, louro e lindo, parado de braços cruzados. Ele sibilou alguma coisa para mim em latim. Vicken estava na extrema esquerda, perto das vigas do ginásio.

— Tola — disse Gavin e atirou uma faca que passou pela minha cabeça. A lâmina tinha acabado de ser afiada, e vi a ponta passar voando pelos meus olhos. Foi tão rápido que a faca se cravou na porta atrás de Justin e ficou vibrando na madeira.

— Você sabia que isso iria acontecer — falou Vicken, apoiando a mão nas vigas. — Ligados ao seu destino, tínhamos que vir atrás de você. Sabia disso. A magia deste coven é sagrada.

Song deu um passo à frente, mas era isso mesmo. A hora tinha chegado. Como eu havia ensinado, eles avançaram bem devagar e, em breve, antes que percebêssemos, estaríamos acuados em um canto. Eu precisava dos espelhos à direita e à esquerda da parede. Não podia deixar que me acuassem em um canto. Precisava ficar no centro do ginásio.

— *Malus sit ille qui maligne putet* — falou Heath. O que ele disse foi "a tatuagem nas minhas costas".

Gavin gargalhou e Song se agachou e ficou como uma aranha. Era isso, o momento antes do ataque. Justin estava em pânico; senti o medo dele.

— Desista, alteza — sussurrou Gavin.

— Desistir de tudo isso? — perguntei com sarcasmo, embora estivesse séria quanto à minha determinação. Eu precisava me concentrar, trazer à tona o poder de dentro. Trazer à tona a luz.

Estávamos cercados e as oportunidades escapavam.

— Passe seu braço pela minha cintura — sussurrei, embora soubesse que o coven ouvia cada palavra.

— Ah, ela está planejando alguma coisa? — provocou Gavin.

— *Quid consilium capis, domina?* — sibilou Heath.

Vicken deu um passo à frente e eu recuei um, com Justin atrás de mim. Levantei as mãos à frente e emiti luz do sol, irradiada de cada poro. Os raios acertaram os rostos deles; todos recuaram, protegendo os olhos e mantendo os braços junto ao corpo.

Vicken arregalou os olhos.

— Que magia negra é essa? — disparou. Sacudiu uma das mãos, aparentemente queimada.

— Luz do sol — falei.

Meus olhos dispararam de Vicken para Gavin, para Heath e Song e tudo de novo.

— Como? — sibilou Vicken.

Song avançou e pulou alto em cima de mim e Justin. Suas mãos pareciam garras e suas presas estavam arreganhadas. Levantei as mãos novamente e disparei mais luz. O raio foi tão forte que Song foi jogado de volta contra a fileira de janelas. Porém, inesperadamente, o feixe perdeu a intensidade.

Heath e Gavin deram mais um passo à frente; forcei a saída do calor pelas mãos. Elas irradiaram o sol novamente, fazendo com que os dois recuassem. Porém, outra vez a luz esmoreceu como o pavio de uma vela perto do fim — faiscando, depois se apagando.

— Você não vai conseguir manter isso por muito tempo — falou Vicken.

Song inclinou a cabeça para o lado. Ele iria avançar novamente. Gavin colocou a mão direita discretamente no bolso. Uma faca não me mataria, mas sua mira precisa assassinaria Justin em um instante. Eu precisava que a luz do sol saísse em uma rajada. Fechei os olhos e me concentrei, como tinha feito todas aquelas noites em Hathersage.

Respirei fundo várias vezes, o calor intenso crescendo dentro de mim. Imagens passaram pela minha cabeça em um turbilhão: o primeiro dia em Wickham, os cervos pastando nos campos. O sorriso de Tony ao tomar sorvete. Depois lembrei as palavras de Vicken e senti o calor dentro das minhas mãos se agitar.

Use o ritual, me transforme em humano. Daí as imagens voltaram e as mãos começaram a emitir luz. Eu senti o calor nas laterais das coxas.

Olhei nos olhos de Vicken. A surpresa e a raiva no rosto dele eram uma mistura de emoções que conhecia muito bem.

Eu mereço, Lenah. Não mereço?

Fechei os olhos e me concentrei no momento, no que precisava fazer para adquirir força. O rosto de Rhode iluminou a escuridão da minha mente.

Rhode na colina no gramado surreal, de cartola. Sua morte.

Senti as mãos de Justin nos quadris e meu amor por ele tomou conta do meu corpo. Eu estava quase lá... o poder vibrava dentro de mim.

— Lenah — falou Justin, me alertando. O coven estava muito próximo. Abri os olhos, me concentrando na mão de Gavin.

Ele recolheu a mão, com a faca pronta...

Olhei para cima, encarei o olhar de Vicken novamente e falei:

— Sugiro que você se abaixe.

Levantei os braços e bati as mãos em cima da cabeça com um tapa tão ensurdecedor que uma rajada explosiva de luz branca reverberou pelo ginásio. O efeito de propagação rachou o piso do ginásio em milhares de pedaços; as janelas implodiram e se formou uma nuvem de poeira.

E então, por um momento, fez-se silêncio.

Capítulo 32

— Lenah? — A voz de Justin falhou.
— Estou aqui.

O ginásio estava tomado pela fumaça. Eu estava de bruços no chão. Quando levantei a cabeça, notei que a fumaça era poeira, na verdade. Milhares de partículas de pó enchiam o ginásio, de maneira que mal conseguia enxergar diante de mim. As janelas dos fundos tinham estourado e a poeira girava em círculos com o ar que entrava.

Um homem em um canto gemeu. Olhei para a esquerda.

Vi um par de botas pretas, tornozelo sobre tornozelo, saindo detrás das arquibancadas. Vicken Clough havia sobrevivido.

Balancei uma das mãos em frente ao rosto para afastar as partículas de poeira e conseguir enxergar. Um alarme começou a soar e, assim que inclinei a cabeça de lado para ouvir, percebi que estava vindo do Hopper.

Então notei que eu estava no meio do ginásio.

— Ajude Vicken — falei para Justin.

— Vicken? O quê? Eu pensei que você fosse matar...

— Por favor, faça isso — implorei. Justin correu para as arquibancadas.

O alarme continuou berrando. Em breve os estudantes acordariam e as autoridades chegariam. Dei longos passos no meio do ginásio e olhei para baixo. Havia três pilhas distintas de poeira nos lugares onde Heath, Gavin e Song tinham estado. Mas elas não reluziam como o pó de Rhode. Eram apenas pó, como as cinzas de uma lareira. E então escutei uma voz...

Hathersage, Inglaterra
31 de outubro de 1899

— Lenah! — Song me chamou da porta da frente. O sol tinha acabado de sumir no horizonte. Do longo corredor, vi meu coven se reunindo na entrada. Song estava vestido inteiramente de preto e Vicken estava elegante de calça social preta, colete cinza e cartola preta. Era a moda do fim do século XIX. E nós tínhamos dinheiro para bancá-la.

Um fotógrafo estava diante da porta aberta. Ele aprontou a câmera, que tinha a forma de uma caixa sobre três pernas compridas. O homem esperou que ficássemos prontos para a fotografia. Segurou a câmera com as duas mãos e olhou por um tubo na parte de cima, um visor. Saí alegremente do corredor para a porta. Ao meu lado, Song, Heath, Gavin e, é claro, Vicken esperavam.

Vicken segurava uma taça. O conteúdo vermelho no copo fez barulho ao ser oferecido para mim.

— Um belo tinto inglês — disse ele com um sorriso.

Meus olhos dispararam para o fotógrafo.

— Prontos agora? — perguntou para mim. — Enquanto ainda temos luz?

Ergui a taça...

— Lenah! — A voz de Justin interrompeu a lembrança e meus olhos prestaram atenção nas pilhas de pó. — Temos que ir! — Eu me virei para ver Justin amparando Vicken. A rajada tinha o nocauteado Vicken e seus joelhos estavam cedendo. Eu nunca tinha visto isso acontecer com um vampiro antes. O alarme continuou berrando.

Em algum lugar não muito distante, surgiram sirenes da polícia.

Nós nos dirigimos para as janelas quebradas.

Tomei um gole da taça, remexendo o líquido dentro da boca. Gavin, Heath, Vicken e Song fizeram um círculo ao meu redor.

— Esta foto vai comemorar nossa ligação. Vai representar todas as almas ridículas e solitárias que cairão aos nossos pés. — Eu me movi para ficar entre Vicken e Song. Heath e Gavin se posicionaram do outro lado. Ficamos um em cima do outro como cobras no verão, pendendo dos galhos.

Passei o braço pelas costas de Song enquanto o fotógrafo aprontava a câmera. Levantei a taça com a mão esquerda e tomei mais um gole antes de pousá-la para sair na foto. Com um pouco de sangue escorrendo pelos dentes da frente, voltei a ficar entre Vicken e Song.

— Maldito seja aquele que pensa o mal? — falei, empinando o queixo. — Que eles se lembrem disto.

— Anda! Anda! — gritou Justin assim que saímos do ginásio. Ao subir na janela, olhei mais uma vez para as pilhas de pó no meio da quadra. O coven, meus irmãos, morreram.

Segurei Vicken por debaixo do braço, enquanto Justin o pegou pelo outro. Corremos para o bosque que separava a praia do campus. Vicken tentou erguer os pés, mas toda vez que dava um passo, as pernas tremiam. Continuou olhando para o chão como se não tivesse forças para levantar a cabeça.

— A lancha não! — disse Justin

— Por que não? Temos que sair daqui — falei enquanto tentava manter Vicken de pé.

— Não, temos que ficar no campus. Se a gente for para a lancha, a polícia vai ouvir o motor. Deixe o barco para lá. As pessoas atracam na doca a toda hora.

Eu vi a praia, mas Justin estava certo.

— O Seeker — falei e fomos para a trilha. Atrás das árvores, no campus, havia um monte de gente saindo dos dormitórios. Eu sabia que teríamos que voltar de mansinho para o Seeker com cuidado.

— Lenah — sussurrou Vicken. — Tem algo errado. Meu peito.

— Pare — falei para Justin.

— Não podemos. Olhe — Justin disse e apontou. Carros de polícia pararam guinchando em frente ao ginásio. Luzes piscavam nos dormitórios próximos e a segurança do campus já estava saindo dos carros. — A gente tem que voltar ao Seeker o mais rápido possível.

De repente, senti uma pontada do estômago como se estivesse virando do avesso e tive que soltar Vicken. Mas precisávamos ir em frente, e eu sabia o que estava errado. Coloquei a mão no estômago por um instante.

Era a perda. A perda do coven. A magia estava se partindo.

— Você está bem? — perguntou Justin enquanto segurava Vicken.

— Sim — falei, voltando a carregar metade do peso de Vicken.

Olhei bem para o interior do bosque, quase onde ficava a capela. Suleen estava parado na escuridão com sua tradicional roupa indiana. Ele ergueu a mão para mim e depois a colocou sobre o coração.

— Lenah, você ainda está aqui? — sussurrou Vicken.

Olhei para Vicken por um instante. Quando voltei a olhar para Suleen, ele havia sumido. Eu não tinha tempo para refletir sobre como e por que Suleen estava lá. Queria fazer tantas perguntas para ele, mas não havia sinal do vampiro de branco.

Justin começou a andar e atravessamos uma trilha. Passamos por trás dos prédios de ciências em direção ao Seeker.

— Lenah? — disse Vicken.

— Sim, ainda estou aqui.

Assim que a ficamos bem distantes na trilha, olhei de novo para o Hopper. O ritmo azul e vermelho das luzes preenchia a escuridão.

Alguém já deveria ter encontrado Tony a essa hora. Pensei em quem ligaria para a família dele.

Meu coração doía.

Depois que arrombamos a porta de serviço do Seeker, ajudei Justin a subir com Vicken até o meu quarto. Enquanto o levávamos degrau por degrau, compreendi por que havia salvado Vicken. Ele era igualzinho a mim. Uma vítima, forçado a amar alguém que não estava mais disponível. Vivia em uma eternidade infernal, e eu não permitiria mais que isso acontecesse. Justin trocou olhares comigo ao pegar minha mão esquerda. Segurou com força. Estávamos diante da porta do meu quarto.

— Diga para mim o que está pensando — sussurrou ele.

Vicken gemeu. Nossos olhares dispararam para ele. Ouvimos os alunos descendo as escadas correndo embaixo de nós, ansiosos para descobrir o motivo de toda a comoção.

— Lenah — falou Justin e apertou novamente a minha mão para chamar minha atenção. — Eu preciso saber o que está pensando.

Encarei o olhar atencioso de Justin e disse:

— Como você se sentiria se tivesse acabado de matar a sua família?

Deitamos Vicken na minha cama.

— Lenah... — chamou ele, mas colocou o braço sobre os olhos. Fechei a porta ao sair e me sentei com Justin no sofá. Apoiei a cabeça nas mãos. Justin passou a mão forte de cima para baixo nas minhas costas. Ergui o olhar para ele que sorriu delicadamente. Eu me reclinei e encostei a cabeça em seu peito. Eram pelo menos 2 ou 3 horas da madrugada.

Enquanto Justin bebia um gole d'água, encarei a cortina fechada sobre a porta de correr da varanda. Com a cabeça ainda encostada no ombro dele, pensei na manhã em que Rhode morreu e em como a cortina bateu com o vento. Como ela tinha parecido estar respirando.

— O que devemos fazer? Quanto ao Vicken? — perguntou Justin.

Balancei a cabeça.

— Sou tudo o que ele tem. Ele quer muito o ritual.

— Mas você já disse que precisava ter 500 anos ou mais para que funcionasse. E o ritual matou Rhode.

— Na verdade, a intenção é o aspecto mais poderoso.

— O que você quer dizer com intenção?

— Quero dizer — falei, girando o anel de ônix no dedo — que eu precisava querer que Vicken vivesse como humano. E eu, por minha vez, precisava querer morrer.

Olhei para o anel e percebi que tinha esquecido que havia usado a joia o ano inteiro. Ele foi meu talismã, o único item, à exceção das cinzas de Rhode, que havia levado comigo para todos os lugares.

— Você quer? Quer morrer?

— Quero que o ciclo acabe. E, de certa forma, acabou.

Naquele instante, entendi o que tinha que fazer. Assim como havia entendido naquela noite no baile de inverno, quando deixei Justin no salão. Mesmo que eu morresse, como Rhode disse que era possível, mesmo que não funcionasse, Vicken não podia continuar como vampiro, nem eu. E talvez eu soubesse desde o início, e por isso que havia voltado para Wickham e me esforçado tanto para encontrar o ritual.

— Preciso que você faça uma coisa por mim — falei enquanto me sentava direito, olhando para Justin. Ele parecia ter saído de uma guerra. Seu cabelo louro estava grudado de suor e seu rosto estava sujo de poeira, o pó de vampiros mortos.

— Claro — disse ele, passando a mão no meu cabelo.

— Você pode ver se pegaram o corpo de Tony? Não posso ir, mas preciso saber.

— Claro. — Justin beijou minha testa. — Volto rapidinho.

Assim que saiu e fechou a porta, eu abri a porta do pátio, deixando o ar passar por baixo da cortina e entrar no apartamento. Fui até a cozinha e parei em frente às latas pretas sobre a bancada. Dentro delas havia ervas e condimentos.

Desenrolei o pergaminho do ritual ainda escondido no bolso. Peguei tomilho, para a regeneração da alma. Ao voltar para o quarto, fiquei na ponta dos pés e tirei uma vela branca de um dos candeeiros de ferro da parede.

Abri a porta do quarto.

Vicken estava deitado na cama, com o braço sobre os olhos. Fechei a porta ao entrar e apoiei as costas nela.

Depois de um momento, Vicken falou:

— Sinto como se estivesse partido. Em mil pedaços. Amarrado e esquartejado.

— Vai passar.

— Fui apenas isso para você? — Ele se sentou devagar. Havia olheiras ao redor dos olhos e a pele tinha ficado branca. Vicken precisava de sangue, e logo. — Apenas uma vítima de sua época sombria?

Eu me aproximei da cama e coloquei as ervas e a vela na mesinha de cabeceira. Tentei me manter concentrada e me recusei a olhar para o quarto, para a sombra da vida que deixei para trás em dezembro.

— Não considero você uma vítima.

Vicken riu, mas então balançou um pouco, abalado pela sede.

— Agora, o que faremos? Vamos retornar a Hathersage? Voltar à nossa existência? Eu me sinto péssimo.

Levantei a mão e mantive a palma a uns cinco centímetros do pavio da vela branca. Usando a luz interior, acendi a vela. Vicken olhou para ela e depois para mim. Abri a gaveta da mesa de cabeceira e achei meu abridor de cartas de prata. Não era uma faca, mas teria que servir.

— Eu te liberto, Vicken Clough.

Vicken arregalou os olhos.

— Não — disse, sentando-se com as costas rígidas. — Eu estava confuso. Louco. Lenah...

Levantei a lâmina e cortei o pulso com tanta força que abriu um grande talho. O sangue começou a escorrer, porém, como esperado, não houve dor. Vicken olhou fixamente para o meu pulso e depois lambeu os lábios, embora balançasse a cabeça.

— Não quero isso.

— Eu te liberto.

— Não... — disse Vicken, apesar de eu ter estendido o pulso na direção dele.

Era isto que eu queria. Poder me retratar por todas as centenas de anos de dor e sofrimento. Fazer a coisa certa para variar. Corrigir a situação. Para que Vicken pudesse viver, e Justin também. Se Vicken permanecesse como vampiro, eu passaria a eternidade brigando com ele. Vicken merecia mais. Merecia naquela época do século XIX, quando prometi para ele algo que jamais poderia dar.

Justin Enos era a razão de eu ter voltado à vida. Ele me deu aquela liberdade. Dancei com milhares de pessoas, fiz amor, tinha amigos. Era uma humana completa e tinha que agradecer a Justin e Tony. E, no mínimo, devia a Vicken a mesma chance e devia a Justin a liberdade de me deixar partir.

— Sou sua guardiã — falei para Vicken.

Usei a luz da mão direita para queimar as ervas. Vicken pegou meu pulso e colocou na boca.

— Acredite... e seja livre. — A fumaça subiu das ervas no criado-mudo. Fechei os olhos e fiz o que tinha que fazer. E, naquele momento, com o rosto de Justin na mente, eu soube que era a coisa certa.

Capítulo 33

Eu saí cambaleando do quarto e fechei a porta. Desmoronei com as costas apoiadas na parede. Joguei a cabeça para trás, de olhos fechados. Estava mais fraca do que era capaz de imaginar. A maior parte do sangue tinha saído do corpo. Estava tão exausta que a sala estava torta e eu não conseguia me concentrar.

À direita ficava a sala de estar e, depois dela, a porta para o pátio. Havia amanhecido e a luz do sol surgia por baixo da cortina da varanda. Vicken estava dormindo o sono mais profundo que jamais dormiria. Quando acordasse, seria Vicken novamente. Não o vampiro furioso e sem alma que eu tinha criado.

A porta da frente se abriu.

Justin entrou no apartamento. Seu lindo biquinho estava voltado para baixo; a energia no olhar havia se esgotado. Ele não disse nada a princípio. Apenas o barulho que o silêncio faz e que jamais pode ser totalmente explicado.

— Eles levaram o corpo de Tony — disse Justin. — A polícia.

Finalmente olhou para mim e notou minha mão direita segurando o pulso esquerdo sangrando. Justin soltou um suspiro de susto e tentou me tocar, mas ergui a mão esquerda e ele parou.

— Só me diga que não fez o que imagino que fez. Só me diga, Lenah, que teria me contado primeiro.

— Não dá.

— Lenah... — Lágrimas caíram dos lindos olhos verdes de Justin. O rosto jovem se contorceu de dor e a culpa tomou conta de mim. Ele sentia mágoa e tristeza e eu era a responsável por isso.

Justin veio na minha direção, mas mantive a mão no pulso, tentando segurar o sangue lá dentro. Meu corpo não estava regenerando o sangue; ele estava escapando e em breve eu ficaria completamente vazia. Justin tentou me tocar, mas mantive as mãos perto do corpo. *Fique acordada*, pensei, e me concentrei em manter a consciência.

Ele me beijou com firmeza. Eu o empurrei e, sem dizer nada, tirei meu anel de ônix e coloquei na mão dele. Justin olhou, confuso, para o anel e depois para mim.

— Não percebe? — perguntei, sem deixar de encarar Justin. Seus olhos verdes estavam lacrimosos. — Eu me apaixonei por você. — Meus joelhos cederam, mas ele estava lá para me pegar. Justin engoliu em seco e outra lágrima caiu dos seus olhos. Ele secou o rosto. Eu estava vendo dobrado. O tempo estava ficando curto.

— Lenah... — Justin estava chorando agora.

Eu me movi devagar para a direita, em direção à porta do pátio.

— Não faça isso — disse Justin, como se pudesse mudar a decisão.

— Lá dentro. — Apontei para a porta do quarto. Enquanto eu estava morrendo, o vampiro dentro de Vicken estava evaporando e saindo do corpo dele. — A intenção era *você*. Sua proteção e liberdade. Isso é tudo o que eu quero agora, que fique a salvo. Você vai acordar amanhã sem medo. O medo acaba junto comigo.

O sangue vazou pela mão segurando meu pulso.

— Por favor, vá embora — sussurrei. — Você não vai querer ver isso.

— Não vou a lugar algum — disse Justin com os dentes cerrados. — Vou esperar aqui.

Se fosse possível, eu teria chorado. Mas não havia lágrimas em mim. Eu não era nada além de uma carcaça.

— Só me prometa que vai estar aqui quando ele acordar. Leva dois dias. Conte a minha história inteira. Ele vai saber o que fazer.

— Eu prometo — disse Justin assim que toquei na porta do pátio com os calcanhares.

Sorri; minhas mãos tremiam.

— Você me trouxe à vida.

Antes que ele pudesse responder, eu me virei para a porta.

Pensei ter ouvido alguma coisa antes de sair para a aurora. Acho que foram os joelhos de Justin batendo no chão. Afastei a cortina e uma rajada da claridade da manhã me atingiu bem no rosto. Levantei os braços.

Eu diria para você que senti fogo, calor infernal e dor. Seria a única retaliação justificável pela maneira como matei tão implacavelmente no decorrer da minha vida.

Mas não.

Tudo o que senti foi um dourado ofuscante e diamantes de luz.

Agradecimentos

Eu gostaria de agradecer ao incomparável Michael Sugar. Nada disso teria acontecido sem sua fé no meu trabalho. Sua generosidade nunca deixa de me surpreender.

Um agradecimento especial a Anna DeRoy, que adorou Lenah e sua história desde o início.

À equipe da editora St. Martin, especialmente Jennifer Weis e Anne Bensson, por ter me ajudado a concretizar essa maravilhosa trilogia.

Obrigada, obrigada, obrigada ao meu agente sem igual, Matt Hudson. Você é paciente, dedicado e brilhante. Este livro não seria o que é sem você. (Provavelmente estou te ligando nesse momento...)

Ao meu grupo de escritores: Mariellen Langworthy, Judith Gamble, Laura Backman, Rebecca DeMetrick, Macall Robertson e Maggie Hayes. Seu retorno foi valioso.

Eu gostaria de agradecer em especial às seguintes pessoas que ajudaram *Dias infinitos* a ver a luz do dia: a talentosa Monika Bustamante, Amanda Leathers (a primeiríssima leitora), Alex Dressler (mestre do latim), Corrine Clapper, Amanda DiSanto, Tom Barclay, bibliotecário de História local da biblioteca de Carnegie (o mais generoso bibliotecário da Escócia), Joshua Corin, Greg D. Williams e Karen Boren, que me ensinou o que significa amar a ficção.

E por último, mas não menos importante:

Em memória de Henoch Maizel e Sylvia Raiken, que compreendiam a beleza das palavras. Queria que vocês pudessem ver isto.